vmn

Der Fall Urbas

Kriminalroman

von

JOSEF RAUCH

vmn
Verlag M. Naumann

1. TB-Auflage 2008
ISBN 978-3-940168-22-1

Gesamtherstellung:
AALEXX Druck GmbH, Großburgwedel

Bibliografische Information Der Deutschen Nationalibliothek
Die Deutsche Bibliothek verzeichnet diese Publikation in der Deutschen Nationalbibliografie; detaillierte bibliografische Daten sind im Internet über http://dnb.ddb.de abrufbar.

Alle in diesem Roman agierenden Personen sind völlig frei erfunden – auch Personen, die an real existierenden Schauplätzen auftreten. Die beschriebenen Schauplätze wurden teilweise künstlerisch verfremdet.
Personen und Handlung dieses Romans basieren auf Charakteren und Motiven der Erzählung »Adam Urbas« von Jakob Wassermann.

»Erwägt man es genau, so sind die Menschen weit übler daran als die Tiere. Die Tiere können einander nicht missverstehen. Die Menschen missverstehen einander im Blut wie im Geist; der Bruder den Bruder, der Freund den Freund, der Vater den Sohn.
Jeder steckt in seinem Missverstehen wie in einem schwarzen Kellerloch, aber eine wunderliche Verblendung macht, dass er es für eine hellerleuchtete Wohnstube hält.
Und wenn er meint, dass der Herrgott selber sich um ihn bemüht und ihn zu seinem Sprachrohr auserwählt, so zeigt sichs am Ende, dass es bloß der Teufel war.«

Aus »Adam Urbas«
von Jakob Wassermann

Eins

Es war ein kalter, unfreundlicher Oktobertag. Ich saß in meinem Büro und las die ›Fürther Nachrichten‹. Passend zum trübsinnigen Wetter war das Blatt an diesem Tag fast ausschließlich mit Horrorgeschichten gefüllt: Ein Bauer aus Poppenreuth hatte seinem eigenen 18-jährigen Sohn die Kehle durchgeschnitten, die Preise auf der Michaeliskirchweih hatten auch dieses Jahr wieder angezogen, und die Spielvereinigung hatte das Lokalderby gegen den Club verloren. Grauen pur.

Die schlechteste Nachricht war allerdings die Tatsache, dass ich überhaupt Zeit hatte, Zeitung zu lesen, was nur daran lag, dass seit Tagen niemand mehr mein Büro betreten hatte, um meine Dienste als Privatdetektiv in Anspruch zu nehmen.

Ich warf die Zeitung beiseite, hievte meine Füße auf meinen Schreibtisch und betrachtete versonnen die Buchstaben außen auf meiner Bürotür, die ich durch die Milchglasscheibe seitenverkehrt lesen konnte. Mein Name, ›Philipp Marlein‹, und darunter ›Vertrauliche Ermittlungen‹. Ich ließ meinen Blick durch den Raum schweifen. Was ich sah, war nicht gerade für eine Fotoreportage in ›Schöner Wohnen‹ prädestiniert: Einen Schreibtisch, der die Standfestigkeit eines Wackelpuddings hatte, einen Schrank, der mangels genügend passender Schrauben zeitlebens unvollendet geblieben war, und einen Teppich, der aussah, als wären schon die Neandertaler mit ihren dreckigen Füßen darauf herumgetrampelt. Die schmutzig-grauen Wände, von denen der Putz bröckelte, waren kahl, nur an einer Stelle hing ein Kalender mit dem Titel ›Historisches Fürth‹, der alte Schwarz-Weiß-Fotografien der Stadt zeigte. Auch der Kalender selbst war historisch, denn ich hatte ihn schon vor Jahren von der Bank bei einer Kreditaufnahme als Werbegeschenk bekommen. Ich fragte mich, warum ich mir nach seinem Ablaufen nie die Mühe gemacht hatte, ihn abzuhängen, und gab mir zur Antwort, dass dann die Wand nur noch leerer gewirkt hätte.

Das einzige Schmuckstück im Raum war ein basketballgroßes, schweres, gusseisernes Kleeblatt, das auf dem Schrank stand. Das dreiblättrige Kleeblatt war das Stadtwappen von Fürth, und dieses Exemplar war vor ein paar Jahren beim Abriss eines alten Hauses vom Dachgiebel gerettet und versteigert worden. Ich hatte es in einem Anfall von Lokalpatriotismus erworben und gehofft, dass es sich in meinem gerade neu eröffneten Büro ganz nett als Deko machen und mir vor allem Glück bringen würde – in Form von vielen fetten und lukrativen Aufträgen. Nun, der Kleeblattkoloss war seinen Ruf als Glücksbringer bisher immer schuldig geblieben und stand nur noch als schwerer und sinnloser Staubfänger auf dem Schrank, der früher oder später unter seiner Last zusammenbrechen würde.

Um dem traurigen Anblick meiner Büroeinrichtung zu entgehen, wandte ich meine Augen ab und glotzte durch das Fenster nach draußen. Was ich dort sah, war jedoch nicht weniger trist: Graue, schmutzige Fassaden von klassizistischen Sandsteinhäusern, die vor 150 Jahren vielleicht einmal erhaben ausgesehen und eine gewisse Würde ausgestrahlt hatten, deren Antlitz jetzt aber von Alter und Verfall entstellt war. Die Verzierungen, Schnörkel und Ornamente, die manche der mannshohen Fenster zur Zierde umrahmten, konnten da so wenig retten wie dick aufgetragene Schminke im Gesicht einer vergreisten, faltig und runzlig gewordenen früheren Schönheitskönigin. Aus einem geöffneten Fenster dudelte lautstark orientalische Musik, aus einem anderen drangen Wortfetzen eines Ehestreits. Die Straße, in der mein Büro lag, hieß zwar Blumenstraße, doch der Name war auch das einzig Blumige an ihr.

Als ich den Mietvertrag für das Büro unterschrieb, hatte der Vermieter stolz darauf hingewiesen, dass in diesem Raum ein berühmter, in Fürth geborener Schriftsteller fünf Jahre seiner Kindheit verbracht habe. Später habe ich ein Buch dieses Schriftstellers gelesen, in dem er diese Kindheit als reichlich trostlos beschrieben und an seiner Heimatstadt kein gutes Haar gelassen hat: Fürth habe nichts Malerisches, nichts Heiteres, nichts Poetisches, eine eigentümliche Melancholie liege über dieser Stadt, sie wirke nüchtern und düster, streng und ernst, herb und karg, und die Tyrannen Armut und Arbeitslosigkeit würden allzu viele ihrer Einwohner unter ihr Joch knechten.

Ich selbst war kein eingeborener Fürther, und ich konnte diese Einschätzung auch nicht teilen. ›Fürth zieht nicht an, hält aber fest‹, lautete ein Sprichwort, und das traf auch auf mich zu. Ich hatte mir Fürth nicht ausgesucht, das Schicksal hatte mich hierher verschlagen, und ich war anfangs nicht gerade begeistert gewesen über meine neue Heimat. Aber im Laufe der Jahre hatte ich gemerkt, dass wir beide zueinander passten, Fürth und ich, weil wir Seelenverwandte waren. Fürth war keine selbstverliebte Schicki-Micki-City und keine arrogante und aufgemotzte Glitzer-Metropole, bei der der Schein mehr zählte als das Sein, sondern eine echte, eine ehrliche, eine unverfälschte, eine authentische Stadt, die es nie leicht gehabt hatte, weil sie stets im Schatten des übermächtigen Nürnberg stand. Als Zankapfel dreier rivalisierender Landesherren war sie jahrhundertelang territorialen Streitigkeiten ausgesetzt und von widrigen geschichtlichen Entwicklungen immer wieder in ihrer Entfaltung und Entwicklung gehemmt und behindert worden. Aber mit eifrigem Unternehmertum und kreativem Erfindungsgeist hatte sie das Bestmögliche aus sich gemacht und sich nicht nur zum Sitz mehrerer weltbekannter und weltweit exportierender Firmen, sondern auch zur Denkmal-, Solar- und Universitätsstadt gemausert. Wie in allen Großstädten gab es auch in Fürth Glanz und Elend, aber in kaum einer anderen Stadt funktionierte dieses Nebeneinander so unbeschwert und unkompliziert wie in Fürth. Und die typischen Fürther waren aufrichtige Leute, die hart arbeiten und ausgelassen feiern konnten und ihr Herz nicht nur auf der

Zunge, sondern auch auf dem rechten Fleck trugen. Fürth war eine Liebe auf den zweiten Blick, und manchmal war es durchaus auch eine Hassliebe. Aber die Stadt war mir ans Herz gewachsen, und ich hatte das Gefühl, dass ich hierher gehörte.

Und obwohl Fürth in Sachen Lebensqualität jede Menge zu bieten hatte, haftete das Image der unattraktiven und kulturlosen Arbeiter- und Industriesiedlung an ihr wie ein Fluch. Manche Leute gaben sich immer noch der Illusion hin, dass sich das grundlegend ändern und die Stadt in Glanz und Gloria erstrahlen würde, wenn man endlich irgendein schmutziges Rinnsal fände, das man zur Heilquelle erklären und mit Hilfe dessen man die ›Stadt der 1000 Schlöte‹ in ›Bad Fürth‹ umwandeln konnte, obwohl die zuständigen staatlichen Stellen der Stadt vor ein paar Jahren unmissverständlich klargemacht hatten, dass eher das Universum implodieren würde, als dass man die Industriestadt Fürth zum Kurort erklären könne. Das war ein schwerer Schlag für die Stadt gewesen, aber Fürth hatte Nehmerqualitäten. Fürth war wie ein ehrgeiziger Boxer, der immer wieder mal Niederschläge einstecken musste, aber nach jeder Niederlage auch wieder aufstand und weiterkämpfte.

Ich hätte auch gerne weitergeboxt, aber ich hatte keinen Gegner. Ich wandte meinen Blick wieder in Richtung Tür. Niemand öffnete sie und betrat mein Büro, um mich zu engagieren. Ich beschloss, mir anderweitig etwas Gesellschaft zu verschaffen, und schaltete mein altes Grundig-Radio an. Ich hatte mir den Weltempfänger schon kurz nach dem Urknall gekauft, aber er funktionierte immer noch einwandfrei. Es lief gerade ein Comedy-Spot, in dem zwei jüngere Männer ihre Stimmen so verstellten, dass sie wie ältere Damen klangen, die beim Kaffeekränzchen saßen und in breitestem Fränkisch über ihre Nachbarschaft ablästerten.

»Schdellda vuur, heid in da Fräi hobi däi Berdda droffn. Däi gäid edds beim Brofessa buddsn, weilera däi Rendn hindunvorn ned langd. Wos maansd, wos ma däi erdsälld hod!«

»Na sochmas nur glei!«

»Däi Fraa vom Brofessa wor beim blasdischn Schirurgn und hodsi obbariern loan, dass widda ausschaugd wäi a Dinädscha. Ihr Fedd und ihr Dsellulidde am Oasch hods absaung loun, däi Faldn im Gsichd hods mid Bodoggs wechschbriddsn loun, und däi Libbm und däi Diddn hods mid Silligon aufbumbm loun.«

»Na härma fei auf! Na eddsadla suuwos naa! Doh koosd bloos noo in Kuubf schiddln.«

»Und däi Dochda vom Brofessa haud scho middi Kärl rum, obwohls doch grod äschd värdsee is. Und ned bloos mid aam, da kummd jedn Dooch a annara. Bei DÄRA gäids dsou wäi im Daumschlooch, des is des reinsde Männlaslaafn. Und däi Berdda sachd, däi Kärl bleim fei aa scho iwa Noochd!«

»Des därf doch ned wohr sei! Des gebads fei bei mir ned. Wenn iich so a Dochda hädd, dädis dsammbudsn, dass in kaan Schlabbm mehr neibassad. Und dsu däi Kärl dädi song: Schau dassd hamm kummsd!«

»Entschuldigung – bin ich bei Ihnen richtig? Sind Sie Herr Marlein, der Privatdetektiv?«

Diese Stimme kam allerdings nicht aus dem Radio.

Ich blickte zur Tür und sah, dass die Stimme zu einer echten älteren Dame gehörte, die gerade mein Büro betreten hatte. Ich schaltete das Radiogerät aus, bejahte die Frage und bat die Frau, auf dem Klientenstuhl vor meinem Schreibtisch Platz zu nehmen. Langsam und zögerlich ließ sie sich nieder, und so hatte ich Gelegenheit, sie zu mustern. Sie sah mir ganz so aus wie eine Frau, die vielleicht Mitte Fünfzig war, die aber so hart hatte arbeiten müssen und der das Leben so übel mitgespielt hatte, dass sie wesentlich älter wirkte und von den meisten auf Mitte oder Ende Sechzig geschätzt wurde. Sie war komplett in Schwarz gekleidet: schwarze Stiefel, langer, schwarzer Mantel, schwarze Lederhandschuhe und auf dem Kopf ein weit in die Stirn gezogener, schwarzer Damenhut, der ihre Haare komplett verbarg. Die einzige Stelle ihres Körpers, die nicht von schwarzen Klamotten bedeckt war, war ihr Gesicht. Vielleicht war es einmal vor langer Zeit ein schönes, freundliches Gesicht gewesen, doch schienen die dazugehörigen Augen zu viele unschöne Dinge gesehen und die Ohren zu viele unschöne Dinge gehört zu haben, als dass davon noch irgendetwas übrig geblieben wäre. So war es nur noch eine von Falten zerfurchte, griesgrämige Maske, die nicht den Eindruck machte, als wäre sie noch fähig, eine andere Gefühlsregung als die der Verbitterung ausdrücken zu können.

Nachdem die Frau Platz genommen hatte, sah sie sich skeptisch in meinem Büro um.

»Arbeiten Sie ganz alleine?«

Ich gab ihr die Antwort, die ich allen Leuten gab, die mir diese Frage stellten.

»Nein, ich beschäftige drei Sekretärinnen, aber die erledigen momentan Einkäufe.«

Sie musterte mich wie etwas, das man gerade aus einer Schlammgrube gezogen hatte. Ich grinste sie freundlich an. »Was kann ich für Sie tun, Frau …?«

»Urbas ist mein Name.«

»Okay, Frau Urbas. Was führt Sie also zu mir?«

Sie schielte auf die Zeitung, die auf dem Schreibtisch lag.

»Haben Sie heute schon die ›Fürther Nachrichten‹ gelesen?«

Ich nickte.

»Ja.«

»Dann haben Sie sicher auch den Artikel über diese schreckliche Tragödie gelesen.«

Ich nickte erneut.

»Ja. Erschütternd. Ich bin immer noch geschockt. Gegen die Cluberer zu verlieren ist schlimmer, als …«

Sie schnitt mir verärgert das Wort ab.

»Ich meinte den Bericht über den Vater, der seinen Sohn ermordet hat.«

»Den habe ich auch gelesen. Was ist damit?«

Sie wandte den Blick von mir ab und fixierte einen bestimmten Punkt an der Wand. Ich folgte ihrem Blick. Die Wand war so kahl wie die Rückseite des Mondes. Erst nach einer Weile begriff ich, dass sie gar nicht auf die Wand schaute, sondern durch die Wand hindurch auf etwas, das in einer anderen Dimension lag. Als sie wieder sprach, war ihre Stimme so schwer und so leblos wie ein Grabstein.

»Der Vater ist mein Mann. Mein Mann Adam Urbas.«

Sie drehte ihren Kopf wieder zu mir und sah mir direkt in die Augen.

»Und der Sohn war mein Sohn. Mein einziges Kind Simon.«

Ich konnte erkennen, dass sich wässrige Flüssigkeit in ihren Augen sammelte, aber sie schien sich zu zwingen, auf den Lidschlag zu verzichten, der die Tränen aus den Augen gedrückt hätte und sie über ihre Wangen hätte laufen lassen. Offenbar war Frau Urbas zu stolz, um vor einem wildfremden Mann ihre Trauer so offen zu zeigen. Was mich betraf, so hatte mich diese Offenbarung durchaus getroffen. Aber, da ich weder Urbas Senior noch Urbas Junior persönlich kannte, nicht so stark, dass ich zusammengebrochen wäre. Trotzdem bemühte ich mich, Trauerflor um meine Stimme zu wickeln.

»Mein Beileid. Eine furchtbare Tat.«

Frau Urbas schwieg. Ich ließ sie gewähren und legte zum Andenken an den Verstorbenen ebenfalls eine Schweigeminute ein. Als meine Klientin danach aber immer noch keine Anstalten machte, in irgendeiner Weise weiter mit mir kommunizieren zu wollen, beschloss ich, etwas nachzuhelfen.

»Nun, Frau Urbas, ich verstehe, dass Sie tief erschüttert sind vom Tod Ihres Sohnes, aber ich verstehe ehrlich gesagt nicht ganz, warum Sie mich aufgesucht haben. Manchmal werde ich beauftragt, in einem ungeklärten Mordfall zusätzliche Ermittlungen anzustellen. Aber in Ihrem Fall scheint ja alles sonnenklar zu sein.«

Kaum hatte ich ausgesprochen, biss ich mir auf die Zunge und verfluchte meine Wortwahl. ›Sonnenklar‹ war sicherlich mit Abstand der schlechteste Ausdruck einer Frau gegenüber, deren einziges Kind gerade vom eigenen Ehemann ermordet worden war. Aber jetzt war es zu spät, ich konnte meine Worte schließlich nicht wieder einsaugen, und im Grunde trafen sie ja den Kern. Meine Klientin schien jedoch anderer Meinung zu sein.

»Überhaupt nichts ist sonnenklar.«

Ich runzelte die Stirn.

»Sie wollen vermutlich, dass ich das Motiv finde. Warum Ihr Mann seinen Sohn getötet hat.«

Sie schüttelte unwirsch den Kopf.

»Mein Mann hat Simon nicht getötet.«

Mein Unterkiefer fiel mir so weit nach unten, dass er auf dem Fußboden aufschlug. Ich hatte ja mit einigem gerechnet, aber nicht damit. Ich bückte mich, sammelte den Unterkiefer auf und renkte ihn wieder ein. Immerhin war er jetzt endlich raus, der Grund, weswegen mich Frau Urbas aufgesucht hatte. Sie wollte nicht wahrhaben, was passiert war, sie wollte nicht wahrhaben, dass sie ihr Kind verloren hatte, sie wollte vor allem nicht wahrhaben, dass sie ihr Kind verloren hatte, weil es vom eigenen Vater getötet worden war. Ich versuchte, meine Worte diesmal sorgfältiger zu wählen.

»Aber in der Zeitung ist die Rede davon, dass Ihr Ehemann die Tat gestanden hat. Dass er selbst zur Polizei gegangen ist, um den Mord zu melden.«

»Ja, das hat er getan. Aber er lügt. Er lügt, wenn er behauptet, dass er unseren Jungen ermordet hat.«

»Aber warum zum Teufel sollte er so etwas tun? Warum sollte er sich des Mordes an seinem eigenen Kind bezichtigen, wenn der Mörder eine andere Person wäre?«

»Weil Adam sich schuldig fühlt.«

»Schuldig? Woran?«

»Dass unser Simon kein guter Mensch war. Adam hat sich schuldig gefühlt an all den Dummheiten, die Simon angestellt hat. Aber er hätte ihn niemals umgebracht. Simon war schließlich ein absolutes Wunschkind. Wir mussten dreizehn lange Jahre warten, bis ich endlich schwanger wurde. Adam war so glücklich, dass er doch noch einen Nachkommen bekam, einen Erben, dem er einmal alles übergeben konnte und in dem das uralte Urbassche Bauerngeschlecht weiterleben würde. Glauben Sie, dass er seinen eigenen Stammhalter einfach umbringen würde?«

»Ich glaube gar nichts. Aber die Erfahrung lehrt, dass prinzipiell jeder Mensch zu jeder Tat fähig ist, wenn nur die Umstände ungünstig genug sind. Und das Leben besteht nun mal größtenteils aus einer Aneinanderreihung ungünstiger Umstände.«

Sie legte die Stirn in Falten, als würde sie darüber nachdenken, aber ich hätte meinen Arsch darauf verwettet, dass nichts und niemand sie von ihrer feststehenden Meinung hätte abbringen können. Was sie als nächstes sagte, bewies, dass ich die Wette gewonnen hätte.

»Wie auch immer, ich weiß, dass Adam unseren Jungen nicht ermordet hat. Und ich möchte, dass Sie den wahren Mörder finden.«

»Mördersuche ist Sache der Polizei.«

»Für die Polizei ist der Fall mit dem Geständnis meines Mannes erledigt. Die werden keine weiteren Ermittlungen anstellen. Und deshalb werden Sie weiterermitteln.«

Ich fuhr mit der Hand über meine Bartstoppeln. Ja, sie waren noch alle da. Seit zwei Tagen nicht mehr abrasiert und deshalb bestens geeignet, mir das Aussehen eines knallharten Burschen zu verleihen. Ich packte noch meinen stahlharten Blick dazu und funkelte meine Klientin an.

»Mir missfällt die Selbstverständlichkeit, mit der Sie voraussetzen, dass ich derjenige sein werde, der weiterermitteln wird. Ich nehme beileibe nicht jeden Auftrag an.«

Auf ihren zusammengekniffenen Lippen blitzte kurz etwas auf, das man als Lächeln hätte deuten können, aber nur, wenn man so viel Phantasie hatte, dass man sich auch die Existenz von schleimigen Aliens auf dem Mars oder von nichtkorrupten Politikern auf der Erde vorstellen konnte. Und selbst dann wäre es kein Lächeln der Freude gewesen, sondern nur ein Lächeln der Überlegenheit.

»Sie brauchen keine Sorge zu haben. Ich kann Sie natürlich bezahlen. Kein Problem.«

Sie griff in ihre Manteltasche, zog ein von einem Gummi zusammengehaltenes Bündel Geldscheine heraus und warf es auf meinen Schreibtisch.

»Das hier ist alles, was ich an Erspartem habe. Ich hoffe, es ist genug.«

Ich nahm das Bündel und zählte die Scheine grob durch. Es war genug Schotter, um sich für mindestens eine Woche meine Schnüffeldienste zu sichern. Kein Problem, tatsächlich. Das Problem lag allerdings auch nicht darin, dass ich um die Liquidität meiner Klientin fürchtete. Das Problem lag darin, dass dieser Auftrag vollkommen sinnlos war. Frau Urbas hatte natürlich recht mit ihrer Einschätzung, dass die Polizei den Fall als aufgeklärt betrachtete. Und die Polizei hatte natürlich recht mit ihrer Einschätzung, dass der Fall tatsächlich aufgeklärt war. Ich sollte also nach einem Mörder suchen, den es mit an Sicherheit grenzender Wahrscheinlichkeit gar nicht gab.

Ich schloss die Augen, um auf meine inneren Stimmen zu hören. Eine Stimme meinte, ich sollte mich schämen, die Verzweiflung einer Mutter auszunutzen, die ihr einziges Kind verloren hatte und nicht wahrhaben wollte, dass sie es ausgerechnet durch den Erzeuger des Kindes verloren hatte, und wenn ich nur einen Funken Anstand besäße, müsste ich diesen Fall unbedingt ablehnen. Eine andere Stimme vertrat die Ansicht, dass alles getan werden sollte, was dieser Frau helfen könnte, ihren schrecklichen Verlust zu verarbeiten, und dass ich, wenn ich auch nur einen Funken Anstand besäße, diesen Fall unbedingt annehmen müsste. Unentschieden. Schließlich meldete sich noch eine Stimme, die mich an den leeren Kühlschrank, die volle Schublade mit den unbezahlten Rechungen und den hohen Kontostand – mit dem kleinen Schönheitsfehler des Minus davor – erinnerte. Diese sachlich vorgetragene Argumentation überzeugte mich durch ihre hohe Plausibilität und ihren absoluten Wahrheitsgehalt. Ich würde den Teufel tun und meinen ersten Auftrag seit Tagen ablehnen. Selbst wenn er so sinnvoll und erfolgversprechend war wie die Suche nach einem Schneemann in der Sahara oder nach einer Nymphomanin in einem Kloster. Ich räusperte mich bedeutungsvoll.

»Also gut, ich übernehme den Auftrag. Ihr Kleingeld hier reicht für eine Woche. So lange werde ich nach einem anderen

Mörder suchen. Wenn ich nach dieser Woche nichts gefunden habe, was auf einen anderen Täter hindeutet, ist der Job beendet. Einverstanden?«

Sie nickte emotionslos.

»Einverstanden.«

Ich verstaute das Geldbündel in der Schublade mit den unbezahlten Rechnungen, faltete die Hände und gab die Nummer vom hoch motivierten, akribisch recherchierenden Detektiv.

»Na gut, gehen wir also ab jetzt davon aus, dass Ihr Mann die Tat wirklich nicht begangen hat. Wer könnte Ihrer Meinung nach sonst als Mörder in Frage kommen? Und vor allem: Warum sollte jemand Ihren Sohn ermorden wollen?«

»Wie gesagt, Simon hat sich leider oft nicht so verhalten, wie wir uns das gewünscht hätten. Nicht, dass er charakterlos gewesen wäre, im Grunde seines Herzens war er ein guter Junge. Aber er war ein leicht verführbarer Charakter, und er ist leider offenbar in die falschen Kreise geraten und hat sich oft zu Dummheiten anstiften lassen. Ich glaube, dass er in irgendeine kriminelle Geschichte hineingeschlittert ist und deshalb umgebracht wurde.«

»Was waren das für Dummheiten?«

Sie zupfte an ihren Handschuhen, tastete nach ihrem Hut, überprüfte, ob ihre Nase noch an ihrem Ursprungsort saß, und tat noch ein paar andere Dinge, die man eben so tut, wenn man sich um etwas herumwinden möchte wie eine Schlange. Es war offensichtlich, dass es sie große Überwindung kostete, über die Schandtaten ihres Sohnes zu sprechen.

»Bei der Polizei gibt es eine Akte über Simon, da stehen sie alle drin. Von sich aus hätte er diese Dinge nie getan. Wie gesagt, er ist eben ganz einfach in die falschen Kreise geraten.«

»Haben diese falschen Kreise auch Namen?«

»Wie meinen Sie das?«

»Kannten Sie seine Freunde? Wie heißen sie, wo wohnen sie? An welchen Orten verkehrte Ihr Sohn?«

»Das kann ich Ihnen leider nicht sagen. Er hat nie irgendjemanden mit nach Hause gebracht. Er hat uns auch nie gesagt, wo er hingeht und mit wem er sich trifft und was er mit seinen Freunden unternimmt. Ich weiß nur, dass er sich viel in den Fürther Kneipen und Wirtshäusern herumgetrieben hat.«

»Welchen Beruf hatte Simon?«

»Keinen.«

»Hatte er eine Ausbildung?«

»Nein. Er sollte ja eigentlich einmal unseren Hof übernehmen, aber er hatte nicht das geringste Interesse an der Landwirtschaft.«

»Und an was hatte er Interesse?«

»Leider an nichts, was mit Arbeit verbunden war.«

»Wo hat er gelebt? Und vor allem: wovon?«

»Er hat bei uns auf dem Hof gewohnt. Er hatte seine eigene Kammer in unserem Haus.«

»Das beantwortet, wo er gelebt hat, aber nicht, wovon.«

»Ich habe ihm immer mal Geld zugesteckt."

»Das er dann wahrscheinlich versoffen, verspielt und verhurt hat.«

Sie zuckte leicht zusammen und gab mir mit einem verärgerten Blick zu verstehen, dass sie meine Aussage missbilligte, selbst wenn sie inhaltlich vielleicht durchaus zutreffend sein mochte.

»Simon war kein schlechter Mensch. Aber er wusste eben noch nicht so recht, was er mit seinem Leben anfangen sollte. Er hatte seinen Weg noch nicht gefunden.«

Nun, jetzt hatte er ihn gefunden, seinen Weg, und der führte ihn vermutlich schnurstracks in die Hölle. Diese Einschätzung behielt ich jedoch für mich.

»Soweit ich gelesen habe, wurde Ihr Sohn in Ihrem Haus in seinem Zimmer ermordet.«

»Ja.«

»Waren Sie zu dieser Zeit zu Hause?«

»Ja.«

»Wie haben Sie den Tathergang erlebt?«

»Gar nicht. Ich habe geschlafen. Nachdem mein Mann vom Stammtisch nach Hause gekommen war, haben wir noch zusammen in der Stube ferngesehen und sind dann gegen Mitternacht ins Bett gegangen. Simon war zu diesem Zeitpunkt noch nicht zu Hause. Irgendwann mitten in Nacht wurde ich von zwei Polizeibeamten geweckt, die vor meinem Bett standen und mir mitteilten, dass mein Sohn mit durchgeschnittener Kehle in seinem Zimmer liege und mein Mann als geständiger Täter im Fürther Polizeipräsidium sitze. So habe ich den Tathergang erlebt.«

»Was glauben Sie, dass passiert ist?«

»Ich glaube, dass Simon irgendwann frühmorgens nach Hause gekommen ist und sich in sein Bett gelegt hat. Dass später irgendjemand in unser Haus und in sein Zimmer eingedrungen ist, ihn ermordet hat und dann geflüchtet ist. Dass mein Mann davon wach geworden ist, nachgesehen hat und unseren Sohn tot in seinem Zimmer gefunden hat, und dass er dann zur Polizei gefahren ist, den Mord gemeldet hat und sich selbst als Täter genannt hat, weil er glaubt, dass er schuld daran ist, dass sein einziger Sohn ein verpfuschtes Leben geführt hat und diesen schrecklichen frühen Tod sterben musste.«

»Beschreiben Sie mir den Tatort. Beschreiben Sie mir die Zimmer Ihres Haus.«

»Es ist nur ein kleines, einfaches, eingeschossiges Gebäude. Wenn man zur Haustür hereinkommt, betritt man die Stube. Nach der Stube kommen nacheinander die Küche, das Bad, unser Schlafzimmer und am Ende das Zimmer von Simon.«

»Sind die Räume miteinander verbunden?«

»Nein. Von der Stube führt ein kleiner Gang an der Wand entlang, von dem aus man in die einzelnen Zimmer gelangt.«

»Wie konnte der mögliche Täter ins Haus gelangen?«

»Nur durch die Haustür. Es ist der einzige Eingang.«

»Was ist mit den Fenstern?«

»Die waren alle fest verschlossen und verriegelt. Auch im Zimmer von Simon. Durch die Fernster konnte niemand hereinkommen.«

»Wurde die Haustür aufgebrochen?«

»Nein. Das war aber auch nicht nötig. Wir schließen nie ab.«

»Der Täter hätte also einfach durch die unabgeschlossene Haustür eintreten, die leere Stube durchqueren und dann den Gang entlang, vorbei an Bad, Küche und Schlafzimmer, zu Simons Zimmer gehen können.«

»Ja.«

»Waren außer Ihnen und Ihrem Mann noch andere Personen im Haus, als Sie zu Bett gingen?«

»Nein.«

»Waren andere Personen auf dem Hof?«

»Gegenüber unserem Wohnhaus steht ein zweites Haus, in dem die Mägde und die Knechte wohnen. Aber soweit ich weiß, waren in der Mordnacht alle außer der Margarethe auf der Fürther Kirchweih und sind erst frühmorgens heimgekommen. Als Simon schon tot war.«

»Wer ist Margarethe?«

»Eine unserer Mägde.«

»Ist sie heute auf dem Hof?«

»Nein. Sie hat ihren freien Tag. Sie muss hier in der Stadt sein.«

»Wo befindet sich Ihr Mann jetzt?«

»Er sitzt in der Fürther Polizeidirektion in Untersuchungshaft.«

Meine Klientin hatte sich bisher wacker geschlagen, aber langsam ließ ihre Kondition nach, was das Unter-Kontrolle-Halten ihrer Gefühle betraf, und ich sah erneut Wasser in ihren Augen. Sie zog ein Stofftaschentuch aus ihrer Manteltasche, wischte sich damit die Tränen ab und putzte sich die Nase. Ich nahm ihr Rotzen als Signal, mein Verhör zu beenden. Ich hätte noch einen Stapel Fragen auf Lager gehabt, aber ich hatte das Gefühl, dass ich von ihr darauf keine vernünftigen Antworten mehr erhalten würde. Also teilte ich Frau Urbas mit, dass meine Befragung hiermit beendet sei, schrieb mir ihre Telefonnummer auf einen Zettel, versprach ihr, dass ich sie anrufen würde, sobald ich etwas Spruchreifes herausgefunden hätte, verabschiedete mich von ihr und komplimentierte sie aus meinem Büro.

Nachdem sie verschwunden war, lehnte ich mich weit in meinen Chefsessel zurück, um über mein weiteres Vorgehen nachzudenken. Mein Denkprozess wurde von einem brummenden Geräusch gestört. Ich versuchte zu orten, wo es herkam, und wurde in meiner Bauchgegend fündig. Mein Magen knurrte. Er hatte noch kein Frühstück bekommen und verlangte nach Befriedigung. Ich durchsuchte meinen Schreibtisch nach etwas Essbarem. Das Einzige, was ich fand, war eine Plastikdose mit Trolli-Süßigkeiten, die mir meine letzte Klientin geschenkt hatte. Die Dose enthielt eine ›Halloween-Mischung‹: Kürbisse, Schlangen, Hexen, Teufel, Gespenster, Draculazähne, Totenschädel, Knochen und Skelette, alles aus Fruchtgummi. Nicht genug, dass die Kids zuviel Horror in der Glotze sahen, jetzt sollten sie ihn auch noch essen. Ich stopfte mir eine Handvoll von der Zucker-Gelatine-Farbstoff-Pampe in den Mund und brachte damit meinen Magen fürs Erste zum Schweigen.

Dann schnappte ich mir den Telefonhörer und wählte die Nummer der Polizeidirektion Fürth. Ich ließ mich mit Kommissar Diesterweg verbinden. Er war der Leiter der Mordkommission und musste als solcher für den Fall Urbas zuständig sein. Ich hatte in der Regel keinerlei Probleme mit der Fürther Polizei, im Gegenteil, ich schätzte die Jungs, denn sie waren auf Zack und sorgten dafür, dass Fürth die niedrigste Kriminalitätsrate aller bayrischen Städte hatte und damit eine der sichersten Großstädte der gesamten Republik war. Kommissar Diesterweg war die Ausnahme von der Regel, denn er konnte Privatdetektive auf den Tod nicht ausstehen und machte auch kein Geheimnis daraus. Diesterweg und ich waren uns einmal über den Weg gelaufen, als uns sowohl sein als auch mein Job ein Zusammentreffen mit einer Balkanmafiabande in der Südstadt beschert hatte, und bei dieser Gelegenheit hatte ich ihn davor bewahrt, mit akuter Bleivergiftung in der Pathologie des Klinikums zu landen. Dieses Ereignis hatte seiner Abneigung gegen private Schnüffler keinerlei Abbruch getan, aber er wusste, dass er mir seitdem noch einen Gefallen schuldig war. Wenn er es wusste, dann ließ er es sich zumindest nicht anmerken, als er am Apparat war.

»Na so was, Frankens Antwort auf Sam Spade persönlich wünscht mich zu sprechen. Was verschafft mir die Ehre, Marlein?«

Ich überlegte, ob ich die Thrillerpfeife aus der Schublade holen und ihm eine Woche Arbeitsunfähigkeit wegen eines Tinnitus verschaffen sollte, beschloss aber dann, ihm diesen Gefallen nicht zu tun.

»Ein bisschen mehr Respekt bitte dem Mann gegenüber, der Sie davor bewahrt hat, jetzt in einer großen schwarzen Kiste zu liegen und die Radieschen von unten zu betrachten.«

Er gab einen Seufzer von sich.

»Da hätte ich wenigstens meine Ruhe. Sie haben mir das vermasselt.«

»Was ist los, Diesterweg? Arbeitsüberlastung? Midlife-Crisis? Funktionale Erektionsstörungen? Oder alles zusammen?«

Ein erbostes Grunzen drang an mein Ohr.

»Sparen Sie sich Ihre plumpen Beleidigungen und sagen Sie mir, was Sie wollen. Wenns legal ist, bekommen Sie es, und dann sind wir quitt, und ich kann Ihren Namen endlich aus meinem Gedächtnis streichen.«

Wir verstanden uns prächtig. Wir hatten exakt die gleichen Ansichten. Er konnte mich nicht leiden, und ich konnte ihn nicht leiden. Das war das Fundament, auf dem man eine Männerfreundschaft gründen konnte.

»Ich hätte gerne alle verfügbaren Informationen zum Fall Urbas.«

Kurzes Schweigen, währenddessen ich sein Atmen hören konnte, dann eine übertrieben auf unwissend getrimmte Stimme.

»Was für einen Fall Urbas, zum Teufel?«

»Der Bauer aus Poppenreuth, der seinen eigenen Sohn erstochen hat.«

Er schwieg erneut, und ich konnte diesmal hören, wie sich die Räder in seinem Gehirn drehten beim Versuch, das soeben

Gehörte irgendwie sinnvoll zu verarbeiten. Nach einer Weile war der Versuch von Erfolg gekrönt.

»Okay, ich gebe Ihnen jetzt alle verfügbaren Informationen durch. Haben Sie was zu Schreiben?«

»Schießen Sie los.«

»Der Bauer Urbas aus Poppenreuth hat seinen eigenen Sohn erstochen.«

Dann schwieg er wieder. Ich bellte verärgert in den Hörer.

»Hören Sie, Diesterweg, verscheißern kann ich mich selber, dazu muss ich keinen Bullen anrufen. Sagen Sie mir einfach, wenn Sie mir nicht helfen wollen, aber lassen Sie Ihre …«

»Was wollen Sie denn hören? Der Fall Urbas war abgeschlossen, noch bevor es ihn überhaupt gegeben hat. Adam Urbas kam neulich mitten in der Nacht zu uns, überreichte uns ein blutverschmiertes Messer und erklärte, dass er damit gerade seinen Sohnemann abgemurkst habe. Wir haben ihn eingebuchtet, sind zu seinem Haus gefahren und haben uns davon überzeugt, dass er recht hatte. Akte geschlossen. Keine Ursache für die Auskunft. Ich wünsche Ihnen noch einen schönen Tag und ein schönes restliches Leben.«

»Urbas' Frau ist der Ansicht, dass Ihr Mann die Tat nicht begangen hat.«

»Und hat Sie engagiert, den wahren Mörder zu finden?«

»Messerscharf kombiniert.«

Er lachte ein arrogantes, boshaftes, dreckiges Lachen.

»Versuchen Sie doch einfach, ihr kleines Spatzenhirn nicht nur spazieren zu tragen, sondern es zur Abwechslung auch mal zu benutzen. Sie haben einen Täter, der ein ausführliches Geständnis abgelegt hat, ein Opfer, das genau so getötet wurde, wie es der Täter beschrieben hat, einen Tatort, an dem Täter und Opfer wohnten, eine Tatwaffe, an der sich die Fingerabdrücke des Täters und das Blut des Opfers befinden. Was wollen Sie denn noch? Den Namen des Täters vom sterbenden Opfer mit seinem eigenen Blut an die Wand geschrieben?«

»Ein Motiv, zum Beispiel.«

»Kein Problem. Simon Urbas war so ziemlich der missratenste Sohn, den man sich vorstellen kann.«

»Inwiefern?«

»Seine Akte ist so dick wie das Telefonbuch von Shanghai, und sein Vorstrafenregister liest sich wie das Inhaltsverzeichnis des Strafgesetzbuches: Betrug, Diebstahl, Einbruch, Körperverletzung, Drogenhandel, Hehlerei, Sachbeschädigung, Zuhälterei, Fahrerflucht, Beamtenbeleidigung, Widerstand gegen die Staatsgewalt, und so weiter, und so fort. Dieser Rotzlöffel war gewalttätig, verlogen, hinterlistig, arbeitsscheu, frech, versoffen, gewissenlos. Er war Stammgast in sämtlichen Kneipen und Spelunken der Stadt, wobei er in den meisten schon Lokalverbot hatte, weil er die Zeche geprellt, Gäste verprügelt oder das Inventar demoliert hatte. Simon Urbas war völlig verroht, verlottert und verdorben, und es bestand nicht die geringste Aussicht auf Besserung. Er hat seinem Vater nichts als Ärger bereitet, und ich kann irgendwie nachvollziehen, dass dem Alten irgendwann die Sicherungen durchgebrannt sind. Er hat die Nerven verloren und seinen entarteten Sprössling aus dem Verkehr gezogen, bevor er noch mehr Schande über die Familie bringen konnte – und er war ja gerade dabei, das zu tun. Eigentlich muss man Adam Urbas dankbar sein, dass er uns von diesem Stück Scheiße befreit hat. Simon Urbas war schlicht und ergreifend Abschaum.«

»Inwiefern war Simon gerade dabei, noch mehr Schande über die Familie Urbas zu bringen?«

»Es wurde wegen versuchten Mordes gegen ihn ermittelt.«

»Wen wollte er denn umbringen?«

»Eine gewisse Gertrud Nördlinger. Ein verrufenes Frauenzimmer. Treibt sich meistens am Fürther Hauptbahnhof herum. Alte Bekannte bei uns auf dem Revier. Hat sich schon ein paar Anzeigen wegen unerlaubter Prostitution eingefangen, aber bisher haben wir ihr letztendlich doch nie etwas Konkretes nachweisen können. Der junge Urbas hat sie offenbar in einen abgelegenen Teil des Stadtparks gelockt und dort zu erwürgen versucht. Und nur weil zufällig vorbeikommende Spaziergänger ihr Geschrei hörten und ihr zu Hilfe eilten, konnte die Tat verhindert werden.«

»Warum wollte er sie erwürgen?«

»Die beiden hatten wohl ein kurzes Verhältnis miteinander. Laut Urbas' Aussage hat die Nördlinger hinterher behauptet, sie sei von ihm schwanger. Sie habe ihm gedroht, dass er lebenslang Unterhalt an sie zahlen müsse, wenn sie das Kind bekommen würde, und ihm angeboten, das Kind abzutreiben. Dafür habe sie aber die Zahlung eines hohen Geldbetrages von ihm gefordert.«

»Umgangssprachlich nennt man das Erpressung. Haben Sie die Geschichte mit der Schwangerschaft überprüft?«

»Nein, die Ermittlungen laufen noch. Aber es sah schlecht aus für den rabiaten Knaben, egal ob das Flittchen nun schwanger ist oder nicht. Er wäre mit hoher Wahrscheinlichkeit in Kürze festgenommen worden. Und dann wegen versuchten Mordes verurteilt worden und anschließend in den Bau gewandert.«

»Das vermeintliche Opfer ist nicht gerade sehr vertrauenswürdig.«

»Aber sie konnte mit den Spaziergängern vertrauenswürdige Zeugen aufbieten. Simon Urbas hätte vor Gericht keine Chance gehabt. Vielleicht hat der alte Urbas es einfach nicht gepackt, demnächst als Vater eines im Knast sitzenden verhinderten Mörders herumzulaufen, und wollte einer Verurteilung zuvorkommen, indem er selbst Richter gespielt hat. Adam Urbas ist einer von diesen beschränkten ländlichen Sturschädeln, die sich immer gleich persönlich angepisst und in ihrer bäuerlichen Ehre gekränkt fühlen, die auf ihren alten, verrotteten, dreckigen und stinkenden Höfen wie kleine Sonnenkönige herrschen und in absolutistischem Größenwahn keine Instanz über sich anerkennen. Er hat eben einfach das gemacht, was alle Despoten auf der Welt mit ungehorsamen und aufsässigen Untertanen machen: Rübe runter!«

»In welcher mentalen Verfassung war Adam Urbas, als er zu Ihnen kam und sein Geständnis abgelegt hat?«

»Dafür, dass er gerade seinen eigenen Sohn massakriert hatte, machte er einen relativ ruhigen und gefassten Eindruck.«

»Hat er selbst Angaben zum Tatmotiv gemacht?«

»Nein. Er hat in wenigen Worten erzählt, was passiert ist, aber auf alle weiteren Fragen hat er die Antwort verweigert. Wir haben ihn in den vergangenen Tagen mehrmals verhört, aber das einzige, was man von ihm erzählt bekommt, ist der Ablauf der Tat, über alles andere schweigt er eisern wie ein Grab. Er berichtet nur Fakten, aber er liefert keine Erklärungen. Im Übrigen verweigert er auch jeden Rechtsbeistand. Er will gar nicht verteidigt werden. Wir haben ihm zu verstehen gegeben, dass es sich strafmildernd auswirken würde, wenn er auch Angaben zu seinem Motiv machen würde, aber das interessiert ihn überhaupt nicht.«

»Wie hat er den Ablauf der Tat geschildert?«

»Er hat erzählt, dass er geschlafen habe und von Lärm auf dem Hof wachgeworden sei. Er sei hinausgegangen und habe seinen betrunkenen Sohn angetroffen, der vergeblich versucht habe, ins Haus zu kommen. Er habe den Sohn eingelassen, der Sohn sei in sein Zimmer gegangen, und er sei ihm gefolgt. Er hätte eine Weile mit ihm geredet, und dann habe er ihn getötet.«

»Hat er gesagt, über was er mit seinem Sohn geredet hat?«

»Nein. Das ist einer der Punkte, über die er jede Auskunft verweigert.«

»Wie lange hat er sich im Zimmer seines Sohnes aufgehalten?«

»Zu dieser Frage hat er lange nur mit den Achseln gezuckt. Beim bislang letzten Verhör hat er sich dann wenigstens vage dazu geäußert und von ungefähr einer halben Stunde gesprochen.«

»Woher hatte er die Mordwaffe?«

»Wir haben festgestellt, dass das Messer dem Sohn gehörte. Laut Urbas Senior lag es auf dem Tisch in Simons Zimmer. Er hätte am Morgen noch Brot damit geschnitten.«

»Hat der Amtsarzt bei der Untersuchung der Leiche Spuren von Gewaltanwendung festgestellt – abgesehen natürlich vom durchgeschnittenen Hals?«

»Nein. Der Rest des Körpers war völlig unversehrt – abgesehen natürlich davon, dass er mehr Alkohol als Blut in seinen Adern hatte. Er hatte 2,1 Promille bei Todeseintritt. Wir haben ermittelt, dass er sich am Abend in irgendeiner Spelunke in der Gustavstraße zugesoffen hatte.«

»Beulen, blaue Flecken, Kratzer, Schürfwunden?«

»Nichts dergleichen.«

»Schäden an der Kleidung?«

»Fehlanzeige.«

»Ungewöhnlich, finden Sie nicht? In der Regel wehrt man sich, wenn einem die Birne abgetrennt werden soll.«

»Wenn man vollgebölkt ist bis unter die Schädeldecke und so besoffen, dass man nicht mal mehr selbständig die Haustüre geöffnet bekommt, wehrt sichs auch nicht mehr so leicht. Außerdem rechnet man eben nicht unbedingt in jedem Moment damit, vom eigenen Erzeuger aufgeschlitzt zu werden, oder?«

»Wo befindet sich der Erzeuger eigentlich momentan?«

»In einer schönen, warmen, schnuckligen Zelle ein Stockwerk unter mir.«

»Wenn ich später mal bei Ihnen vorbeikommen und unter vier Augen mit Adam Urbas sprechen könnte, wären wir quitt.«

Er schwieg wieder, und das eine ganze Weile. Ich machte mir langsam Sorgen um meine Telefonrechnung. Dann endlich hörte ich wieder das zarte Stimmchen des Kommissar Diesterweg.

»Hören Sie, Marlein, ich gebe Ihnen jetzt einen Rat, der Ihnen diesmal Ihren Arsch retten könnte, und dann wären wir wirklich quitt.«

Seine Stimme wurde so leise, dass er fast nur noch flüsterte. Um ihn weiterhin zu verstehen, musste ich den Hörer so fest an mein Ohr pressen, dass ich fast ein Druckgeschwür davon bekam.

»Es gibt da nämlich noch eine Besonderheit an der ganzen Geschichte, aus der ich auch nicht schlau werde. Es gibt eine vertrauliche Anweisung von meinem Chef, dass der Fall Urbas als abgeschlossen zu betrachten ist und keine weiteren Ermittlungen angestellt werden sollen. Ich habe keine Ahnung, warum, aber es wird sicherlich triftige Gründe dafür geben. Und deshalb kann ich Ihnen nur raten: Lassen Sie Ihre Finger von der Geschichte. Wenn Sie weiter darin herumwühlen, werden Sie sich nur Schwierigkeiten einhandeln.«

»Schwierigkeiten sind mein Geschäft.«

»Vielleicht auch mehr als Schwierigkeiten. Sie könnten sich eine blutige Nase holen.«

Er senkte seine Stimme um eine Oktave, genau wie es in jedem schlechten Kinofilm der Bösewicht tut, wenn er den jugendlichen Helden davon abbringen will, ihm weiter nachzustellen.

»Und es soll schon Leute gegeben haben, die dabei verblutet sind. Ich habe Sie gewarnt.«

Ich hob meine Stimme um eine Oktave und tauchte sie in Zuckerwatte.

»Nett von Ihnen. Ich werde mich jetzt in meine Meditationsecke kuscheln und bei sphärischen Klängen über Ihre Warnung nachdenken. Falls mein Karma mir raten sollte, trotzdem mit Herrn Urbas zu sprechen, lassen Sie mich dann in seine Zelle?«

Er dachte einen Moment lang darüber nach. Die Antwort kam nicht gerade mit dem Brustton der Überzeugung.

»Nur wenn Sie mir versprechen, dass Sie danach für immer aus meinem Leben verschwinden.«

Ich versprach es ihm und beschloss, das Telefonat zu beenden, bevor er es sich wieder anders überlegte. Ich ließ mir noch eine kurze Beschreibung von Gertrud Nördlinger geben, dann legte ich auf.

Ich lehnte mich erneut tief in meinen Chefsessel zurück. Ich rümpfte meine Nase und schnupperte. Ja, ich konnte es riechen: Die Sache stank, und zwar stärker als die ungewaschenen

Socken eines Landstreichers. Vielleicht war die Vermutung meiner Klientin doch nicht so abwegig. Vielleicht hatte ich ja tatsächlich einen echten Fall – und nicht nur eine nette sinnfreie Gelegenheit, ein bisschen Kohle zu machen. Ich überlegte, wen ich befragen könnte, um Licht ins Dunkel dieser Angelegenheit zu bringen, und beschloss, mit dem verrufenen Frauenzimmer anzufangen.

Ich katapultierte mich aus meinem Sessel, nahm den Trenchcoat vom Kleiderhaken und den Zettel mit der Telefonnummer von Frau Urbas vom Tisch, öffnete eine der Schreibtischschubladen, entnahm ihr meine Knarre, steckte sie in die Mantelinnentasche, zog den Mantel an und ging zur Tür. Als ich sie öffnete, stolperte ich über die Post, die vor der Tür auf dem Boden lag. Ich hob sie auf und sah sie durch: ein Ikea-Werbeprospekt, ein Quelle-Katalog, den ich nie bestellt hatte, und einige Rechnungen, für die dasselbe galt. Ich warf das Zeug in den Papierkorb, um es dort seinem Schicksal zu überlassen, und verließ mein Büro.

Ich stieg die alte morsche Holztreppe vom ersten Stock zum Erdgeschoss hinunter. Dort kam ich an der Wirtschaft vorbei, die sich genau unter meinem Büro befand. Ich sah durch die offene Türe, dass die alte dicke Wirtin gerade unter einem Tisch Erbrochenes aufwischte, und dass einige zertrümmerte Stühle auf einem Haufen in der Ecke lagen. Offenbar hatte es am Vorabend wieder mal eine Schlägerei gegeben. Schön, dass es noch Dinge gab, die traditionell stattfanden und auf deren regelmäßige Wiederkehr man sich absolut verlassen konnte. Ich überlegte, ob ich nicht noch kurz auf ein Bier reingehen und mich für meine anstehenden Ermittlungen stärken sollte. Doch dann erinnerte ich mich an mein selbstgestecktes Ziel, vor Sonnenuntergang keinen Alkohol anzurühren, und ließ es bleiben.

Ich öffnete die Haustür und trat ins Freie. Draußen war es heller als im düsteren Treppenhaus, aus dem ich kam, aber nicht sehr viel. Ich blickte nach oben. Riesige dunkle Wolken hingen am Himmel wie überdimensionale Krebsgeschwüre. Ein Oktobertag wie im Bilderbuch – und ein weiterer Feiertag für Ärzte, die sich auf die Behandlung von Depressionen spezialisiert hatten. Am Kaugummiautomaten vor der Wirtschaft zog ich mir Reiseproviant und machte mich auf den Weg zum Fürther Hauptbahnhof.

Zwei

Ich ging in Richtung Schwabacher Strasse. Links und rechts von mir türmten sich die geschlossen aneinandergereihten historischen Häuser der Blumenstraße wie Leib an Leib stehende, Ruß beschmutzte und Rost befleckte Riesen auf. Doch ich konnte nicht zu den Riesen hochsehen, sondern musste meinen Blick nach unten auf den Gehsteig gerichtet halten, um nicht dauernd in Hundescheiße zu treten. Lärmende Kinder spielten unbeaufsichtigt zwischen parkenden und fahrenden Autos mitten auf der Straße, und eines fuhr mit einem alten roten Bobbycar gegen mein Schienbein. Viele Geschäfte, an denen ich vorbeikam, standen leer; der einzige Laden, der gut zu laufen schien, war der Sexshop am Ende der Straße, vor dessen Schaufensterauslagen verstohlen um sich blickende Familienväter herumlungerten.

Ich schwenkte in die Fußgängerzone ein und durchquerte sie. Sie war ein Ort, an dem Fürth Weltstadtflair versprühte, konnte man dort doch viele verschiedene Sprachen hören und Menschen unterschiedlichster Herkunft begegnen. Es war kein Geheimnis, dass Fürth einen überdurchschnittlich hohen Anteil an ausländischen Mitbürgern hatte. Das Erstaunliche war, dass das Zusammenleben verschiedenster Kulturen und Religionen in Fürth im Gegensatz zu den meisten anderen Großstädten nahezu reibungslos funktionierte. Toleranz, Weltoffenheit und eine liberale Geisteshaltung hatten eine lange Tradition in Fürth, und wenn es auch historisch nicht ganz stimmte, dass das dreiblättrige Kleeblatt als Stadtwappen für die friedliche Koexistenz und das gleichberechtigte Nebeneinander von Katholiken, Protestanten und Juden oder auch von Christen, Juden und Moslems stand, so war das doch zumindest eine passende und zutreffende Interpretationsmöglichkeit.

Vorbei an Apotheken, Bäckereien, Imbissbuden, Bankfilialen, Klamottengeschäften, Gemüseläden, Schnäppchenmärkten, Schlüsseldiensten, Spielhallen, Telefonshops und Internetcafes bog ich am Ende der Fußgängerzone in die Maxstraße ab und landete schließlich auf dem Bahnhofsplatz.

Ich ging vorbei an einer Horde Penner, die es sich und ihren Schäferhunden auf den Parkbänken bequem gemacht hatten und Bierflaschen kreisen ließen, und blieb vor dem großen ›Centaurenbrunnen‹ im Zentrum des Platzes stehen. Ich betrachtete die monumentale Skulptur in der Brunnenmitte. Sie stellte einen Centauren dar, einen fetten vollbärtigen Karl-Marx-Verschnitt mit dem Kopf und dem Oberkörper eines Menschen und dem Unterleib eines Pferdes, der gerade von einem muskulösen, nur mit Lendenschurz bekleideten Tarzan-Verschnitt gefesselt wurde. Der Zahn der Zeit hatte schon kräftig an dieser beeindruckenden Kampfszene genagt, und Witterungseinflüsse und vor allem Taubenscheiße hatten dafür gesorgt, dass die einstmals schwarz glänzenden Leiber der Helden mittlerweile von einem ekelhaften, giftgrünen Hautausschlag befallen waren. Der Brunnenrand war belagert von Halbwüchsigen, die anscheinend ein Wettrauchen veranstalteten und dabei stärker qualmten, als die Schlöte der Fürther Fabriken auf dem Höhepunkt der Industrialisierung. Ein Schild verkündete die Botschaft ›Kein Trinkwasser‹, was unfreiwillig komisch wirkte, denn im Brunnen befand sich gar kein Wasser, sondern nur jede Menge Müll, so dass das Ganze mehr wie ein überdimensionaler Abfalleimer als wie ein Brunnen aussah. Ich erinnerte mich, gelesen zu haben, dass der ›Centaurenbrunnen‹ die Bezwingung der Naturkraft durch den Menschen symbolisieren sollte und als Denkmal zur Erinnerung an die erste deutsche Eisenbahnfahrt gestiftet worden war, was mich wiederum daran erinnerte, wo ich eigentlich hinwollte.

Nachdem ich die Straße überquert hatte, stand ich vor dem Fürther Hauptbahnhof. Das Bahnhofsgebäude war ein großer, dreistöckiger, gefühlte hundert Meter breiter Kasten aus verwittertem Gestein und von undefinierbarer, schmutzig wirkender, grau-brauner Farbe. Ich verstand so viel von Architektur wie eine Schmeißfliege von Quantenphysik, und deshalb hatte ich auch keine Ahnung, was für ein Stil aus welcher Epoche das sein sollte, aber ich hatte mal irgendwo gelesen, dass dieser Bahnhof wie so viele andere Fürther Gebäude im 19. Jahrhundert erbaut worden war.

Ich betrat das Gebäude durch eine der Türen in den drei großen Torbögen, die das Eingangsportal bildeten. In der Eingangshalle, die für die Größe des Gebäudes ziemlich mickrig ausgefallen war, befanden sich nur ein paar Automaten für Fahrkarten, Fotos und Snacks sowie ein Zeitschriftenladen und ein Schalterraum mit dem protzigen Namen ›Reisezentrum‹. Ich warf einen kurzen Blick in den Zeitschriftenladen, um sicherzugehen, dass sich meine Zielperson nicht gerade zufällig darin befand, sah aber nur den Verkäufer und ein paar Typen, die verschämt in Pornoheftchen blätterten.

Dann durchquerte ich die Eingangshalle und trat auf einen Bahnsteig. Die Bahnsteige befanden sich unter Wellblechdächern, die von zahllosen dünnen, altmodischen Säulen gestützt wurden. Ein paar wenige Reisende standen oder saßen herum und warteten auf ihren Zug. Ich verspürte plötzlich einen leichten Druck auf der Blase, und auf der Suche nach Abhilfe ging ich ein Stück am Bahnhofsgebäude entlang. Es enthielt viele Türen, aber die meisten waren verschlossen, und wenn man einen Blick durch die Fenster riskierte, sah man, dass die dahinter liegenden Räume leer standen, und das offenkundig nicht erst seit gestern. Irgendwie war dieser Bahnhof so tot wie eine Geisterstadt im Wilden Westen, und das marode Bahnhofsgebäude wirkte wie der Sarkophag für eine weitere begrabene Fürther Hoffnung. Schließlich hatte die erste deutsche Eisenbahnfahrt achtzehnhundertirgendwann Fürth zum Ziel gehabt, und man hatte sicherlich damals die Hoffnung gehegt, dass diese erste, zwischen Nürnberg und Fürth verlaufende Bahnstrecke zur Keimzelle des deutschen Eisenbahnnetzes werden würde und Fürth zu einem Schienenverkehrsknotenpunkt. Übrig geblieben von diesem Traum war ein abgewracktes Gebäude, das leerer war als ein leerer Swimmingpool, und ein unbedeutender Bahnhof, in dem ab und zu gnädigerweise ein Regionalzug hielt. Eigentlich hätte der erste Ankunftsort in der deutschen Eisenbahngeschichte etwas Besseres verdient gehabt. Andererseits konnte ich nicht leugnen, dass der Fürther Hauptbahnhof ein gewisses nostalgisches Flair besaß, das mir gefiel. Manchmal wusste man Dinge erst zu schätzen, wenn man sie verloren hatte, und wenn sich irgendwann einmal an dieser Stelle einer dieser modernen, steril und glatt und kalt wirkenden Monsterkomplexe aus Stahl und Glas befinden würde, in den minütlich Intercitys mit Überschallgeschwindigkeit einfahren würden, um die Stadt mit Horden von Sonnenbrillen tragenden, Fotoapparat behangenen, mit kurzen Hosen, Sandalen und Tennissocken bekleideten Touristen zu überschwemmen, würde ich mir wahrscheinlich den jetzigen Zustand zurückwünschen.

Schließlich fand ich die Herrentoilette und ging hinein. Sie war nicht ganz so groß wie eine Telefonzelle. Immerhin konnte sie zumindest in Sachen Gestank und Versifftheit locker mit anderen Bahnhofsklos konkurrieren. Auch die Schmierereien an der Wand mussten in Sachen Hässlichkeit und Obszönität den internationalen Vergleich nicht scheuen.

Nachdem ich meiner Blase Erleichterung verschafft hatte, ging ich zurück in die Eingangshalle und von dort durch einen kurzen Gang zur Bahnhofsgaststätte, wo ich meine gesuchte Person am ehesten vermutete.

Ich betrat den Gastraum. Direkt neben der Tür befand sich eine lange, hölzerne Theke, über der ein großes, beleuchtetes Reklameschild für Tucher-Bier hing. Vor der Theke stand eine Reihe von Barhockern, die fast alle schon so abgesessen waren, dass die Lederbezüge der Sitzflächen geplatzt waren und die Schaumstofffüllungen herausquollen. Dahinter standen die obligatorischen großen Regale mit den obligatorischen Flaschen und Gläsern. Der Platz, den die Theke noch übrig ließ, war möbliert mit einfachen, groben, schmucklosen Holztischen und Holzstühlen, die allesamt schon bessere Tage gesehen hatten. Die Tische standen auf einem kalten Steinboden und waren mit nichts dekoriert außer mit überquellenden Aschenbechern. Der Raum war zwar weder sehr lang noch sehr breit, dafür aber so hoch wie eine Kathedrale, und die Fenster reichten hinauf bis zur Decke. Vor den Fenstern hingen vergilbte Gardinen, die letztmals im Frühmittelalter gewaschen worden waren. An den Wänden hing nichts außer einer Uhr von der Größe eines Traktorreifens, einem Schaukasten mit Fahrplänen sowie einem Spielautomaten. Aus einem Lautsprecher über der Theke dröhnten Schlager, die vor 30 Jahren aktuell gewesen waren und die schon damals niemand hatte hören wollen. In einer Ecke stand der unvermeidliche Zigarettenautomat. Die Luft im Raum war dermaßen verraucht, dass man sich alleine vom einmaligen Einatmen ein Bronchialkarzinom einfing. Produziert wurde der Rauch von den auf den Stühlen lümmelnden Gästen, ungepflegt wirkenden Männern und Frauen mit typischen Alkoholikervisagen, die an ihren Sargnägeln saugten, als seien sie die Mutterbrust, und in ihre Biergläser starrten, als suchten sie darin ihre verlorenen Träume.

Ich musterte die anwesenden Frauen. Keine entsprach der Beschreibung, die mir Kommissar Diesterweg von Gertrud Nördlinger gegeben hatte. Ich setzte mich an einen freien Tisch, um mir mein weiteres Vorgehen zu überlegen, bestellte mir ein Mineralwasser und lauschte der Unterhaltung am vollbesetzten Nebentisch.

»Hobdas scho ghärd? Ledsde Wochn is da Willi gschdorm.«

»Allmächd naa! Da Willi! Der hod doch noo gor ned des Alda ghabd zum Schderm.«

»Weila allaweil gsuffn hod wäi a Luuch!«

»Vo niggs kummd niggs.«

»A jeda mou saa Subbm auslöffln, däia si eibroggd hod.«

»Wära bloos amol fräia zum Dogda ganga.«

»Wenns an dreffn soll, dann driffds an, doh hilfd aa kaa Dogda ned. Ma mous nämma wäis kummd. Gscheeng is gscheeng.«

»Schderm mäinma schließli alle amol – da aane fräia, da annare schbäda. Im Leem is an Menschn niggs so sicha wäi da Doud.«

»Des Leem is eh ans vodi schwersdn. Wos machdma ned ois fär a kobbanäggische Woar mid, bis ma in däi Kisdn kummd. Iich mach drei Greidsla, wenn des Leem vuurbei is.«

»Es Dumme is bloos, dass kaa alde Sau wass, wos nachm Doud kummd.«

»Leid, edds doud amol ned dauand vom Doud schmarrn. Wemma in Deifl nennd, kummda grennd.«

»Ma sachd ja niggs, ma redd ja bloos.«

»Soch nur niggs, sunds haasds glei, du hosd wos gsachd.«

So viel Existenzphilosophie so früh am Tag schlug mir aufs Gemüt. Ich trank mein Wasser aus, bezahlte und ging zum Spielautomaten. Mein weiteres Vorgehen würde darin bestehen, einen Versuch zu wagen, den Jackpot zu sprengen, dabei so viel Kohle abzugrasen, dass ich diesen Fall in den Wind schießen konnte, und anschließend ins nächstgelegene Reisebüro zu marschieren, um einen vierwöchigen Urlaub in der Karibik zu buchen.

Ich setzte mich auf den Hocker vor dem Automaten und warf eine Münze in den Geldschlitz. Daraufhin fing das Gerät an, wie wild zu blinken und zu piepen, und die Räder mit den Symbolen begannen sich zu drehen. Die Spielregeln kannte ich nicht, wenn es denn welche gab, und drückte blindlings auf ein paar rote Knöpfe, die mir zum Drücken vorgesehen schienen. Vermutlich war das Ziel des Spiels, drei Sonnen gleichzeitig in die drei Anzeigenfenster zu bekommen, oder zumindest drei andere identische Symbole, aber ich wusste nicht, ob ich das mit meinem Gedrücke irgendwie beeinflussen konnte. Wie auch immer, ich hatte stets drei verschiedene Symbole, von Sonnen ganz zu schweigen, was zur Folge hatte, dass der

Betrag in der ›Geldspeicheranzeige‹ kontinuierlich weniger wurde.

»Na, Süßer, kein Glück im Spiel?«

Ich blickte zur Seite. Eine Frau, die ich zuvor noch nicht gesehen hatte, stand neben mir. Anscheinend war ich so sehr ins Rote-Knöpfe-Drücken vertieft gewesen, dass ich sie gar nicht bemerkt hatte, als sie den Raum betreten hatte.

»Scheint so.«

Sie lächelte mich an.

»Wer kein Glück im Spiel hat, hat Glück in der Liebe, heißt es.«

Ich betrachtete sie genauer. Diesmal passte die Beschreibung wie die Faust aufs Auge. Gertrud Nördlinger war sichtlich so alt, dass sie locker als Mutter des 18-jährigen Simon hätte durchgehen können, auch wenn sie bemüht war, ihr wahres Alter durch exzessive Kriegsbemalung zu kaschieren. Sie hatte außerdem die klassische Solariumsbräune, die sie aussehen ließ wie ein Grillhähnchen auf der Kirchweih, bei dem der Hendlbrater das rechtzeitige Herausnehmen aus dem Backofen versäumt hatte, und bei der man an vielen Stellen nicht mehr unterscheiden konnte, ob es noch Bräunung oder schon Hautkrebs war. Ihre Frisur bestand aus einer voluminösen Mähne, in der man mehr Haarspray gefunden hätte als in einem ganzen Mädcheninternat. Sie hatte lange, rot lackierte Fingernägel, war allerorts behangen mit billigem Modeschmuck, und trug einen eng anliegenden Fummel im Leopardenfellmuster, der aussah, als hätte ihn dereinst Tarzan seiner Jane zum Geburtstag geschenkt. Das Kostüm zeigte mehr, als es verhüllte, und war so knapp, dass man es hinter einer Briefmarke hätte verstecken können. Am verhülltesten waren noch ihr Hals, um den sie ein Seidentuch gewickelt hatte, und ihre Füße, die in hochhackigen, bis zu den Knien reichenden schwarzen Lederstiefeln steckten, wahrscheinlich um die Krampfadern an den Beinen zu verbergen.

Ich lächelte zurück.

»Trifft bei mir momentan leider nicht zu.«

Sie zwinkerte vielsagend.

»So was kann sich manchmal schnell ändern.«

Sie betrachtete den Spielautomaten.

»Soll ich mal für dich drücken? Vielleicht bring ich dir ja Glück. Vielleicht bin ich ja deine Glücksfee.«

»Ist 'n Versuch wert. Hat die Glücksfee auch einen Namen?«

»Ich bin die Jacqueline.«

Jacqueline. Auch nicht schlecht. Vielleicht war Jacqueline ja die französische Variante von Gertrud, aber ich hatte da so meine Zweifel. Ich ritt jedoch nicht auf dem Thema herum, sondern fingerte eine Münze aus meiner Hosentasche und fütterte das gefräßige blinkende Monster damit. Gertrud Jacqueline Nördlinger tippte mit routinierten Bewegungen und flinken Fingern auf den roten Knöpfen herum, ohne jedoch einen Deut erfolgreicher zu sein als ich. Als das Geld verspielt war, schlug sie mit der Faust seitlich gegen das Gerät.

»Scheiß Kasten!«

Dann stieß sie einen lauten Seufzer aus.

»War wohl doch nichts mit dem Glück im Spiel. Ist ja auch ein blödes Spiel.«

Sie trat ganz nah an mich heran, legte eine Hand auf meinen Oberschenkel und flüsterte mir ins Ohr.

»Aber wir könnten ja auch was anderes spielen. Ich kenne da ein Spiel, das so richtig Spaß macht. Man kann es nur zu zweit spielen.«

Sie drückte ihren Vorderbau gegen meine Brust.

»Bei dem Spiel muss man auch auf Knöpfe drücken – aber man gewinnt dabei auf jeden Fall. Wie siehts aus, Süßer – willst du mitspielen?«

Ich versuchte, nicht an dem billigen Parfüm zu ersticken, das mir in die Nase wehte.

»Wo soll das Spiel denn stattfinden?«

»In meiner Wohnung. Sie ist gleich nebenan. In zwei Minuten wären wir dort. Es ist zwar nur ein kleines Zimmer, aber dafür steht ein schönes großes Bett drin.«

Sie lächelte lasziv, oder besser gesagt, sie versuchte es. Das

Lächeln sollte ein Vorbote kommender paradiesischer Freuden werden, doch es wurde nur die groteske Grimasse einer alternden Nutte, die versuchte, noch ein paar Typen abzuschleppen, solange ihr Körper das Mindesthaltbarkeitsdatum noch nicht überschritten und noch ein Minimum an Marktwert hatte. Ich gab mir Mühe, einen geilen Gesichtsausdruck zu simulieren und ein bisschen Sabber aus dem Mundwinkel tropfen zu lassen.

»Dann lass uns gleich spielen gehen.«

Sie zupfte mit ihren Fingern an meinem Mantelkragen herum.

»Aber du weißt ja, mein Süßer: Kein Spiel ohne Einsatz.«

Ich nickte wissend.

»Wieviel?«

Sie zwinkerte und zeigte mir dabei ihren rosa Lidschatten.

»N' Fuffi Minimum.«

Sie grinste verschlagen.

»Kein Limit nach oben.«

Ich grinste zurück.

»Ist okay.«

»Dann folg mir mal unauffällig.«

Ich folgte ihr. Die Reise führte aus der Bahnhofsgaststätte und dem Bahnhofsgebäude zu einem Hochhaus, das gleich neben dem Bahnhof stand. Das Haus versprühte den unwiderstehlichen Charme eines Plattenbaus und schien aus nichts anderem zu bestehen als aus Fenstern und Balkonen. Wir fuhren mit dem Aufzug in eines der obersten Stockwerke. Nachdem wir ausgestiegen waren, lotste sie mich durch einen engen, dunklen, schlecht beleuchteten Gang zu einer giftgrünen Tür. Sie zückte einen Schlüsselbund, sperrte auf, und wir betraten die Wohnung.

Die Wohnung von Gertrud Nördlinger alias Jacqueline war nur ein Ein-Zimmer-Appartement, und ich sah auf den ersten Blick, dass es nicht dem Wohnen diente, sondern vielmehr ein Arbeitszimmer war, zumindest für die Art von Arbeit, die sie hier unter ihrem Künstlernamen betrieb. Sie hatte nicht übertrieben mit der Aussage, dass es eine kleine Wohnung sei. Sie war ungefähr halb so groß wie die Bahnhofstoilette. Wenn man die Wohnung betrat, kam man zunächst in einen kleinen Vorraum. Darin befanden sich eine Mini-Küchenzeile, bestehend aus einem Kühlschrank und einer Herdplatte, ein Garderobenständer, an dem ein paar Lack- und Lederdessous hingen, und eine Tür, die offen stand und in ein Bad von der Größe eines Handtuchs führte. Durch einen türlosen Durchgang in der Wand gelangte man vom Vorraum in das eigentliche Zimmer. Es wurde etwa zur Hälfte ausgefüllt von einem großen, billigen, mit einem roten Laken bezogenen Bett. Der restliche Platz war vollgestellt mit einem kleinen roten Sofa, einem Tischchen, das nicht viel größer war als das Päckchen Zigaretten, das darauf lag, einem schmalen Regal, in dem allerlei nutzloser Krimskrams vor sich hinstaubte, und einem Schränkchen, auf dem ein prähistorischer Fernseher stand. Gegenüber dem Bett hing ein großer Spiegel an der Wand, die außerdem noch von einigen Postern verziert wurde, auf denen sich junge Frauen in Evakostümen räkelten.

Meine Gastgeberin bedeutete mir, auf dem Sofa Platz zu nehmen, und setzte sich selbst auf das Bett.

»Okay, Süßer, dann lass uns erst mal das Finanzielle regeln. Ein paar Dinge will ich vorab gleich mal klarstellen: Küssen läuft nicht, alles nur mit Gummi, und Stellungswechsel kostet extra.«

Das freundliche Lächeln von vorhin, auch wenn es nur gespielt und aufgesetzt gewesen war, war komplett verschwunden. Sie hatte ihre Maske fallenlassen, und übrig blieb das emotionslose Gesicht einer knallharten Geschäftsfrau, auch wenn ihr Geschäft nur darin bestand, den eigenen Körper zu verkaufen.

Damit wir beide mit offenem Visier kämpfen konnten, nahm ich meine Maske ebenfalls ab.

»Okay, Süße, das war eine nette Vorstellung bis hierher, aber wenn mans genauer betrachtet, ist es ja doch nur eine drittklassige Schmierenkomödie, und deshalb machen wir jetzt mal Schluss mit diesem Jacqueline-Scheiß. Ich bin nicht hier, um schlaffe Hängetitten zu massieren, sondern um etwas über den Tod von Simon Urbas zu erfahren. Dem Vater Ihres ungeborenen Kindes, Sie erinnern sich sicherlich – Frau Nördlinger.«

Das saß. Augenblicklich fiel auch die Maske der geschäftstüchtigen Hobby-Prostituierten, und zum Vorschein kam echte, unverstellte Verblüffung, die schnell umschlug in echten, unverstellten Zorn.

»Du mieser Dreckskerl! Hast mich also verarscht und angeschissen, du verdammter Wichser! Bist wohl 'n Polyp, was?«

»Nein. Ich bin Privatdetektiv. Sie können froh sein, dass ich kein Polizist bin. ›Mieser Dreckskerl‹ und ›Verdammter Wichser‹ würden Sie als Beamtenbeleidigung die Freier-Einnahmen von mindestens einer ganzen Woche kosten.«

»Halt die Fresse und verpiss dich, Schnüffler.«

»Na na, ein bisschen mehr Kundenorientiertheit, Frau Nördlinger. Dass ich keine Lust auf Matratzenakrobatik habe, heißt ja noch lange nicht, dass wir beide nicht trotzdem ins Geschäft kommen könnten.«

Sie musterte mich skeptischer als jeden Staubsaugervertreter.

»Ich wüsste nicht, welches Geschäft das sein sollte.«

»Aber ich. Sie bekommen Ihren Fuffi, dafür bekomme ich ein paar Informationen über Simon Urbas. Ganz einfach. Wie bei einem Freier, der nur quatschen möchte.«

Ich zückte meine Brieftasche, nahm ein Scheinchen raus und legte es auf den Tisch. Sie betrachtete es nicht uninteressiert. Selbst ein Blinder konnte sehen, wie der Hass auf mich und die Gier auf das Geld einen Kampf in ihrem Kopf ausfochten.

»Warum willste denn überhaupt was wissen über diese Drecksau?«

»Seine Mutter hat mich beauftragt, die Umstände seines Todes genauer zu untersuchen. Sie glaubt nicht, dass sein Vater ihn ermordet hat.«

»Ist doch völlig egal, wer ihn umgelegt hat. Er hat der Welt auf jeden Fall einen Gefallen getan.«

»Inwiefern?«

»Simon war der größte Kotzbrocken, der auf diesem Planeten herumläuft.«

»So was ähnliches hab ich schon mal wo gehört. Aber warum waren Sie dann überhaupt mit ihm zusammen, wenn er so eine miese Type war?«

»Wer sagt denn, dass ich mit ihm zusammen war? Wir sind uns mal in einer Kneipe bei einer Sauftour begegnet und anschließend sturzbesoffen miteinander in der Kiste gelandet. Danach haben wir uns noch ein paar Mal getroffen, aber das wars dann auch schon. Hab schnell gemerkt, was das für ein Scheißkerl ist.«

»Haben Sie eine Idee, wer Simon Urbas ermordet haben könnte, wenn es nicht sein Vater gewesen sein sollte?«

»Das musst du schon seine sauberen Freunde fragen.«

»Haben diese Freunde auch Namen?«

»Freunde ist vielleicht der falsche Ausdruck. Ein Schweinehund wie Simon hat keine Freunde. Saufkumpane trifft es besser.«

»Saufkumpane ist auch kein Name.«

»Soweit ich mitgekriegt habe, war sein bester Kumpel ein Typ namens Kießling. Arbeitet momentan bei irgendeinem Geschäft auf der Kirchweih als Aushilfe.«

»Was könnte ein mögliches Motiv für einen Mord an Simon gewesen sein?«

»Herrgottnochmal, du tust so, als wäre ich die Mutter von diesem gottverdammten Bälger!«

»Vom Alter her würds ja hinhauen.«

Sie ignorierte diese uncharmante Bemerkung und plapperte munter weiter.

»Noch mal langsam zum Mitschreiben, Schnüffler: Das Einzige, was ich über Simon Urbas weiß, ist, wie er gefickt hat, dass er ein Arschloch war, und dass er andauernd krumme Dinger gedreht hat.«

»Mitbekommen, welches krumme Ding er zuletzt gedreht hatte?«

Sie dachte nach. Nachdenken schien bei ihr mit großen Anstrengungen einherzugehen. Ihrer Mimik nach schien es ihr regelrecht körperliche Schmerzen zu bereiten.

»Er hat irgendwas davon gefaselt, dass er bald ein ganz großes politisches Ding drehen würde.«

»Ein politisches Ding?«

»Politisch. Ja. Hat er so gesagt.«

»Hat er das irgendwie konkretisiert?«

»Nein. Er hat da immer ganz geheimnisvoll getan. Einmal hat er gesagt, er müsse am Abend zu einem transpirativen Treffen oder so ähnlich.«

»Zu einem konspirativen Treffen.«

»Kann sein. Kein Ahnung, was das sein sollte. Fragen Sie seinen Zechbruder Kießling, vielleicht hing der ja auch in dieser komischen Politikgeschichte mit drin.«

Sie griff nervös nach dem Päckchen Zigaretten, das auf dem Tisch lag, und steckte sich einen Glimmstängel an. Ich schüttelte tadelnd den Kopf.

»Sie sollten in Ihrem Zustand nicht rauchen. Ist nicht gut für die Frucht im Mutterleib.«

Sie stieß ein schrilles, hysterisches Lachen aus.

»Mann, bist du so bekloppt oder tust du bloß so? Du glaubst doch nicht im Ernst, dass ich mir von so einem grünschnabeligen Rotzlöffel ein Kind anhängen lasse.«

»Dann sind Sie also gar nicht schwanger?«

»Nein, verdammte Scheiße, natürlich nicht.«

Ich schüttelte tadelnd den Kopf.

»Wenn ich recht verstehe, haben Sie dem jungen Urbas vorgeschwindelt, er hätte Sie geschwängert, um ihn damit erpressen und ordentlich abkassieren zu können.«

»Einen Scheißdreck verstehst du.«

Ich schüttelte erneut verständnislos den Kopf.

»Immer diese Fäkalsprache! Pfui, Gertrud. Eine echte Jacqueline würde sich niemals eines solch ordinären Wortschatzes bedienen.«

Sie zeigte mir den Stinkefinger und saugte an ihrer Zigarette, als befände sie sich unter Wasser und die Zigarette wäre der Schnorchel, über den sie die lebenserhaltende Luft inhalierte. Ich ließ mich vom Stinkefinger nicht beeindrucken und bohrte weiter.

»Was ist eigentlich mit dieser Würgegeschichte? Ist die auch nur erstunken und erlogen? Ein Märchen wie das von der Schwangerschaft?«

Sie verschluckte fast ihre Zigarette und blaffte mich empört an, als sie wieder sprechen konnte.

»Was ist denn das für eine beschissene Frage? Das Schwein wollte mich umbringen! Oder denkst du vielleicht, das hier sind Knutschflecken?«

Sie riss sich mit einer wütenden Bewegung das Halstuch ab und gab damit den Blick frei auf zwei passable Würgemale.

»Außerdem gibt es Leute, die alles gesehen haben. Wenn die nicht eingegriffen hätten, hätte mich dieser Geistesgestörte kaltgemacht!«

Sie führte ihre Hand zum Mund und knabberte ein bisschen auf ihren Fingernägeln herum. Vielleicht war es ja gerade die Zeit für ihre tägliche Maniküre. Ich betrachtete ebenfalls meine Fingernägel, um meine nächste Frage möglichst beiläufig klingen zu lassen.

»Wo waren Sie eigentlich in der Nacht, in der der Mord verübt wurde?«

Sie war zwar keine große Leuchte und hatte ein eher einfältiges Gemüt, war aber doch nicht dumm genug, um die Bedeutung dieser Frage nicht zu erkennen. Sie ging ab wie eine Rakete.

»Verdammt noch mal, du mieser Scheißkerl, jetzt hab ich aber die Schnauze voll von deiner dreckigen Herumschnüffelei. Ich werd dir sagen, wo ich in der Mordnacht war. Aber die Antwort wird dir nicht gefallen.«

Sie griff mit einer schnellen Bewegung unter das Bett. Als ihre Hand wieder auftauchte, hielt sie ein kleines schwarzes Ding umfasst, das in meine Richtung zeigte. Im günstigeren Fall war es nur ein Zigarettenanzünder. Im ungünstigeren Fall war es ein echtes Schießeisen. Ich beschloss, es nicht herausfinden zu wollen. Sie erhob sich vom Bett, ging ein paar Schritte in Richtung des Durchgangs, wobei sie die Kanone immer auf mich gerichtet ließ, und schrie mit hoher, schriller Stimme einen Namen, den ich nicht richtig verstand. Er klang wie ein klassischer Hundename. Das Hündchen kam auch prompt. Ich fragte mich sofort, wo es sich aufgehalten haben mochte, da es im Vorraum eigentlich keine große Möglichkeit gab, sich zu verstecken. Vielleicht war es aus der Toilettenschüssel gekrochen. Das Hündchen war ein Mann mittleren Alters. Er war bekleidet mit einer Trainingshose, Badeschlappen und einem Muskelshirt, das den Blick freigab auf jede Menge Anabolikagebirge. Um seinen Hals und an seinen Handgelenken baumelten Goldkettchen. Er trug einen Vokuhila-Haarschnitt, mit dem er vor 20 Jahren in jeder Bauerndisco für Furore gesorgt hätte und mit dem man ihn heute im Frisurenmuseum mit Kusshand nehmen würde. Sein Gesicht wurde größtenteils verdeckt von einem buschigen Schnauzbart und einer Uvex-Sonnenbrille, einem völlig sinnfreien Accessoire an einem düsteren Oktobertag wie diesem. Er sah aus wie der Zuhälter, der er höchstwahrscheinlich auch war. Außerdem sah er aus wie eine Dumpfbacke, und weil ich nicht verstanden hatte, wie ihn die Frau genannt hatte, taufte ich ihn auf diesen Namen.

Ich wandte meinen Blick von Dumpfbacke zu Gertrud Nördlinger.

»Verstehe. Sie arbeiten gar nicht als Selbstständige, sondern als Angestellte. Hätte ich mir eigentlich gleich denken können.«

Dumpfbacke sah sein Frauchen fragend an.

»Probleme, Schatzi?«

»Ja. Der Kerl hier ist gar kein Kunde, sondern ein schmieriger kleiner Schnüffler. Er belästigt mich mit indiskreten Fragen.«

Sie warf mir einen Blick zu, der so giftig war, dass man damit den gesamten Rattenbestand einer Millionenstadt hätte ausrotten können.

»Er will zum Beispiel wissen, wo ich in der Nacht war, als Simon Urbas ermordet wurde.«

Sie zauberte ein verschlagenes, hinterlistiges Grinsen auf ihre Lippen und zeigte mir dabei ihren maroden Zahnstatus.

»Und außerdem will er mal wieder so richtig die Fresse poliert bekommen.«

Dumpfbacke kläffte kurz als Zeichen dafür, dass er verstanden hatte, machte Männchen, indem er seine Anabolikagebirge ein bisschen spielen ließ, und bellte mich dann pflichtbewusst an.

»Nun hör mir mal gut zu, Freundchen. Ich mag es nicht, wenn mein Mädchen belästigt wird. Aber weil der Kunde König ist, werden wir dir deine Wünsche erfüllen. Zu deiner Frage, wo die Jacqueline war, als dieser Bubi umgelegt wurde: Sie war bei mir, und zwar die ganze Nacht. Frage beantwortet?«

»Ja. Die Nutte war die ganze Zeit bei ihrem Zuhälter. Erstklassiges Alibi, fährt jeder Staatsanwalt voll drauf ab.«

Er zog eine Miene, die jeden Pitbull wie ein Schoßhündchen wirken lassen musste.

»Zu deinem zweiten Wunsch: Über das Fresse-Polieren lässt sich reden. Kein Problem. Lässt sich jederzeit machen. Zur Einstimmung wirst du versuchen, mit deinen Händen nach den Wolken zu greifen, sonst könnte Jacqueline die Kontrolle über ihr kleines Spielzeug verlieren.«

Ich versuchte es. Dumpfbacke hatte immerhin ausreichend Gehirnmasse, um sich ausrechnen zu können, dass auch ich irgendwo bei mir eine Waffe trug. Und er hatte recht damit. Meine Knarre steckte in der Innentasche meines Trenchcoats. Dort war sie meinen erhobenen Händen ungefähr so nah, als läge sie auf dem Mars.

Dumpfbacke griff in das Regal, neben dem er stand, und förderte einen Baseballschläger zutage.

»Also, Schlüssellochgucker, es gibt jetzt zwei Möglichkeiten. Die eine ist, du bestehst auf die Gesichtspolitur, dann bekommst du sie jetzt von mir, als Gratiszugabe sozusagen. Die andere ist, du ziehst deinen kleinen Schwanz ein, verkrümelst dich von hier, tauchst nie wieder hier auf, und uns kommt auch nie was zu Ohren, dass du Jacqueline irgendwas anhängen willst.«

Ich runzelte die Stirn.

»Okay, klare Ansage, ich verschwinde. Vorher würde ich allerdings gerne noch meine Theorie vorstellen.«

Er glotzte mich blöde an.

»Welche Theorie?«

»Dieses leicht überreizte Verhalten von euch beiden nach meiner Frage bezüglich der Mordnacht hat dazu geführt, dass ich eine Theorie entwickelt habe, was in dieser Nacht passiert sein könnte.«

Er musste nachdenken. Das war etwas, was er nicht sehr häufig tat, und dementsprechend bereitete es ihm große Anstrengungen. Die wenigen Gehirnzellen in seinem Kopf, die den Alkohol und die Aufputschmittel überlebt hatten und auch noch nicht von den in die Schädelhöhle durchgebrochenen Halsmuskeln zerquetscht worden waren, gaben alles, und so erhielt ich bereits wenige Minuten spater eine Antwort auf mein Angebot.

»Eigentlich interessieren uns die Theorien eines miesen kleinen Schnüfflers nicht, aber spaßeshalber hören wir uns deinen Mull mal an.«

Ich wartete einen Moment, bevor ich loslegte, um Platz zu lassen für den dramaturgischen Trommelwirbel, der an dieser Stelle kommen musste.

»Nun, ich glaube mittlerweile nicht mehr, dass Frau Nördlinger Simon Urbas zufällig kennengelernt hat, ich glaube vielmehr, dass sie von Ihnen gezielt auf ihn angesetzt worden ist. Vielleicht einfach nur, um ein bisschen Kohle zu machen; vielleicht aber auch, um einen Konkurrenten zu ruinieren, und ein Konkurrent könnte Simon Urbas durchaus gewesen sein, denn mir ist zu Ohren gekommen, dass er sich unter anderem auch im Zuhältergewerbe betätigt hat. Vielleicht kam er Ihnen in die Quere, vielleicht ging es um die Vorherrschaft in einem bestimmten Revier, keine Ahnung. Aber wie auch immer, die

Sache funktionierte, Gertrud bekam Simon ein paar Mal ins Bett, und das reichte ja auch aus, um ihm dann nach der Trennung das Schwangerschaftsmärchen auftischen zu können. Urbas schluckte die Story, und damit konnte er wie geplant nach Herzenslust erpresst werden: Wenn er nicht lebenslang Unterhalt zahlen wollte, sollte er mit einer fetten Einmalzahlung eine angebliche Abtreibung erkaufen und finanzieren. Dumm nur, dass Urbas weder Lust auf das eine noch auf das andere hatte und sich eine Problemlösung ausdachte, mit der Sie nicht gerechnet hatten. Skrupellos, wie er war, bestand seine Problemlösung darin, sich des Kindes und der Erpressung gleichzeitig und gewaltsam zu entledigen – indem er die vermeintlich schwangere Erpresserin zu erwürgen versuchte. Nur durch Zufall blieb es beim Versuch, nur durch Zufall kam Frau Nördlinger mit dem Leben davon. Dass Sie beide nach dieser Tat Rachegefühle gegen Simon Urbas hegten, ist nur zu verständlich. Sie haben beschlossen, Gleiches mit Gleichem zu vergelten. Auge um Auge, Zahn um Zahn – ein bewährtes, alttestamentarisches Rechtsprinzip. Sie waren eben einfach nur erfolgreicher in der Ausführung. Sie haben Simon neulich abends vor dem elterlichen Bauernhof aufgelauert, haben beobachtet, wie er betrunken nach Hause kam, sind nach einer Weile zur Haustür gegangen, haben festgestellt, dass sie unverschlossen war, haben sich zu Simons Zimmer geschlichen und ihm mit einem Messer, das auf dem Tisch lag, einen Strich durch die Lebensrechung gemacht. Kein Vorwurf meinerseits, es sind schon wesentlich unschuldigere Leute aus wesentlich niedrigeren Beweggründen ermordet worden, aber das letzte Wort hat nun mal der Staatsanwalt, und es könnte sein, dass der das Ganze etwas kritischer sieht.«

Ich wartete auf einen Kommentar meiner beiden Zuhörer zu meiner Ansprache, aber statt etwas zu sagen, glotzten sie mich nur mit sekündlich finsterer werdenden Mienen an. Meine Theorie schien sie beeindruckt zu haben. Allerdings leider nicht im positiven Sinne. Meine Lage war denkbar unbefriedigend: Mir gegenüber standen eine Frau, die eine Pistole in der Hand hielt, und ein Mann, der einen Baseballschläger in der Hand hielt; beide machten einen aggressiven und gewaltbereiten Eindruck; beide hegten unverhohlen feindselige Gefühle mir gegenüber, vor allem, nachdem ich sie gerade mit dem Vorwurf konfrontiert hatte, einen Mord begangen zu haben. Und beide schienen nicht gewillt zu sein, mich nun einfach an ihnen vorbei nach draußen marschieren zu lassen, was ich eigentlich vorhatte. Also beschloss ich, den ältesten Trick der Welt anzuwenden, um mich aus dieser misslichen Lage zu befreien.

»Nun, Sie müssen nichts zu meiner Theorie sagen, wenn Sie nicht wollen. Sie haben das Recht, zu schweigen. Welche Rechte Sie sonst noch haben, wird Ihnen gleich ein Fachmann erläutern – nicht wahr, Kommissar Diesterweg?«

Ich starrte an den beiden vorbei auf Kommissar Diesterweg, der gerade das Zimmer betreten hatte. Die beiden drehten sich um und starrten ihn ebenfalls an. Der Plan war perfekt. Der einzige Haken, den er hatte, war der, dass natürlich in Wirklichkeit gar niemand das Zimmer betreten hatte, und schon gar nicht Kommissar Diesterweg. Aber der Trick funktionierte: Als Gertrud Nördlinger sich umdrehte, stürzte ich blitzschnell auf sie zu, packte ihr Handgelenk, entriss ihr die Pistole und richtete sie auf Dumpfbacke. Damit hatte sich das Blatt in Sekundenschnelle gewendet, ich war wieder Herr der Lage und hatte die Situation unter Kontrolle.

Was im Plan allerdings nicht vorgesehen war, war der Umstand, dass der Baseballschläger auf meinen Schädel niedersauste, bevor ich die Kanone auf Dumpfbacke richten konnte, was dazu führte, dass in meinem Kopf mit einem Schlag sämtliche Lichter ausgingen.

DREI

DAS ERSTE, WAS ICH SAH, als ich die Augen wieder aufschlug, war grau. Eine dunkle graue Masse. Ich konnte sie nicht identifizieren, obwohl ich es angestrengt versuchte. Ich vertagte das Problem und versuchte als Nächstes, die elementaren W-Fragen zu beantworten: Wer war ich, wo war ich, und warum war ich da, wo ich war? Die Beantwortung der ersten Frage klappte relativ unproblematisch. Das fand ich beruhigend. Die Beantwortung der Frage nach meinem derzeitigen Aufenthaltsort schien mir eng verbunden zu sein mit der Identifizierung der grauen Masse. Um die dritte Frage beantworten zu können, versuchte ich herauszufinden, was das Letzte war, an das ich mich erinnern konnte. Meine letzte Erinnerung bestand aus dem Bild eines Baseballschlägers, kurz bevor er auf meinem Kopf einschlug. Das wiederum fand ich beunruhigend. Ich schloss die Augen wieder und wartete auf konstruktive Beiträge meiner inneren Stimmen. Und die Beiträge kamen prompt. Das Schmerzzentrum meldete ein hartes, drückendes Gefühl von hinten, was darauf hindeutete, dass ich auf dem Rücken lag. Das Temperaturzentrum meldete kalten Wind auf der Haut, was dafür sprach, dass ich mich im Freien befand. Das Logikzentrum kombinierte diese beiden Informationen zu der Verdachtsdiagnose, dass das Grau über mir der immer noch wolkenbedeckte Himmel sein musste. Ob es der Himmel über Fürth war, wollte es vorläufig noch offen lassen.

Das Zweite, was ich sah, als ich die Augen erneut aufschlug, war grün. Ich hatte meinen Kopf vorsichtig zur Seite gedreht, um nun, nachdem die Umgebung über mir identifiziert war, die Umgebung neben mir zu erkunden. Diesmal dauerte es nicht so lange. Das Grüne neben mir waren Sträucher oder Büsche oder Gräser, irgendwas Pflanzliches auf jeden Fall, ich wollte keine Haarspalterei betreiben, die Situation war schon schwierig genug. Ich versuchte, mich aufzusetzen, doch im selben Moment fuhr mit ohrenbetäubendem Lärm ein Schnellzug mitten durch meinen Kopf. Zumindest fühlte es sich so an. Ich ließ mich wieder zurücksinken. Ich beschloss, erstmal noch ein Weilchen liegen zu bleiben. Ich hatte den Himmel über mir, die Natur neben mir, offenbar ein idyllisches Plätzchen, an dem ich da gelandet war, was wollte man mehr. Ich schloss die Augen und versuchte, mich zu entspannen und den Augenblick zu genießen.

Das Dritte, was ich sah, als ich die Augen das nächste Mal aufschlug, war braun. Ich hatte einen erneuten Versuch unternommen, mich aufzusetzen, und es hatte diesmal geklappt, ohne dass mir eine Eisenbahn unter die Schädeldecke gefahren war. Eisenbahn war ein gutes Stichwort, denn das rostige Braun, das ich sah, war die Farbe von großen alten Eisenbahnwagons, die rechts und links neben dem Grünzeug standen, in dem ich lag. Soso. Eisenbahnwagons also. Das klang doch verdächtig nach einem Bahnhof. Und war es nicht ein Bahnhof gewesen, an dem ich mich vor nicht allzu langer Zeit noch aufgehalten hatte? Langsam kehrte das Erinnerungsvermögen wieder zurück. Der Fall Urbas, das Telefonat mit Kommissar Diesterweg, die Bahnhofsgaststätte, Gertrud Nördlinger in der preisgekrönten Rolle als Nutte Jacqueline, das Wohnloch im Hochhaus, Dumpfbacke mit der Achtziger-Jahre-Gedächtnismatte, meine flammende Ansprache, der Baseballschläger, der meinen Fluchtplan durchkreuzte – ich war wieder völlig im Bilde.

Ich stand auf, und wider Erwarten funktionierte es sogar. Man hatte mir nicht einmal die Beine gebrochen. Ich konnte eine Beule von der Größe eines Tennisballs an meinem Hinterkopf ertasten, und ich fühlte mich irgendwie wie ein Stück Gammelfleisch, das man in Essigsäure eingelegt hatte, aber davon abgesehen ging es mir blendend.

Ich sah mich um. Die Wagons, zwischen denen man mich abgeladen hatte, sahen nicht so aus, als hätten sie sich in den letzten Jahrhunderten von der Stelle bewegt. Ich ging zwischen ihnen hindurch, um die weitere Umgebung zu erkunden. Die Umgebung bestand in erster Linie aus einem Haufen von Schienensträngen. Wenn noch Zweifel daran bestanden hatten, dass ich mich auf einem Bahnhof befand, dann waren sie hiermit ausgeräumt. Genauer gesagt befand ich mich direkt auf dem Schienenfeld, und der Zug, den ich vorher durch meinen Kopf rasen gehört hatte, war gar kein Brummschädelsymptom gewesen, sondern ein echter Zug, der ein paar Meter neben meinem Kopf vorbeigerast war.

Hinter den Schienensträngen erblickte ich ein großes rotes Backsteingebäude, das verziert war mit mannshohen Graffiti-Schmierereien, einer Uhr von der Größe einer Garage und einem riesigen Schriftzug: ›FÜRTH (BAY) HBF‹. Damit konnte also auch ausgeschlossen werden, dass man mich während meiner Bewusstlosigkeit einem Ortswechsel unterzogen hatte. Im Gegenteil, ich war tatsächlich nicht weiter gekommen, als eine altersschwache Schnecke an einem Tag kriechen konnte. Rechts neben den Gleisen sah ich das Hochhaus stehen, in dem ich K.O. gegangen war, und die Schienen führten schnurstracks zu dem hinter dem Hauptgebäude gelegenen Bahnsteig, auf dem ich noch vor kurzem entlanggegangen war und über die Bedeutungslosigkeit des Fürther Hauptbahnhofs räsoniert hatte. Dort vorne konnte ich zumindest ein paar Leute herumstehen sehen, doch wo ich mich jetzt befand, herrschte total tote Hose. Anscheinend hatte man mich auf einem abgelegenen oder stillgelegten Teil des Güterbahnhofs ausgesetzt. Ich überlegte, wie ich hier hergekommen war. Das Hochhaus stand zwar ganz in der Nähe, aber wiederum nicht so nah, dass ich hier gelandet wäre, wenn sie mich aus dem Fenster geworfen hätten. Wahrscheinlich hatte mich die bodybuildende Dumpfbacke hergetragen. Ein äußerst unangenehmer Gedanke. Ich versuchte, ihn zu verdrängen.

Die beiden ausrangierten Wagons, zwischen denen sich meine Ruhestätte befunden hatte, standen direkt neben einem kleinen, von niemandem bevölkerten Bahnsteig. Ich verließ das Schienenfeld und schwang mich auf den Bahnsteig hoch. Er grenzte an die Rückfront einer langgezogenen Reihe von niedrigen, verfallenen Gebäuden, die mir am ehesten nach Lagerhallen aussahen. An die Wand der Lagerhalle vor mir war soviel Sperrmüll gestapelt, dass man den ganzen Grafflmarkt damit hätte ausstatten können. Ein breites, abgewetztes, ausrangiertes Ledersofa, das in seiner großen Zeit offenbar viel und oft besessen worden war, stand einladend zu mir gewandt. Ich ließ mich auf das alte Polstermöbel plumpsen und meinen Blick ein bisschen durch die Gegend schweifen. Es gab nicht viel zu sehen – außer Schienen, Gleisen, Lokomotiven, Wagons, Lichtmasten, Strommasten, Lautsprechermasten und Bahnsteigen, dazwischen ein bisschen Grünzeug, sowie im Hintergrund die Häuser entlang der Karolinenstraße.

Ich legte mich längs auf das Sofa, schloss die Augen und versuchte, ein bisschen Ordnung in das gedankliche Chaos zu bringen, das in meinem lädierten Kopf herrschte. Jacqueline und Dumpfbacke hätten ein hübsches kleines Mörderpärchen abgegeben. Sie hatten ein Motiv, und ihr Alibi war wackliger als mein Büroschreibtisch. Ihre Reaktion auf meinen Besuch zeugte von starker Nervosität und machte sie eindeutig zu Tatverdächtigen. Der Mord an Simon Urbas konnte ein Racheakt für den Mordversuch an Gertrud Nördlinger gewesen sein oder auch der blutige Bestandteil eines Milieukrieges. Aber es war müßig, über die Gründe zu spekulieren, denn solange ich keine Zeugen oder wenigstens ein paar stichhaltige Indizien auftreiben konnte, dass die beiden den Knaben umgelegt hatten, bestand nicht die geringste Aussicht, ihnen die Tat nachweisen zu können.

Ich überlegte, ob meine beiden Freunde aus dem Hochhaus wohl vorgehabt hatten, mich zu beseitigen, weil ich ihnen auf die Schliche gekommen war, und mich auf das Schienenfeld gelegt hatten, damit ich dort von einem Intercity überrollt und zu Geschnetzeltem verarbeitet werden würde. Nach reiflicher Überlegung kam ich aber zu dem Schluss, dass sie mich dann nicht zwischen zwei Museumswagons am Ende der Welt abgelegt hätten, sondern auf befahrenen Gleisen. Außerdem wäre es auch taktisch ungeschickt gewesen, einen weiteren Mord zu begehen, um einen begangenen vertuschen zu wollen. Wahrscheinlich wollten sie einfach nur den bewusstlosen Typen in ihrer Wohnung loswerden und hatten ihn an den nächstbesten Ort geschafft, wo sich niemand an seinem Anblick stören konnte und er niemandem im Weg lag.

Ich wollte aber auch die Möglichkeit nicht ausschließen, dass die beiden mit dem Mord an Simon Urbas gar nichts zu tun hatten, auch wenn sie sicherlich nicht allzu viele Tränen um den Verflossenen vergossen. Immerhin hatte mich Gertrud Nördlinger auf eine weitere mögliche Spur gestoßen: Die Sache mit dem ominösen politischen Ding, das der junge Urbas offenbar drehen wollte. Zu einer politischen Geschichte passte auch der nicht minder mysteriöse Maulkorb-Erlass im Polizeipräsidium. Für eine tödliche Stammesfehde zwischen zwei Zuhältern würden die Bullen sich nicht mehr interessieren als für das Umfallen eines Reissackes in China. Ich beschloss, mangels Alternativen, dieser Spur nachzugehen und den Urbas-Kumpan Kießling aufzustöbern.

Ich erhob mich von dem Sofa, verließ den Bahnsteig und ging um das Gebäude herum. Ich landete auf einem großen Parkplatz. Wie sich herausstellte, beherbergte die vermeintliche Lagerhalle tatsächlich einen Gebrauchtwarenladen, was dem Graffl auf der Rückseite ein Alibi verschaffte. Ich trat an eine der Schaufensterscheiben, hinter der Krempel jeglicher Art ausgelegt und ausgestellt war, und untersuchte mein sich im Glas spiegelndes Gesicht. Immerhin, es war noch alles dran, einschließlich Nase und Ohren, und das Gesicht hatte zumindest noch eine entfernte Ähnlichkeit mit dem Typen aufzuweisen, der mir am Morgen beim Zähneputzen missmutig aus meinem Badezimmerspiegel entgegengeblickt hatte. Lediglich das linke Auge sah eher aus wie eine schwammige blaue Qualle als wie ein Sehorgan. Dass es sich außerdem momentan gar nicht öffnen ließ, hatte ich offenbar ignoriert. Aber ein zugeschwollenes Auge würde mich nicht von der Fortsetzung meiner Mission abhalten. Wer auch immer es eingerichtet hatte, dass man noch ein zweites Auge zur Verfügung hatte für den Fall, dass das erste einmal ausfiel, er hatte es gut gemacht.

Ich wandte mich von dem Laden ab, ging über den Parkplatz, kam an die Gebhardtstraße, überquerte sie, durchschritt die Gabelsbergerstraße und landete direkt an der Kriegsfront – im Kirchweihgebiet.

Die Fürther Michaeliskirchweih war ein Volksfest, das sich von allen anderen Volksfesten in einigen Dingen fundamental unterschied. Während diese nämlich üblicherweise auf großen Plätzen am Stadtrand stattfanden, wo sie niemanden störten, sperrte man in Fürth kurzerhand für zwölf Tag die gesamte Innenstadt, um sie zum Festplatz umzufunktionieren. Königstraße, Kirchenstraße, Fürther Freiheit und Hallplatz waren komplett, Rudolf-Breitscheid-Straße, Gustav-Schickedanz-Straße, Moststraße und Friedrichstraße zu großen Teilen an die Schausteller ausgeliefert worden. Damit trieb man zwar Autofahrer und Anwohner in den kollektiven Wahnsinn, aber die Fürther hielten konsequent und unbeirrbar an dem Vorsatz fest, nicht irgendeinen Jahrmarkt an irgendeinem willkürlich festgelegten Ort zu irgendeinem willkürlich festgelegten Zeitpunkt zu feiern, sondern eine echte Kirchweih im ursprünglichen Sinn zu veranstalten. Und dieser Sinn bestand nun mal darin, dass das Fest am Namenstag des Kirchenpatrons und in der Nähe der geweihten Kirche stattfand, und das war eben üblicherweise mitten in der Ortschaft.

Eine weitere Besonderheit war der Umstand, dass es auf der Fürther ›Kärwa‹, wie sie von den Eingeborenen genannt wurde, praktisch keine Bierzelte gab. Stattdessen gab es jede Menge zusätzlicher Wirtshäuser in Form von zusammengeschusterten Bretterbuden. Ich war der Ansicht, dass ich mir nach dem erlittenen Leid eine Stärkung verdient hatte, steuerte auf den Platz der Kleinen Freiheit zu und betrat die erstbeste Wirtshausbude, die sich mir in den Weg stellte. Sie bestand innen aus eng aneinandergereihten, einfachen Biertischen und Bierbänken und unterschied sich von einem Bierzelt nur darin, dass Wände und Dach nicht aus Stoff, sondern aus Holz waren. Ich setzte mich auf einen freien Platz und studierte die kleine Speisekarte, die in der Box mit den Bierdeckeln steckte. Dabei stellte ich fest, dass ich in einer Ochsenbraterei gelandet war. Eigentlich hatte ich einen Happen zu mir nehmen wollen, aber mit Ochsen hatte ich schon zu viel bei meinen alltäglichen Ermittlungen zu tun, als dass ich auch noch welche verspeisen wollte, deshalb bestellte ich mir nur ein Wasser mit Eiswürfeln. Während ich das Wasser trank und die Eiswürfel auf mein Veilchenauge hielt, sah ich, wie eine Gruppe von Leuten, die von oben bis unten mit Fanartikeln des 1. FC Nürnberg bekleidet waren, den Raum betrat. Das wäre weiter kein Problem gewesen, hätte nicht am Tisch neben mir eine Gruppe von Leuten gesessen, die von oben bis unten mit Fanartikeln der SpVgg Greuther Fürth bekleidet waren. Das roch nach Ärger, und der Ärger nahm seinen Lauf, denn die Neuankömmlinge steuerten sofort zielsicher den Tisch der Fürth-Fans an.

»Eff-Cee-Enn! Läiwa Fimfda wäi Färdda! Eff-Cee-Enn!«

»Wos wolldn ihr Nämmbercha Gsoggs bei uns in Färdd? Hobda eich gwiiß valoffn? Schaud dassda weidakummd auf eia schdingads Nämmberch!«

»Mir wolldn eich bloos amol froong, wosa dsum Därbi sachd. Doh homa eich ja gscheid badschd. Homa eich hald widda amol dseichd, wer däi Numma Aans in Frangn is!«

»Ihr werd nie däi Numma Aans sei! Wer is als erschda Deidscha Masda worn – däi Nämmbercha odda däi Färdda? I sochs eich: mir, däi Färdda, nämlä neindseehunnadvärdsee, und ihr Nämmbercha erschd neindseehunnaddswandsge!«

»Und wer is öfdas Deidscha Masda worn – däi Färdda odda däi Nämmbercha? I sochs eich: mir, däi Nämmbercha, und dswa neinmol, und ihr Färdda grod dreimol. Iwa Nämmberch lachd däi Sunna, iwa Färdd däi gandse Weld!«

»Bass fei auf wosd saggsd! Wennsd edds ned dei Waffl hälds, gräigsd a moddsdrimma Schelln, däi si gwaschn hod!«

»Gäi nur her, Birschla, wennsdi drausd! Du kummsdma grod rechd! Diich haui ungschbiddsd in Buudn nei!«

»Und diich schmeißi an däi Wänd, dassd babbm bleibsd! Dir werdi sauwa hammleichdn! Du hosds ja baddu so hom wolln.«

Die Streithähne gingen aufeinander los. Da ich wenig Lust hatte, von einer Schlägerei in die nächste zu geraten, ergriff ich die Flucht und verließ die Ochsenbraterei.

Draußen angekommen, beschloss ich, zunächst einmal ins Zentrum des Festgeschehens vorzudringen. Ich ging durch die mit Buden gepflasterte Rudolf-Breitscheid-Straße. Falsch. Ich ging nicht, ich wurde vielmehr von den Menschenmassen mitgeschoben. Während ich also ohne großes eigenes Zutun passiv vorwärtsbewegt wurde, fragte ich mich, was zum Teufel es denn eigentlich so Besonderes gab, das die Leute in solchen Scharen auf die ›Kärwa‹ trieb.

Da gab es Gewinnspiele wie Losen, Büchsenwerfen, Eimerwerfen, Pfeilwerfen, Tütenheben, Kugelstechen, Fadenziehen oder Entenangeln, die ungefähr so aufregend waren wie der Arbeitstag eines Finanzbeamten und bei denen die Gewinne aus Kleinkram bestanden, der von chinesischen Strafgefangenen hergestellt worden war und spätestens nach dreimaligem Benutzen kaputtgehen würde.

Es gab Fahrgeschäfte für die Kleinen wie Karussells, Schiffschaukeln, Babyflugzeuge, Kindereisenbahnen oder Kettenflieger, in die man bedenkenlos seinen Nachwuchs setzen konnte, wenn es einem nichts ausmachte, dass er auf der Heimfahrt den Rücksitz vollkotzte.

Es gab – hauptsächlich auf dem Platz der Fürther Freiheit, wo auch das obligatorische Riesenrad stand – große Fahrattraktionen mit Namen wie ›Break Dance‹, ›Black Hole‹ oder ›Space Party‹, die hauptsächlich von pickelgesichtigen pubertierenden Jugendlichen frequentiert wurden und nach der Lautstärke der aus den riesigen Lautsprechern wummernden Geräusche (›Musik‹ wäre definitiv der falsche Ausdruck) zu urteilen anscheinend von der Hörgeräteindustrie gesponsert wurden.

Es gab – vor allem in der Nürnberger Straße und in der Moststraße – Verkaufsstände, an denen man sämtliche Kosmetikartikel, Kleidungsstücke, Haushaltswaren und Geschenkartikel erwerben konnte, die die Menschheit erfunden hatte, darunter so unentbehrliche Gebrauchsgegenstände wie Hornhautentferner, Küchenschürzen, Kartoffelstampfer, Fusselbürsten, Fugenkratzer, Namenstassen, Porzellanpuppen, Strumpfanzieher, Seidenblumen und anderen Krimskrams.

Vor allem aber gab es auf der Fürther Michaeliskirchweih ungezählte Fress- und Saufbuden. Es gab wahrscheinlich nichts Ess- oder Trinkbares im ganzen Kosmos, das auf der ›Kärwa‹ nicht zu bekommen war. Zur Durststillung konnte man zwar auch zu alkoholfreien Getränken greifen, doch der Schwerpunkt lag eindeutig auf Alkoholischem, und hier wiederum besonders beim Bier, von dem ungefähr 250 verschiedene Sorten angeboten wurden. Um den Hunger zu stillen, konnte man unter anderem wählen zwischen Döner, Donuts, Pizza, Crepes, Gyros, Spanferkeln, Butterbrezen, Liebesäpfeln, Dampfnudeln, Frühlingsrollen, Fleischspießen, Grillhähnchen, Räucherfischen, heißen Maroni und glasierten Schokofrüchten. Doch den Bauch voll schlagen konnte man sich eigentlich auch in jeder normalen Gaststätte, und dort musste man nicht dafür Schlange stehen, sich um einen freiwerdenden Platz prügeln, von unappetitlichen Papptellern essen und teils horrende Preise bezahlen.

Nichtsdestotrotz war die Fürther ›Kärwa‹ als ungekrönte Königin aller Kirchweihen ein gigantischer Zuschauermagnet, der alljährlich Millionen von Besuchern aus dem Um-, In- und Ausland anlockte, und ich konnte nicht leugnen, dass auch ich selbst trotz meiner Abneigung gegenüber Massenansammlungen jedes Jahr im Oktober der Faszination dieser fünften Jahreszeit verfiel und beinahe jeden Abend wie ferngelenkt von einer unsichtbaren Macht das Kirchweihgebiet ansteuerte. Vielleicht war der Grund für die Anziehungskraft dieses Festes ja die ungewöhnliche und einzigartige Kombination aus Markt, Kneipe und Rummel, die man wohl auf keiner vergleichbaren Veranstaltung finden konnte. Nun, ich wusste es nicht, und ich würde es auch an diesem Tag nicht herausfinden, denn schließlich hatte ich anderes zu tun als Freizeitverhaltensforschung zu betreiben. Ich hatte einen Mordfall aufzuklären.

Ich ließ die Fürther Freiheit links liegen und spazierte durch die Grünflächen der Adenauer-Anlage. In ihrer Mitte stand so etwas ähnliches wie ein kleines Mausoleum, das momentan als provisorische Ruhestätte für einige Kirchweih-Schnapsleichen fungierte, die wie Katastrophenopfer darin aufgebahrt lagen. Auf der anderen Seite verließ ich das Pärkchen wieder und ging durch die Moststraße. Vor der Bude eines Händlers, der lautstark und in breitestem Fränkisch uralte Allerweltsgegenstände als nagelneue, avantgardistische und hochtechnologische Sensationen anpries, hatte sich eine größere Menschenmenge versammelt, die andächtig seinen Worten lauschte und sie mit Gelächter und Beifall quittierte. Bevor ich in die Friedrichstraße abbog, überlegte ich einen Moment, ob ich mein malträtiertes Matschauge abchecken lassen und die größte Augenarztpraxis des gesamten Universums aufsuchen sollte, die sich ein Stückchen weiter in der Moststraße befand, entschied dann aber, dass die Fallbearbeitung Vorrang hatte und ich keine Zeit für Gesichtskosmetik vergeuden durfte. Vor der Kirche ›Zu unserer lieben Frau‹ hielt ich inne und fragte mich, ob ich eigentlich darauf wartete, dass dieser Kießling mich ansprechen würde. Ich musste eingestehen, dass die Wahrscheinlichkeit dafür relativ gering war, und beschloss, aktiv nach ihm zu suchen.

Also machte ich mich daran, die nächstgelegenen Buden und Geschäfte abzuklappern und nachzufragen, ob man einen Typen namens Kießling als Aushilfskraft beschäftigte. Um auch vernünftige Antworten darauf zu bekommen, trat ich zunächst als zahlender und damit gerngesehener Kunde in Erscheinung und nahm die jeweilige Dienstleistung in Anspruch – mit

Ausnahme der Ponyreitbahn, denn ich wollte eine Anzeige wegen Tierquälerei vermeiden. Aber ich erfuhr auch so, dass dort kein Kießling arbeitete.

Ich begann meine Fragetour an einem Ausschank, wo ich einen Becher Glühwein kippte und darauf wartete, von vorweihnachtlichen Gefühlen übermannt zu werden, aber es passierte nichts. Vielleicht war es Anfang Oktober auch noch zu früh dafür, andererseits hatte ich im Supermarkt schon die ersten Schoko-Weihnachtsmänner stehen sehen.

Danach gab ich den langsam immer lauter werdenden Forderungen meines Magens nach Nahrungszufuhr nach und besuchte mehrere Fressbuden. Ich stopfte innerhalb kürzester Zeit alles in mich rein, was mir in die Finger und vor den Mund kam: einen Maiskolben, den ich in einer überdimensionalen Plastik-Maiskolben-Attrappe erworben hatte; einen Backfisch, der in einem Leuchtturm verkauft wurde, wo er im Obergeschoss zubereitet und dann mittels einer Rutsche nach unten an die Theke befördert wurde; einen Gwedelten, also einen gebratenen Hering; einen Baggers, eine Art Kartoffelpuffer; ein Küchle, das traditionelle Kirchweih-Gebäck; und natürlich das klassische fränkische Fast-Food-Gericht, die obligatorische Bratwurstsemmel.

Anschließend begab ich mich an eine Schießbude, um dort eine Plastikblume zu gewinnen und damit eine hübsche Kirchweihbesucherin anzumachen. Stattdessen schoss ich nur Luftlöcher. Das war anscheinend gar nicht so einfach, denn selbst der ungefähr 10-jährige Steppke, der neben mir schoss, landete ein paar Treffer. Ein toller Privatdetektiv, der mit einer fetten Kanone in der Innentasche seines Trenchcoats herumlief, an die er immer erst dachte, wenn er schon mit erhobenen Händen in eine Pistolenmündung blickte, und mit der er, wenn er sie mal ausnahmsweise rechtzeitig gezogen hätte, wahrscheinlich sogar ein Garagentor aus dreißig Zentimetern Entfernung verfehlt hätte.

Nach diesem Schock versuchte ich mein Glück an einer Losbude, die mit dem Spruch ›Viel Los für wenig Moos‹ warb.

Ich kaufte zehn Lose bei einem Typen, der mit monotoner Stimme immer wieder dieselben abgedroschenen Sprüche in sein Mikrofon sabberte (»Immer wieder mitspielen, immer wieder mitgewinnen«; »Ja, das ist toll, das macht Spaß, da kommt Freude auf«; »Ja, das ist toll, das ist super, immer wieder dabei sein, immer wieder mitspielen …«). Ich hatte neunmal ›Leider verloren‹, auf dem zehnten Los stand ›Kleingewinn‹. Ich hoffte, dass ich dafür vielleicht die nichtgeschossene Plastikrose bekommen würde, doch stattdessen erhielt ich ein kleines Netzchen mit Murmeln. Ich bezweifelte, dass ich damit bei den Frauen landen konnte, und verschenkte es an ein Kind, das heulend neben der Lostrommel stand, weil es nur Nieten gezogen hatte.

Als Nächstes graste ich die umliegenden Verkaufsstände ab. Ich erwarb allerlei nutzloses Zeug, das ich in die Manteltasche stopfte, darunter ein Paar Hosenträger, einen Topflappen sowie eine Zahnprothesenaufbewahrungsschatulle. Nach soviel Banalität wollte ich den ›totalen Thrill‹ erleben, den eine Geisterbahn lautstark versprach, und buchte eine Fahrt durch das Gruselkabinett. Statt Horror bekam ich Klamauk, dargeboten von plumpen Gummimonstern und versetzt mit Spezialeffekten, mit denen man schon in der Steinzeit kein Mammut mehr erschrecken konnte. Echten Horror erlebte ich dafür in einem Im-Kreis-Rumfahr-Geschäft neben dem Jüdischen Museum. Der Name ›Disco-Express‹ erschien mir relativ unverfänglich, und was das mit den ›14 Umdrehungen pro Minute‹ bedeutete, mit denen die Betreiber warben, wusste ich erst, als ich ausgestiegen war und all das, was ich zuvor gegessen hatte, aus meinem Magen in einen Mülleimer befördert hatte. In meinem Alter sollte man eben nicht mehr in eine Disco gehen.

Aber egal, wo ich auch aß und trank und schoss und loste und kaufte und spielte und fuhr – ein Kießling war nirgendwo angestellt. Schließlich machte ich noch einen letzten Versuch bei einem Autoskooter gegenüber dem Stadttheater. Ich kaufte mir an der Kasse ein paar Fahrchips und fragte den Kassierer gelangweilt, ob in seinem Laden ein Typ namens Kießling arbeite. Er drückte mir die Chips in die Hand und deutete ebenso gelangweilt in Richtung eines schlaksigen jungen Kerls am Rande der Fahrbahn. Betont gelangweilt bedankte ich mich.

Ich setzte mich in die erstbeste Karre, wartete, bis die nächste Runde begann, warf einen Chip in den Münzschlitz und drückte aufs Gaspedal. Es war nicht viel los auf der Fahrbahn, nur ein paar minderjährige Pärchen, ein paar frühreife Kleinkinder und ein paar Omas und Opas im Jugendlichkeitswahn waren unterwegs. Ich wurde einige Male von Milchbubis gerammt, die, von Hormonschüben getrieben, ihre weiblichen Beifahrerinnen beeindrucken wollten, aber ansonsten konnte ich unspektakuläre Runden drehen und dabei in Ruhe den Urbas-Kumpanen beobachten. Kießling war großgewachsen und spindeldürr, trug abgelatschte Turnschuhe, eine zerrissene schwarze Jeans, die ihm viel zu groß war und wie ein Rock um seine Beine schlackerte, ein schwarzes T-Shirt, auf dem ein Totenkopf und der Name irgendeiner Krachmachercombo aufgedruckt waren, und eine schwarze Wollmütze, die er so weit ins Gesicht gezogen hatte, dass gerade noch die Zigarette daraus hervorragte, an der er herumknabberte. Sein Tätigkeitsbereich war nicht gerade intellektuell anspruchsvoll und bestand darin, dass er Autos, die nach Ende einer Fahrrunde verlassen wurden, an den Fahrbahnrand zurücksteuerte.

Ich verbrauchte meine gekauften Chips und konnte auf meinen Fahrten feststellen, dass Kießling seiner Arbeit mit unverhohlen zur Schau getragener Unlust und Genervtheit nachging. Aber dass er überhaupt einer Arbeit nachging, schien ihn ja schon mal fundamental von seinem verblichenen Kameraden zu unterscheiden. Kurz vor Ende meiner letzten Fahrt rammte ich noch einen der Milchbubis, der ein besonders ausgeprägtes Imponiergehabe an den Tag legte, derart, dass er mitsamt seiner Tussi beinahe aus dem Wagen flog, und hoffte, dass ich ihn mit dieser – vor allem aus Sicht seiner Begleiterin – megamäßig uncoolen Aktion nicht um seinen ersten Beischlaf gebracht hatte.

Ich stieg aus meinem Gefährt und ließ Kießling seinen Job erledigen. Er lehnte an einem der Eckpfosten neben der Fahrfläche und wartete auf das Ende der nächsten Fahrt und seinen Einsatz, als ich neben ihn trat und ihn ansprach.

»Herr Kießling?«

Er lugte unter seiner Wollmütze hervor.

»Kommt drauf an.«

»Worauf?«

»Was Sie wollen.«

»Ein kleines Interview. Mit Ihnen. Unter vier Augen.«

Er musterte mich skeptisch.

»Worüber?«

»Simon Urbas.«

Er sah mich an wie ein Stück Stoffwechselendprodukt.

»Bullerei?«

Er hielt mich – aus alter Gewohnheit – für einen Polizisten. Ich wollte es ihm vorlaufig nicht ausreden.

»Kommt drauf an.«

»Worauf?«

»Wie kooperativ Sie sind. Wir führen irgendwo, wo wir ungestört sind, ein kurzes Pläuschchen, und Sie sind mich wieder los. Oder wir ziehen die große Nummer ab, mit Blaulicht und Mannschaftswagen und allem, was dazugehört. Sie können sichs aussuchen.«

Er kratzte an den Mitessern in seinem Gesicht herum.

»Muss mal meinen Chef fragen. Musste aber gehen. Nicht viel los im Moment.«

Er ging zum Kassenhäuschen, verschwand darin und kam kurze Zeit später wieder zurück.

»Ist okay. Wir können in die Wohnung vom Boss.«

Also gingen wir hin. Die Wohnung war ein Wohnwagen von der Größe eines Sattelschleppers, der in der Nähe des Autoskooters stand. In dem Wohnwagen gab es alles, was man auch in einer normalen Wohnung erwartet hätte, und dazu noch einiges, was man in einem Wohnwagen nicht unbedingt erwartet hätte. Er war ausgestattet mit Hometrainer, Ledersofa, Polstersessel, Glastisch, Bücherregal, Stereoanlage, Großbildfernseher, Computer und Telefon. Auf dem Boden lagen Perserteppiche, in denen ein Kleinwüchsiger versunken wäre, vor den Fenstern hingen Vorhänge, in denen man einen Basketballspieler hätte einwickeln können, und von der Decke baumelte ein Kronleuchter, für den jeder Scheich sein letztes Kamel gegeben hätte. Insgesamt war dieses Quartier so schlicht und bescheiden eingerichtet wie der Empfangsraum des Buckingham-Palastes.

Kießling ließ sich auf das Sofa plumpsen, ich nahm im Sessel Platz. Er beäugte mich misstrauisch.

»Normal seid ihr Burschen doch immer zu zweit.«

»Personalabbau. Sparmaßnahmen.«

»Zeigen Sie mir doch mal Ihren Ausweis.«

Ich zückte meine Brieftasche und ließ ihn einen Blick auf meinen Personalausweis werfen. Er zog ein verärgertes Gesicht.

»Den Dienstausweis will ich sehen. Die Bullenmarke.«

»Ich habe nie behauptet, Polizist zu sein. Ich kann nichts dafür, wenn Sie aus Erfahrung jeden Typen im Mantel, der sie anspricht, für einen halten.«

»Dann ist die Vorstellung hiermit beendet. Raus mit dir, sonst polier ich dir die Fresse.«

Er stand auf und wollte mich wegzerren. Ich verabscheue körperliche Gewalt, aber ich hatte an diesem Tag schon schlechte Erfahrungen gemacht und wurde langsam dünnhäutig, was das Einstecken von Rohheiten im Allgemeinen und das Fressepolieren im Besonderen betraf. Ich schnellte hoch und verpasste dem Knaben einen Kinnhaken, dass er rücklings auf dem Boden landete. Er wälzte sich ein bisschen herum, guckte mich einen Moment lang an, als wäre ich eine fliegende Untertasse, griff dann in seine Hosentasche, fingerte einen kleinen Gegenstand hervor und richtete ihn auf mich. Mit einem Fußtritt gegen seine Hand entfernte ich den Gegenstand aus selbiger. Er flog in hohem Bogen durch die Luft, und bevor er noch einmal irgendwo landen konnte, wo er nicht hingehörte, schnappte ich ihn mir. Ich warf einen kurzen Blick darauf. Es war eine kleine Spraydose, auf der in großen Lettern ›Dog Killer‹ stand, und darunter, etwas kleiner: ›Abwehrspray gegen angreifende Tiere‹. Ich sagte mir, dass das ein netter Begleiter für den nächsten Spaziergang durch den Stadtwald werden könnte, und steckte die Spraydose in meine Hosentasche. Dann wandte ich mich dem immer noch am Boden liegenden ehemaligen Besitzer der Spraydose zu.

»So, Sportsfreund, jetzt fangen wir noch mal ganz von vorne an. Ich bin zwar kein Polizist, aber zumindest Detektiv und als solcher durchaus auch zur Verbrechensaufklärung berufen. Und dass an Ihrem besten Kumpel Simon Urbas ein Verbrechen begangen worden ist, dürfte sich ja wohl auch bis zu Ihnen herumgesprochen haben. Ich habe einen heißen Tipp bekommen, dass Sie in dieser Sache vielleicht mit drinhängen, und deshalb möchte ich Ihnen ein paar Fragen stellen. Mein Angebot von vorhin war durchaus ernst gemeint. Sie können mir die Fragen beantworten, oder ich kann Ihnen die Jungs in den Uniformen auf den Hals hetzen.«

Ich fingerte einen Geldschein aus der Tasche und warf ihn auf den Glastisch.

»Also, ums noch mal zusammenzufassen: Fragen beantworten heißt kein Polypenbesuch und keine Prügel von mir, stattdessen ein kleiner Taschengeldzuschuss. Fragen nicht beantworten heißt Anruf im Präsidium und kein Taschengeld, dafür Haue-Haue wegen Unartigkeit.«

Er rieb sich sein Kinn.

»Ich mit drinhängen – so ’n Bullshit! Sein Alter hat ihn abgemurkst! Hat sogar in der Zeitung gestanden!«

»Warum sollte ein Vater seinen Sohn umbringen?«

»Weil Simon seinen Alten gehasst hat, und zwar wie die Pest.«

»Und warum hat er ihn gehasst?«

»Keine Ahnung. Ich weiß ja nicht, was bei denen zu Hause

abgelaufen ist, davon hat er nie was erzählt. Aber ich habe noch nie jemanden getroffen, der seinen Vater so gefürchtet und so gehasst hat wie Simon. Manchmal ist er tagelang völlig depressiv und melancholisch rumgehangen und war zu nichts zu gebrauchen und hat sich nur zugedopt und zugebölkt. Und wenn man ihn gefragt hat, was denn los ist, hat er gesagt, nichts ist los, er sei nur auf der Flucht vor seinem Alten. Oder er hat gesagt, er müsse sich betäuben, um nicht an seinen Alten zu denken. Manchmal hatte er auch regelrechte Wutanfälle, wenn er an ihn dachte oder von ihm redete oder an ihn erinnert wurde. Dann hat er rumgeschrien oder musste irgendwas kaputtmachen. Das war schon ziemlich krank. Letzten Winter zum Beispiel hat er eine wertvolle, alte, handbemalte Porzellankanne von zu Hause mitgehen lassen. Ich sollte sie einem Händler verkaufen, und wir hätten den Gewinn dann geteilt. Hätte uns ein hübsches Sümmchen eingebracht. Doch als ich sie mir genauer angesehen habe, hat Simon mir das Ding plötzlich weggerissen und es mit voller Wucht auf den Fußboden geschleudert, dass es in tausend Teile zersprungen ist. Danach hat er gesagt, genau das würde er mit seinem Alten auch mal machen wollen. Naja, vielleicht hat er es ja versucht. Und dann hat sein Alter ihn eben plattgemacht.«

»Seine Alte ist da aber anderer Meinung. Sie glaubt, dass es jemand anders gewesen sein muss. Und ich soll herausfinden, wer dieser Jemand ist. Sie waren sein bester Freund. Ich könnte mir deshalb vorstellen, dass Sie mir dabei behilflich sein könnten.«

»Von wegen bester Freund! Das war mal. Ich wollte mit diesem Arschwichser nichts mehr zu tun haben.«

Simon Urbas schien sich zu Lebzeiten in seinem Bekanntenkreis größter Beliebtheit erfreut zu haben. Man hörte nur Nettigkeiten über ihn.

»Wie kommts, dass Sie so schlecht auf ihn zu sprechen sind?«

»Er hat mich beschissen. Er hat in meinem Auftrag einem Händler Ware geliefert und dafür die Kohle kassiert. Aber statt sie bei mir abzuliefern, hat dieses Schwein sie behalten und verprasst.«

»Was für Ware war das? Diebesgut? Stoff?«

»Medikamente. Glückspillen gegen Depressionen.«

»Medikamente. Klar. Hat Ihnen wahrscheinlich Ihr Arzt verschrieben. Die Großpackung zu 2000 Stück. Gegen die Depression in Ihrem Geldbeutel.«

»Alles ganz legal. Gibts in jeder Apotheke.«

»Hören Sie, Kießling, versuchen Sie erst gar nicht, mich zu verscheißern und mir hier irgendwelche Storys vom wilden Pferd zu erzählen. Ich weiß schon, was Sie für krumme Dinger drehen. Aber Ihre schmutzigen Drogengeschäfte interessieren mich nicht. Was mich interessiert, ist die Tatsache, dass Simon Urbas ermordet worden ist, kurz nachdem er Sie übers Ohr gehauen und um einen ordentlichen Geldbatzen betrogen hat. So was mag man in Dealerkreisen bekanntlich weniger als gar nicht.«

Ich versuchte, meiner Stimme den harten, kompromisslosen Klang zu geben, mit dem die Bullen an dieser Stelle gearbeitet hätten.

»Haben Sie ihm die Kehle aus Rache durchgeschnitten, oder weil er sich gewehrt hat, als Sie sich Ihr Geld zurückholen wollten?«

Kießling zappelte wie ein Hampelmann, an dessen Schnur man ruckartig gezogen hatte.

»Sie spinnen doch, Mann!«

»Wie viele Flocken hat sich Urbas denn unter den Nagel gerissen?«

»Acht Riesen.«

»Mein Gott, acht Riesen! Es sind schon Leute für einen Bruchteil davon getötet worden. Wo waren Sie denn eigentlich in der Nacht, in der Urbas ermordet wurde?«

»Das geht Sie einen Scheißdreck an.«

Ich ging zum Telefon und fing an zu wählen. Ich achtete darauf, dass er sah, welche Nummer ich wählte.

»Hey, Mann, was soll das denn jetzt?«

»Ich ruf die Jungs an, die dieser Scheißdreck was angeht.«

»Verdammt, ich war hier und hab gearbeitet, und danach bin ich nach Hause gegangen und hab mir was reingepfiffen, und dann hab ich gepennt.«

Ich brach den Wählvorgang ab, bevor ich die Nummer komplett hatte.

»Zeugen dafür zu Hause?«

»Nee, wohne allein.«

»Beschissenes Alibi.«

»Hab kein Geld, mir ein besseres zu kaufen.«

»Wie wärs mit dieser Version: Sie sind nach Hause gegangen, haben sich was reingepfiffen, sind daraufhin so richtig scharf geworden, sind zum Urbasschen Bauernhof rausgefahren, haben den Arschwichser plattgemacht, sind wieder nach Hause gefahren und haben dann gepennt?«

»Nein, zum Teufel noch mal.«

»Die Polizei braucht einen passenden Mörder zum Mord an Simon Urbas. Wenns der Alte nicht war, muss ein anderer her. Ein dealender Junkie, der Streit mit dem Ermordeten hatte und zum Tatzeitpunkt auf 'nem Trip war, würde da ganz hervorragend in den Kram passen.«

Kießling bohrte in seiner Nase und wurde fündig. Er rollte den gefundenen Popel zwischen seinen Fingern, als wäre er ein Rohdiamant, der geschliffen werden musste.

»Die Bullen sollten lieber mal im Rathaus suchen gehen.«

Ich stützte mein Kinn auf meine Faust, nur vorsichtshalber, dass der Unterkiefer nicht wieder herunterfiel.

»Wie bitte?«

»Ich wars nicht, verdammte Scheiße. Wenn die Bullen den Mörder von Simon schnappen wollen, dann müssen sie einfach nur ins Rathaus gehen.«

Er schnippte den Popel, den er so liebevoll zu einer glatten Kugel gerollte hatte, achtlos durchs Zimmer.

»Und zwar nach ganz oben.«

Ich schüttelte den Kopf wie ein Lehrer über einen Schüler, den er beim Rauchen auf dem Klo erwischt hatte.

»Ihre Glückspillen bekommen Ihnen nicht. Zu starke Nebenwirkungen. Regen die Phantasie zu sehr an. Lösen Wahnvorstellungen aus.«

»Das sind keine Wahnvorstellungen. Simon steckte ganz tief in einem politischen Ding drin.«

Da war sie also wieder, die Politikgeschichte. Offenbar gab es sie also wirklich.

»Dann erzählen Sie mir mal von diesem Ding.«

»Kann ich nicht. Ich weiß fast nichts darüber. Nur, dass es um eine ganz große Sache ging und dass da die ganz großen Tiere mit drinhängen.«

»In der Politik geht es meistens um ganz große Sachen, und meistens hängen die ganz großen Tiere mit drin. Ich muss es schon ein bisschen genauer wissen.«

»Ich weiß nichts Genaueres.«

Ich griff erneut zum Telefonhörer. Kießling schniefte eine Ladung Nasensekret in seine Mundhöhle und spuckte sie verächtlich auf den Boden.

»Mein Gott, dann rufen Sie doch Ihre verdammten Bullen an. Und selbst wenn Sie mich windelweich schlagen, ich kann Ihnen nicht mehr sagen, weil ich nicht mehr weiß. Geht das nicht in Ihren verdammten Schnüffler-Schädel?«

Ich legte wieder auf. Anscheinend wusste er wirklich nichts. Und wenn er etwas wusste, schien er soviel Schiss davor zu haben, darüber auszupacken, dass er alle Unannehmlichkeiten, die ihm sein Schweigen einbrachten, billigend in Kauf nahm. Vielleicht hatte er Angst davor, so zu enden wie Kollege Urbas.

»Woher wissen Sie dann überhaupt, dass Simon in politische Machenschaften verstrickt war?«

»Weil er dauernd davon gelabert hat. Aber er hat immer nur recht wichtig und geheimnisvoll getan und nie was Konkretes erzählt. Ich hab gedacht, er will nur angeben. Bis ich von seiner Ermordung gehört habe.«

Er zog seine Wollmütze vom Kopf und zeigte mir seinen kahlgeschorenen Schädel. Auf seiner Stirn glänzte fettiger Schweiß.

»Einmal hat er nämlich gesagt, wenn man ihn in nächster Zeit tot in irgendeiner Ecke liegend finden würde, wäre das Zimmer 414 im Rathaus dafür verantwortlich.«

Das war doch mal 'ne Auskunft. Ich beendete meine Befragung, da mir Herr Kießling langsam reif zu sein schien für seine nächste Medikamenteneinnahme. Ich überlegte noch, ob ich den Geldschein, den ich ihm hingeworfen hatte, wieder einstecken sollte, da er ihn doch nur für Drogen oder Alkohol verwenden würde, aber dann ließ ich ihn doch liegen. Ich riet ihm noch, er solle sich den Fall Urbas stets als abschreckendes Beispiel vor Augen halten, doch er guckte mich mit immer wirrerem Blick an, so dass ich nicht sicher war, ob er mich überhaupt noch verstand. Ich machte, dass ich aus dem Wohnwagen kam, bevor ich noch Ersthelfer spielen und den Notarzt rufen musste. Beim Verlassen sah ich aus dem Augenwinkel, dass Kießling mit zittrigen Fingern ein kleines Tablettendöschen aus der Hosentasche fummelte.

Da ich ebenfalls ein Aufputschmittel nötig hatte, marschierte ich zur nächstgelegenen Fressbude und zog mir dort eine Cola rein. Während ich aus dem Pappbecher schlürfte, reflektierte ich noch einmal über das Gespräch mit Kießling. Er hatte sich eindeutig für die Liste der Tatverdächtigen qualifiziert, aber auch hier galt: Solange ich keine Zeugen hatte, die ihn zur Tatzeit in der Nähe des Tatortes gesehen hatten, war meine Verdächtigung weniger wert als gebrauchtes Klopapier.

Mehr wert war da schon die Verdächtigung, die der Ermordete selbst ausgesprochen hatte – vorausgesetzt, er hatte sie auch wirklich ausgesprochen, und sie war nicht nur von Kießling erfunden, um von der eigenen Person abzulenken. Aber sie war zumindest eine Überprüfung wert. Ich trank meine Cola aus, warf den Becher in den Abfall und machte mich auf den Weg zum Rathaus, um dort das Zimmer 414 zu besuchen.

VIER

ICH GING DIE KÖNIGSTRASSE ENTLANG Richtung Rathaus, vorbei am Stadttheater, das zu den prachtvollsten und erfolgreichsten Schauspielhäusern Bayerns gehörte und mit seinem vielfältigen und ambitionierten Programm die bunte und lebendige Fürther Kulturszene entscheidend bereicherte. Die Königstraße war zu beiden Seiten lückenlos mit Kirchweihbuden zugepflastert. Der Kirchweihspuk endete erst am Königsplatz, und dort befand sich auch das Rathaus, das zu den Wahrzeichen der Stadt gehörte, vor allem wegen seines über 50 Meter hohen Turms, der an allen Seiten mit Glühbirnen bestückt war und am Abend, wenn die Lichter brannten, wie ein überdimensionaler Weihnachtsbaum in den Himmel ragte. Ich hatte gelesen, dass das Fürther Rathaus irgendeinem italienischen Palast nachgebaut sein sollte. Was dabei herausgekommen war, war ein Gebäude, das in meinen Augen ein bisschen aussah wie ein Luxusknast. Wahrscheinlich war es in Wirklichkeit ein architektonisches Meisterwerk und ein beeindruckender Meilenstein in der Geschichte der deutschen Baukunst, aber Architektur war nun einmal etwas, das mich ungefähr soviel interessierte wie die Ergebnisse der südafrikanischen Schlittenhundemeisterschaften. Deshalb konnte ich mich auch nicht besonders für die über 2000 Baudenkmäler begeistern, die Fürth zur Stadt mit der höchsten Denkmaldichte in Bayern machten und dem Stadtbild sein nostalgisches Flair verliehen.

Ich marschierte auf den dreibogigen Portalvorbau des Haupteingangs zu, über dem sich auch der Rathausbalkon befand, der nun schon seit Jahrzehnten auf seine einzige Bestimmung wartete, nämlich eines Tages den jubelnden Fürther

Fans die endlich in die Bundesliga aufgestiegene Mannschaft der Spielvereinigung zu präsentieren. Neben dem Haupteingang war ein Infostand aufgebaut, an dem eine ›Initiative Bundesland Franken‹ für ihr Anliegen warb. Ich blieb vor dem Stand stehen, blätterte ohne großes Interesse in einer Broschüre, die darüber informierte, dass alle großen deutschen Genies Franken waren (Wirtschaftswundervater Ludwig Erhard, Fussballrekordnationalspieler Lothar Matthäus, Showmasterkönig Thomas Gottschalk), dass alle bedeutenden Errungenschaften der Menschheitsgeschichte von Franken erfunden worden waren (die Mathematik von Adam Riese, der Globus von Martin Behaim, die Taschenuhr von Peter Henlein, die Jeans von Levi Strauss, der Versandhandel von Gustav Schickedanz, die Unterhaltungselektronik von Max Grundig und das Playmobilspielzeug von Horst Brandstätter), und dass Deutschland nur deswegen 1954 erstmalig Fussballweltmeister geworden war, weil im Finale Karl Mai von der SpVgg Fürth den ungarischen Torschützenkönig Kocsis ausgeschaltet und Max Morlock vom 1. FC Nürnberg den wichtigen Anschlusstreffer zum 1:2 geschossen hatte. Dabei hörte ich mir das Gespräch an, das neben mir ein Passant und ein Standmitarbeiter miteinander führten.

»Und warum sollдedn mir a Bundesland Frangn machn?«

»Weil mir seid dswaahunnad Joor a bayrische Kolonie san, und des san dswaahunnad Joor dsvill. Es werd Dseid, dass mir widda unabhängich wern. Freiheid fär Frangn! Nieda mid Noddbayan! Es lebe des Bundesland Frangn!«

»Und wos wär nachad däi Haubdschdood vo Frangn?«

»Naja, däi sollad scho bei uns in Middlfrangn ling, weil in Middlfrangn des Hädds vo Frangn schlächd.«

»Awa däi Haubdschdood vo Middlfrangn is Anschbach, und iich glaab ned, dass däi Bambercha, Wäddsburcha und Bairaida eivaschdandn wärn, dass des glaa Anschbach gands drundn era Haubdschdood wärad.«

»Nachad nämma hald Nämmberch, des is däi gräißde Schdood in Frangn, da koo kaans bfrobfan.«

»Du glaabsd doch ned im Ernschd, dass iich als Färdda in am Land leem mächad, in dem Nämmberch däi Haubdschdood is! Des wär ja noo schänna! Ned ums Freggn däd iich in soam Land leem!«

»Na goud, nachad machma hald Färdd dsur Haubdschdood vom Bundesland Frangn.«

Na, das war doch endlich einmal eine angemessene Perspektive für die Stadt. Trotzdem verzichtete ich darauf, mich in die ausliegende Unterschriftenliste einzutragen, auf der wahrscheinlich die bayrische Landesregierung dazu aufgefordert wurde, ihre Besatzungstruppen unverzüglich abzuziehen, steuerte auf das Hauptportal zu und betrat die Eingangshalle des Rathauses. Sie war nicht sehr groß. Sie bestand aus steinernen Säulen, steinernem Boden und steinerner Decke, auf der sich Höhlenmalereien befanden. An einer der Säulen hing eine Infotafel, hinter deren Glasrahmen prähistorische Steckbuchstaben und -zahlen darüber informierten, wo sich welches Amt befand. Ich stellte fest, dass Zimmer Nr. 414 im zweiten Stock zu finden war.

Ich ging nach links eine Steintreppe hoch, an deren Ende sich eine automatische Schwingtür öffnete. Dahinter folgte ein dunkles Treppenhaus, dessen Stufen mit rotem Teppich ausgelegt waren und an dessen Wänden schummriges Licht für die Orientierung sorgte. Ich stieg nach oben, bis das Treppenhaus im zweiten Stock endete. Auch hier war es düster und spärlich beleuchtet, und auf dem Flur neben dem Treppengeländer stand die bronzefarbene Statue einer nackten Frau, deren Name ›Flora‹ war, wenn die Information stimmte, die am Sockel der Figur stand. Ich sah mich unsicher um. Roter Teppich, schummriges Licht, nackte Frauenstatue – ich fragte mich, ob ich mich nicht vielleicht verlaufen hatte und statt im Rathaus in einem Nobelbordell gelandet war. Aber ein Blick auf das Schild neben der ersten Tür nach dem Treppenende belehrte mich, dass ich durchaus richtig war, denn ich befand mich direkt vor dem Direktorium des Oberbürgermeisters. Ich ging daran vorbei und einen langen Gang entlang, an dessen Ende ich schließlich das gesuchte Zimmer fand. Ich las, was auf dem Schild neben der Tür stand: ›Zimmer 414 – Amt für besondere Angelegenheiten – Anmeldung: Zimmer 413‹.

Ich meditierte einen Moment über die Botschaft des Schildes. Im Zimmer 413 befand sich wahrscheinlich die übliche Sekretärin, deren originäre Aufgabe es war, nur handverlesene Gäste ins Chefzimmer durchzulassen und unangemeldete und unerwünschte Besucher wie mich abzuwimmeln. Deshalb beschloss ich kurzerhand, dieses Hindernis einfach zu umgehen und den direkten Weg zu wählen. Ich drückte auf die Klinke. Die Tür ging tatsächlich widerstandslos auf, und ich betrat Zimmer Nummer 414 des Fürther Rathauses.

Ich schloss die Tür hinter mir und betrachtete den Raum. Das Zimmer hatte einen hölzernen Parkettboden und eine hölzerne Kassettendecke. In der Wand links von mir befand sich die einzige weitere Tür des Raumes, die logischerweise in das Nebenzimmer führen musste, in das ich mich eigentlich hätte begeben sollen. In der Wand gegenüber von mir gab es zwei große Rundbogenfenster, dazwischen hing ein großer Spiegel. Links stand eine Sitzgruppe mit zwei kleinen Tischchen davor, auf denen Papiere lagen und Körbchen mit Obst und Naschzeug standen. Gegenüber befand sich ein großer, langer, sichelförmiger Schreibtisch, auf dem die üblichen Bürountensilien verstreut waren. Rechts von mir bestand die gesamte Wand aus Einbauschränken, lediglich in der Mitte von einem weiteren Rundbogenfenster unterbrochen. Rechts neben der Tür, durch die ich eingetreten war, stand ein großer runder Tisch aus edlem Holz, für den wahrscheinlich ein Tropenwald von der Größe Grönlands gefällt worden war. Darüber hingen zwei Gemälde von zwei alten Männern, die ich nicht kannte, aber vermutlich waren es die obligatorischen Bilder der Fürther Polit-Berühmtheiten Erhard und Kissinger.

Wesentlich interessanter als der Raum waren allerdings die Personen, die sich darin befanden. Es waren drei Männer, die auf den gepolsterten Stühlen an dem großen runden Tisch saßen. Vom ersten wusste ich, dass er der Leiter des ›Amtes für besondere Angelegenheiten‹ war. Den zweiten kannte ich nur von Fotos, aber das genügte, um ihn als einen hohen Beamten aus dem Nürnberger Rathaus identifizieren zu können. Und der dritte im Bunde war eindeutig der Chef von Kommissar Diesterweg. Der Mann also, der die Anweisung gegeben hatte, keine weiteren Ermittlungen im Fall Urbas anzustellen. Ich war mir jetzt sicher, dass ich an der richtigen Adresse war bei dieser hochinteressanten und hochkarätigen Herrenrunde. Die drei Jungs sahen das aber offenbar anders. Der Amtsleiter deutete auf die zweite Tür.

»Gehen Sie bitte nach nebenan. Meine Sekretärin wird Ihnen sagen, wo Sie hinmüssen.«

»Bin ich denn hier nicht im Büro des ›Amtes für besondere Angelegenheiten‹?«

»Doch.«

»Sehen Sie, und genau dahin wollte ich auch.«

»Sind Sie angemeldet?«

»Nein.«

»Dann gehen Sie bitte nach nebenan und lassen sich einen Termin geben.«

»Nun, ich würde aber eigentlich gerne sofort mit Ihnen sprechen.«

Jetzt sah sich der Diesterweg-Chef dazu berufen, mich anzuraunzen.

»Jetzt machen Sie aber mal einen Abgang, Mann! Sie wissen wohl nicht, wo Sie hier sind. Das hier ist keine öffentliche Sitzung, wir befinden uns in einer wichtigen, vertraulichen Besprechung. Gehen Sie zur Sekretärin und melden Sie sich gefälligst an wie jeder andere Bürger auch. Sie haben hier herinnen im Moment nichts verloren. Also verschwinden Sie.«

»Okay, ich verschwinde. Sie müssen mir nur kurz erzählen, was Sie mit dem Tod von Simon Urbas zu tun haben, und schon bin ich weg.«

Das saß. Die Herren glotzten mich an, als wären sie die drei

Finalisten eines Dumm-Guck-Wettbewerbes. Es wäre ein hochklassiges und hartumkämpftes Finale geworden.

»Sie haben schon richtig gehört, meine Herrschaften. Und sagen Sie bitte nicht, Sie wüssten nicht, wer Simon Urbas ist. Simon Urbas hieß der 18-jährige Bauernsohn aus Poppenreuth, dem die Kehle durchgeschnitten worden ist. Seine Geschichte stand in den ›Fürther Nachrichten‹, und die gehört doch sicherlich zu Ihrer allmorgendlichen Pflichtlektüre. Und sagen Sie bitte auch nicht: ›Aber der wurde doch von seinem Vater ermordet!‹ Das habe ich mir heute schon oft genug angehört. Und wenn es so wäre, würde ich jetzt immer noch in meinem Büro sitzen und Däumchen drehen oder irgendeinen anderen Unfug veranstalten. An dieser Stelle sollte ich erwähnen, dass es sich bei meinem Büro um ein Privatdetektivbüro handelt und ich demzufolge ein solcher bin. Die Mutter von Simon Urbas hat mich beauftragt, den Mord an ihrem Sohn aufzuklären, weil sie nicht glaubt, dass ihr Ehemann die Tat begangen hat. Und wisst ihr was, Jungs? Je mehr ich mich mit der Sache beschäftige und in dem Fall herumschnüffle, desto mehr bin ich geneigt, mich ihrer Ansicht anzuschließen. Ich habe aus gut unterrichteten Kreisen erfahren, dass der Schlüssel zur Aufklärung der Tat hier in diesem Rathaus zu finden sei, speziell in diesem Zimmer sogar. Tja, und nun bin ich hier, und ich würde vorschlagen, Sie bieten mir eins von Ihren Erfrischungsgetränken an und erzählen mir einfach alles. Danach können Sie mit Ihrer Besprechung weitermachen, und ich kann mein Honorar auf die Bank bringen, und es wird uns allen zusammen besser gehen.«

Statt mir eines ihrer Erfrischungsgetränke anzubieten und mir einfach alles zu erzählen, warfen sie einander vielsagende Blicke zu. Der Diesterweg-Chef zückte sein Handy.

»Dieser bedauerliche Zwischenfall wird gleich ein Ende haben, meine Herren. Ich rufe eine Streife, um diesen Mann entfernen zu lassen.«

Ich zog die Knarre und ein Stofftuch aus meinen Manteltaschen und begann demonstrativ, die Waffe zu reinigen.

»Irrtum. Der bedauerliche Zwischenfall beginnt erst so richtig. Bedauerlich deswegen, weil ich eigentlich nicht mit der harten Tour kommen wollte, aber Ihr unkooperatives Verhalten zwingt mich leider dazu. Das mit dem Anruf lassen Sie mal sein, sonst müsste ich doch tatsächlich meine Artillerie einsetzen. Diese Warnung gilt natürlich auch für die beiden anderen Herren. Ich bin sonst eigentlich ein nettes, umgängliches Kerlchen, das keiner Fliege etwas zuleide tun kann, und ich will auch hier niemandem ein Härchen krümmen. Aber ich stehe auf dem Standpunkt, dass ich als Fürther Bürger ein gewisses Auskunftsrecht von Seiten der Stadt habe, und ich bin hier, um dieses Auskunftsrecht einzufordern – notfalls mit Unterstützung meines Anwalts, den ich mitgebracht habe. Ich halte ihn gerade in meiner Hand.«

Die drei starrten auf meine Hand. Offenbar flößte ihnen mein Anwalt doch einen gewissen Respekt ein, denn der Diesterweg-Chef legte sein Handy auf den Tisch, ohne es zu benutzen. Der Amtsleiter machte mit seinen Händen eine ausladende Geste, die mir klarmachen sollte, dass ich mich definitiv auf der falschen Baustelle befand.

»Wir können Ihnen aber leider keine Auskunft über die Ermordung des Simon Urbas geben, und zwar ganz einfach deshalb nicht, weil das Rathaus nichts mit dem Tod dieses jungen Mannes zu tun hat.«

Ich zuckte lakonisch mit den Schultern.

»Okay, wenn das so ist, dann kann ich ja wieder gehen. Ich weiß leider zu wenig von der Sache, als dass ich groß nachhaken könnte. Aber ich bin mir sicher, dass die Jungs und Mädels von den ›Fürther Nachrichten‹ großes Interesse an der Geschichte hätten und auch den Willen und die Möglichkeiten, mehr darüber herauszufinden, um dann die Ergebnisse in ihrem Blatt zu veröffentlichen.«

Auf einmal herrschte betretenes Schweigen. Es dauerte länger, als ein betretenes Schweigen dauern sollte, und lag nach einer Weile so schwer im Raum, dass es nicht einmal ein bulgarischer Gewichtheber hätte stemmen können.

»Publicity wäre das denkbar Schlechteste, was wir im Moment gebrauchen könnten.«

Das Schweigen war vom Nürnberger Beamten gebrochen worden. Es war das Erste, was er sagte, seit ich den Raum betreten hatte, und ein untrüglicher Beweis dafür, dass er sprechen konnte, was für einen Beamten schon ein enormes Bildungsniveau darstellte. Sein Fürther Kollege nickte zustimmend. Dann tat er einen tiefen Seufzer und wandte sich an mich.

»Also gut, Herr …«

»Marlein. Philipp Marlein. Privatdetektiv. Büro in der Blumenstraße. Spezialisiert auf private Ermittlungen aller Art. Keine Scheidungsfälle. Honorar: Fester Tagessatz zuzüglich Spesen.«

»Also gut, Herr Marlein, ich werde Ihnen jetzt einige Dinge erzählen, die erklären werden, dass es eine gewisse Verbindung zwischen dem Rathaus und diesem Simon Urbas gibt, die Sie aber hoffentlich auch davon überzeugen werden, dass es keine Verbindung zwischen dem Rathaus und dem Tod des jungen Mannes gibt. Allerdings sind diese Dinge streng vertraulich, und das müssen sie auch unbedingt bleiben. Ich schlage Ihnen deshalb einen Handel vor. Sie versprechen uns, dass nichts von dem, was ich Ihnen gleich erzählen werde, außerhalb dieser vier Wände gelangt. Im Gegenzug versprechen wir Ihnen, auf die Anzeige wegen bewaffneten Überfalls mit Geiselnahme zu verzichten, die Sie eigentlich verdient hätten und die Sie für mindestens zehn Jahre hinter Gitter bringen würde. Was halten Sie davon?«

Ich konnte es mir nicht verkneifen, so zu tun, als müsste ich mir dieses Angebot erst reiflich überlegen. Ich nahm mir also eine kurze Auszeit, die ich dazu benutzte, meine Lippen mit meiner Zunge zu befeuchten, mich am Hals zu kratzen und meine Frisur neu zu ordnen. Dann gab ich das Ergebnis meines vermeintlichen Entscheidungsfindungsprozesses bekannt.

»Klingt wie ein fairer Deal. Ich bin einverstanden.«

Der Amtsleiter fixierte immer noch meine Hände, die weiter mit der Säuberung der Knarre beschäftigt waren.

»Aber tun Sie mir noch einen Gefallen und lassen Sie Ihr Schießeisen weg. Ich bin gehemmt, wenn ich in Pistolenmündungen sprechen muss. Wir werden Sie schon nicht übers Ohr hauen und auch nicht über Sie herfallen.«

Umständlich steckte ich die Kanone wieder zurück in die Mantelinnentasche. Niemand griff zum Handy, um die Polizei zu rufen. Ich zog mir einen Stuhl heran und setzte mich.

»Ich kann nicht mehr schießen, also schießen Sie los.«

Der Amtsleiter lehnte sich in seinen Stuhl zurück und tat erneut einen tiefen Seufzer, als müsse er nun die ganze Geschichte des Zwanzigsten Jahrhunderts erzählen.

»Wir drei sind Mitglieder einer Findungskommission, die direkt vom Nürnberger und vom Fürther Oberbürgermeister eingesetzt wurde, um eine geheime und für beide Städte außerordentlich bedeutsame Angelegenheit zu bearbeiten.«

Er stockte. Offenbar benötigte er ein bisschen Aufmunterung, und ich war so nett, sie ihm zukommen zu lassen.

»Nun machen Sie es mal nicht so spannend, sonst mach ich mir noch in die Hose vor Aufregung. Oder verlangen Sie, dass ich erst für Trommelwirbel sorge?«

Er blickte versonnen aus dem Fenster, als könnte er da draußen die Zukunft des Weltalls sehen.

»Unsere Stadtoberhäupter diskutieren seit einiger Zeit den Plan, Nürnberg und Fürth miteinander zu fusionieren.«

Ich griff nach den Lehnen meines Stuhles. Zum Glück hatte er welche, denn sonst hätte ich nichts gehabt, woran ich mich hätte festhalten können, und wäre zu Boden gepurzelt wie ein Mittelstürmer nach einer Blutgrätsche. Wenn er versucht hatte, mich zu verblüffen, dann war ihm das erstklassig gelungen. Es dauerte tatsächlich ein Weilchen, bis ich die Sprache wiedergefunden hatte.

»Das ist nicht Ihr Ernst! Sie wollen mich verscheißern.«

Er lächelte so milde wie Moses in einem Bibelfilm.

»Keineswegs. Das Ganze ist ja auch keine besonders neue Idee, sondern hat eine lange Geschichte. Zuletzt gab es 1922 eine Volksabstimmung darüber, ob Fürth und Nürnberg zusammengelegt werden sollten, doch vierundsechzig Prozent der Fürther Bürger stimmten damals dagegen.«

»Praktisch eine Zwei-Drittel-Mehrheit. Ein klares und eindeutiges Votum.«

»Stimmt. Aber wenn wir ehrlich sind, müssen wir andererseits auch zugeben, dass die Verschmelzung von Nürnberg und Fürth faktisch schon längst vollzogen worden ist. Beide Städte sind doch seit langer Zeit natürlich zusammengewachsen. Straßen und Häuser gehen nahtlos ineinander über. Wer wüsste denn noch, wo denn überhaupt Fürth endet und Nürnberg beginnt und umgekehrt, wenn nicht vereinzelt ein Schild in der Gegend herumstehen würde? Es gibt keine natürliche Grenze zwischen Nürnberg und Fürth mehr; die Stadtgrenze ist ein theoretisches, unlogisches, willkürliches, überholtes Konstrukt, das nur noch auf der Karte existiert.«

Ich grübelte dunkel vor mich hin. Und mir schossen Schreckensvisionen durch den Kopf.

»Und wie sollte das Ergebnis dieser Fusion dann heißen? Vielleicht Fürnberg? Oder Nürth?«

»Es würde keinen neuen Namen geben. Nürnberg als größere, bedeutendere und bekanntere Stadt hätte natürlich das Vorrecht. Es würde sich um einen Vorgang handeln, der gang und gäbe ist, nämlich um eine Eingemeindung. Fürth würde ein Stadtteil von Nürnberg werden – so wie Burgfarrnbach, Oberfürberg, Poppenreuth, Ronhof oder Stadeln in früheren Jahren durch Eingemeindung zu Stadtteilen von Fürth geworden sind.«

»Fürth würde Nürnberg also einverleibt werden. Fürth würde von Nürnberg gefressen werden.«

»Das ist eine Interpretationsmöglichkeit, allerdings eine sehr kurzsichtige und auch primitive. Wir würden nur das tun, was in der Wirtschaft mittlerweile massenhaft praktiziert wird. Wir würden nichts anderes tun als das, was zwei kleinere Unternehmen machen, deren Existenz bedroht ist: nämlich zu einem großen Unternehmen zu fusionieren und sich dadurch wirtschaftlich zu sanieren und so zu überleben. Und was für

Wirtschaftsunternehmen recht ist, sollte auch für Städte und Gemeinden billig sein. Selbst Sportvereine wenden diese Praxis mit großem Erfolg an, die Fusion der SpVgg Fürth und des TSV Vestenbergsgreuth zur SpVgg Greuther Fürth ist ein Musterbeispiel dafür.«

»Würde diese Aktion denn wirklich so viel bringen?«

»Wenn sie es nicht tun würde, würden wir noch nicht einmal im Traum daran denken, Nürnberg und Fürth miteinander zu verschmelzen, das können Sie mir glauben. Aber die Vorteile sind einfach nicht von der Hand zu weisen, vor allem angesichts der chronisch leeren Haushaltskassen in unseren beiden Städten. Mit der Eingemeindung würden wir massiv Kosten sparen und Ausgaben senken, denn wir könnten einen kompletten Verwaltungsapparat streichen. Es geht also schlicht und ergreifend darum, zu verhindern, dass Fürth und Nürnberg irgendwann Bankrott machen. Denn auch das gibt es nicht nur bei Firmen, sondern auch bei Kommunen und Städten. Und eine Fusion von Nürnberg und Fürth würde für beide nicht nur Einsparungen mit sich bringen, sondern auch sprudelnde Mehreinnahmen. Durch die einheitliche Verwaltung würden viele bürokratische Hindernisse wegfallen, und unser Großraum würde zu einem noch viel bedeutenderen Wirtschaftsstandort werden, als er es jetzt schon ist. Dieser Schritt könnte für beide Städte der Schritt aus einer unsicheren Gegenwart in eine gesicherte und goldene Zukunft sein.«

»Fragt sich nur, ob die Bürger von Nürnberg und Fürth das auch so sehen würden. Für die meisten – mich eingeschlossen, nebenbei bemerkt – ist das doch die mit Abstand schlechteste Idee seit der Erfindung von Atombombe, Mehrwertsteuer und Monogamie.«

»Das ist natürlich der Knackpunkt an der ganzen Geschichte. So sehr auch die nüchternen, objektiven Fakten für diesen Schritt sprechen – er würde doch viele Bürger regelrecht schockieren. Die Menschen entscheiden gerade bei politischen Themen nicht nach rationalen Gesichtspunkten, sondern emotional, subjektiv, aus dem Bauch heraus. Es ist ja nun einmal nicht zu verleugnen, dass es eine historisch gewachsene Rivalität zwischen Fürthern und Nürnbergern gibt, die bei vielen Bürgern zum allgemeinen Lebensgefühl gehört und einen Teil ihres Selbstverständnisses ausmacht. Für diese Leute wäre der geplante Schritt geradezu ein chirurgischer Schnitt ins eigene Fleisch, ein Stich ins Herz, eine mentale Amputation. Deshalb marschieren wir nicht wie der Elefant in den Porzellanladen, sondern versuchen, sensibel an das Thema heranzugehen. Indem wir die Sache erst einmal im kleinsten Kreis und hinter verschlossenen Türen verhandeln. Und indem wir die Sache vorerst geheim halten und erst dann an die Öffentlichkeit gehen, wenn wir den Bürgern ein konkretes und detailliertes Konzept präsentieren können, das sie dann auch davon überzeugen kann, dass dieser Schritt für alle Beteiligten nur von Vorteil wäre und den Bürgern beider Städte eine rosige Zukunft bescheren würde.«

Ich kam mir irgendwie vor wie ein Halbwüchsiger, der noch an den Klapperstorch glaubte, in der ersten Stunde des Sexualkundeunterrichtes.

»Das ist ja alles schön und gut – aber was hatte Simon Urbas mit der ganzen Geschichte zu tun?«

»Nur Geduld, Herr Urbas kommt gleich ins Spiel. Wie gesagt, wir versuchen, möglichst wenig Wind um unser Vorhaben zu machen, und haben so wenige Leute wie nur irgendwie möglich in die Pläne eingeweiht. Aber einige Leute müssen wir eben doch involvieren, sonst können wir keine Planungen anstellen. Und dann lässt es sich einfach nicht vermeiden, dass sich so ein großes Projekt zumindest innerhalb des Rathauses doch herumspricht. Nun gibt es einen bestimmten Mitarbeiter im Rathaus, der Wind von der Sache bekommen hat und als geborener Fürther und eingefleischter Nürnberg-Hasser die geplante Fusion massiv missbilligt. Und dieser Mensch hat daraufhin Gleichgesinnte um sich geschartt und eine Art Untergrundorganisation gegründet, mit dem erklärten Ziel, unser Vorhaben mit allen erdenklichen Mitteln zu sabotieren. Zum Glück haben wir wiederum von seinem Vorhaben frühzeitig erfahren, und es ist uns gelungen, einen anderen, loyalen Rathausmitarbeiter als vermeintlichen Gesinnungsgenossen undercover in die Organisation einzuschleusen.«

»Einen Maulwurf.«

»Sozusagen. Dank dieses Maulwurfs sind wir ständig über alle Pläne und Aktivitäten dieser obskuren Vereinigung informiert. Und das ist nur gut so, denn diese Leute schrecken offenbar auch vor Gewalt nicht zurück. Sie planten nämlich tatsächlich einen Sprengstoffanschlag auf das Fürther Rathaus, um anschließend in einem Bekennerschreiben an die ›Fürther Nachrichten‹ die Eingemeindungspläne als Tatmotiv zu nennen. Und die Vorbereitungen für dieses Terrorattentat waren schon ziemlich weit gediehen. Eines der Gruppenmitglieder, das bei Dynamit-Nobel arbeitet, hatte dort bereits illegal Sprengstoff entwendet. Allerdings besaß offenbar keiner unter den Verschwörern genug Kaltschnäuzigkeit, um den Anschlag selbst durchzuführen, und deshalb suchte die Gruppe nach einem Auftragstäter. Bei der Suche nach einer Person, die skrupellos genug für eine solche Tat war, schlug irgendwann jemand den verlotterten Simon Urbas als idealen Kandidaten vor. Man befand ihn für geeignet und heuerte ihn an – gegen Bezahlung natürlich. Am letzten Kirchweihabend hätte Simon Urbas eine Bombe im Fürther Rathaus zünden sollen.«

Ich kniff die Augen zusammen, grinste hämisch und nickte vielsagend, ganz der hartnäckige, hartgesottene Schnüffler, der gerade das Geständnis aus dem Verdächtigen herausgeprügelt hatte.

»Verstehe. Und Sie haben das zu verhindern gewusst.«

Der Amtsleiter schüttelte unwirsch den Kopf.

»Nichts verstehen Sie. Rein gar nichts verstehen Sie. Wir wollen natürlich nicht abstreiten, dass wir diesen Anschlag um jeden Preis verhindern mussten. Diese Aktion hätte einen gewaltigen Publicity-Effekt gehabt und einen katastrophalen Image-Schaden für unsere Bestrebungen mit sich gebracht – ganz zu schweigen natürlich von den Gebäude- und eventuell auch Personenschäden, die dabei angerichtet worden wären.

Wir wollen auch nicht verleugnen, dass wir über das unerwartete Ableben des designierten Attentäters nicht unbedingt zu Tode betrübt sind. Dass der auserwählte Bombenleger kurz vor der Ausführung der Tat ums Leben gekommen ist, hat die Gruppe in ihren terroristischen Planungen weit zurückgeworfen und ihre Aktivitäten bis auf weiteres lahmgelegt. Darüber ist natürlich keiner von uns traurig. Aber wenn Sie mit Ihrer Bemerkung andeuten wollen, dass wir irgendetwas mit dem Tod von Simon Urbas zu tun hätten, befinden Sie sich gewaltig auf dem Holzweg. Wir hatten die Situation auch so unter Kontrolle. Wir wussten durch unsere Kontaktperson über jeden Schritt der Untergrundkämpfer Bescheid. Simon Urbas wäre kurz vor der Zündung des Sprengsatzes von einem Sondereinsatzkommando überwältigt und festgenommen worden. Wir wollten so lange mit der Festnahme warten, um ihn auf frischer Tat zu ertappen und dann später auch dafür verurteilen zu können.«

»Wenn Sie alle solche Unschuldslämmer sind, warum gibt es dann in der Polizeidirektion einen Maulkorberlass, was die Aufklärung des Mordes an Simon Urbas betrifft?«

Der Diesterweg-Chef war schon eine ganze Weile ziemlich nervös auf seinem Hosenboden hin- und hergerutscht wie einer, den man schon zu lange nicht mehr hatte mitspielen lassen, und das war das Stichwort für seinen Einsatz.

»Es gibt keinen Maulkorberlass, wie Sie das nennen. Es sollte nur niemand mehr als nötig in dem Fall herumstochern, um zu verhindern, dass die Attentatspläne von Urbas aufgedeckt würden. Denn damit wären eventuell auch die Fusionspläne an die Öffentlichkeit gelangt. Sein Tod ist die Folge eines klassischen Familiendramas und somit komplett aufgeklärt. Es ist im Sinne aller Beteiligten, wenn Simon Urbas sein Attentatsgeheimnis mit ins Grab nimmt. Dort ist es am besten aufgehoben. Alles wäre gut, wenn nicht ein mieser kleiner Schnüffler dahergekommen wäre, der nichts Besseres zu tun hat, als seine Nase in Angelegenheiten zu stecken, die ihn nichts angehen.«

»Mich gehen alle Angelegenheiten etwa an, mit denen meine Klienten mich beauftragen. Im vorliegenden Fall die Mutter des Verstorbenen. Der Tod des Simon Urbas ist ungefähr so komplett aufgeklärt wie die Frage nach dem Sinn des Lebens. Und alles wäre gut, wenn es nicht miese kleine Polizeibeamte gäbe, die Verbrechen verschleiern, statt sie aufzuklären, was eigentlich ihre Aufgabe wäre.«

Er schnappte nach Luft. Er starrte mich an wie etwas, das aus Frankensteins Labor entwichen war. Wenn Blicke töten könnten, hätte ich das Rathaus liegend und in einer großen schwarzen Kiste verlassen. Es war meine erste persönliche Begegnung mit dem Diesterweg-Chef. Wir waren keine Freunde geworden und würden in diesem Leben wohl auch keine mehr werden. Ich wandte mich wieder an den Amtsleiter.

»Und Sie sind sich sicher, dass Sie nicht doch ein wenig nachgeholfen haben? Dass Sie nicht vielleicht dem Attentäter selbst einen Attentäter geschickt haben?«

Er funkelte mich zornig an. Ich befürchtete, dass ich mir auch ihn nicht gerade zum Freund gemacht hatte. Wenn das so weiterging, würde ich mich am Abend wie der kleine Junge im Sandkasten fühlen, mit dem niemand spielen wollte.

»Ich sage es Ihnen noch einmal mit Nachdruck: Weder ich noch unsere Oberbürgermeister noch irgendjemand aus unserem Mitarbeiterstab haben den Tod dieses jungen Mannes in irgendeiner Weise forciert. Ich weiß ja nicht, was für ein Politikverständnis Sie haben, aber Auftragsmorde des Staates gegen seine Bürger gehören genau zu jenen Taten, die durch die feste Verankerung der Menschenwürde und der Menschenrechte in unserem Grundgesetz nie wieder auf deutschem Boden stattfinden sollen. Die Stadt Fürth tötet keinen ihrer Einwohner, selbst wenn er vorhaben sollte, das Rathaus in die Luft zu sprengen. Mehr ist dazu nicht zu sagen. Ich denke, ich habe Ihnen jetzt genug erzählt, so dass wir unser Gespräch hiermit beenden können.«

Der Amtsleiter stand auf und streckte mir die Hand entgegen. Ein eleganter, aber unverblümter Rausschmiss. Ich ließ es ihm durchgehen, da ich das Gefühl hatte, genug erfahren zu haben. Ich schüttelte seine Hand. Er drückte zu wie eine Schrottpresse.

»Ich hoffe, Sie erinnern sich an unsere Vereinbarung.«

Ich nickte. Der Diesterweg-Chef wollte es sich nicht nehmen lassen, ein Schlusswort an meine Adresse zu richten.

»Für den Fall, dass Sie sich nicht daran erinnern sollten, halten wir stets ein nettes kleines Einzelzimmer bei uns für Sie bereit, Herr Marlein. Packen Sie also, wenn Sie wieder zu Hause sind, schon mal vorsorglich ein kleines Köfferchen mit Anziehsachen und Waschutensilien, denn von jetzt an könnte es praktisch jederzeit passieren, dass zwei unserer Beamten bei Ihnen vor der Tür stehen, Ihnen einen Haftbefehl unter die Nase halten, Ihnen hübsche silberne Armbänder aus Metall anlegen und Sie in einer gepolsterten Luxuslimousine an den Ort bringen, an dem Sie dann die nächsten Jahre Ihres Lebens verbringen werden. Sie sollten also auch gleich Ihren Hausarzt aufsuchen und sich ein gutes Schlafmittel verschreiben lassen, denn es könnte sein, dass Sie in nächster Zeit unruhig schlafen und schlecht träumen werden.«

Ich zeigte ihm meinen ausgestreckten Mittelfinger. Damit wollte ich ihm demonstrieren, dass ich mir die Fingernägel ordentlich geschnitten hatte, konnte aber nicht kategorisch ausschließen, dass er diese Geste missverstehen und anders interpretieren würde. Dann verabschiedete ich mich mit einer formvollendeten Verbeugung von den drei Herren, verließ das Büro durch dieselbe Tür, durch die ich eingetreten war, ging die Treppe nach unten, durchquerte die steinerne Eingangshalle und trat ins Freie. Niemand schoss dabei auf mich, und niemand wartete vor dem Haupteingang des Rathauses, um mich festzunehmen.

Fünf

Ich steuerte den Busbahnhof vor dem Rathaus an und ließ mich erst einmal in einem der Haltestellenhäuschen auf einem der quadratischen Metallgitter nieder, die wohl Sitzgelegenheiten darstellen sollten. Ich schickte das, was ich im Rathaus gehört hatte, durch meine Gehirnwindungen und wartete darauf, was meine Denkmaschinerie am Ende ausspucken würde. Sie spuckte tatsächlich relativ schnell etwas aus: ein Etikett mit der Aufschrift ›Weitere mögliche Täter‹. Und sie hatte verdammt recht damit. So sehr die Politiker auch ihre Unschuld beteuert hatten, ich traute den Burschen nicht. Sie hatten ein erstklassiges Motiv, Simon Urbas aus dem Verkehr zu ziehen, und gaben damit erstklassige Tatverdächtige ab. Genauso wie Gertrud Nördlinger in Kooperation mit Dumpfbacke und wie Kießling in Kooperation mit Drogen. Und wenn ich noch so weitermachen und bis zum Abend weitere Bekannte von Simon Urbas ausfindig machen und befragen würde, würde ich das halbe Dutzend locker noch vollkriegen. Aber das brachte mich alles nicht wirklich weiter. Auf ein paar Tatverdächtige mehr oder weniger kam es jetzt nicht mehr an. Dass es genug Leute gab, die der Knabe mit miesen Aktionen gegen sich aufgebracht hatte und die ihm die Pest an den Hals wünschten und durchaus auch bereit waren, dafür zu sorgen, dass er sie auch bekam, daran bestand kein Zweifel mehr. Nur eines konnte mir Klarheit darüber verschaffen, wer von den vielen Kandidaten letztendlich wirklich als Täter in Frage kam: Ich musste herausfinden, wie Simon Urbas seine letzten Stunden verbracht hatte und was sich in der Tatnacht auf dem Hof der Familie Urbas abgespielt hatte. Und ich musste, wenn möglich, Zeugen aufspüren, die Beobachtungen am Tatort gemacht hatten.

Ich beschloss, mit der Rekonstruktion des Tathergangs am letzten Ort anzufangen, an dem Simon Urbas lebend gesehen worden war. Kommissar Diesterweg hatte davon gesprochen, dass Urbas sich am Abend vor seinem Tod in der Gustavstraße zugebölkt hatte. Also musste ich mich auf die Suche nach der Spelunke machen, was mir immerhin dadurch erleichtert wurde, dass sich die Gustavstraße praktisch um die Ecke befand.

Ich erhob mich und überquerte die Königstraße, wobei ich nur knapp dem Schicksal entging, mein Leben unter den Rädern eines Busses der VAG auszuhauchen. Nachdem ich die kurze Kreuzstraße durchschritten hatte, befand ich mich schon auf der legendären Fürther Kneipenmeile.

Die Gustavstraße war benannt nach dem Schwedenkönig Gustav Adolf, dem Typen, der die Stadt im Dreißigjährigen Krieg komplett ausgeplündert und damit entscheidend dazu beigetragen hatte, dass sie wenig später von kroatischen Soldaten plattgemacht und abgefackelt und dabei fast gänzlich zerstört worden war. Zerstörerisch wirkte die Gustavstraße auch heute noch, denn sie hatte schon viele Lebern auf dem Gewissen. In den Gebäuden links und rechts des Kopfsteinpflasters befanden sich fast ausschließlich Kneipen, Bars, Bistros, Cafes, Restaurants, Weinstuben und Gasthöfe. So bunt wie das Publikum, das allmorgendlich bis allabendlich in diese Lokalitäten strömte, war auch das Straßenbild der Gustavstraße. Es gab alte Häuser und neue Häuser, große Häuser und kleine Häuser, schmale Häuser und breite Häuser, Häuser mit Spitzdächern und Häuser mit Runddächern, kunstvolle Fachwerkbauten und plumpe Betonklotze, glatte Fassaden und verschnörkelte Fassaden, weiße, graue, braune, gelbe und rote Anstriche. Die Gustavstraße war eine Art architektonisches Multi-Kulti.

Aber so unterschiedlich die Örtlichkeiten und das Klientel auch waren, so gab es doch einen großen gemeinsamen Nenner, der alle und alles einte: Man ging zum Zwecke der

Nahrungsaufnahme in die Gustavstraße, vor allem zum Zwecke der flüssigen Nahrungsaufnahme. Weniger poetisch ausgedrückt war die Gustavstraße die erste Adresse in Fürth für Fressorgien und Saufgelage, und für letzteres fand der gesellige und trinkfreudige Fürther eigentlich immer einen Grund. Man ging in der Gustavstraße einen heben, um einen Erfolg zu feiern, um einen Kummer zu ertränken, um die Langeweile zu vertreiben oder um das städtische Wirtschaftswachstum zu fördern.

Vorbei an vorsintflutlichen Straßenlaternen, vorbei an dürren, knorrigen, mit herbstlich gefärbtem Laub bedeckten Bäumen, vorbei an Tischen und Stühlen, die für die ganz Hartgesottenen noch immer im Freien standen, trottete ich die Gustavstraße entlang, auf der Suche nach der drittletzten Station im Leben des Simon Urbas. Die vorletzte war sein Schlafzimmer gewesen, die Endstation war – nach all dem, was ich über ihn gehört hatte – die Hölle.

Vor dem ›Bierbrunnen‹ blieb ich stehen. Irgendwo musste ich mit meiner Suche beginnen, und der ›Bierbrunnen‹ schien mir versifft genug zu sein, um als potentielle Tankstation von Simon Urbas infrage zu kommen.

Ich trat ein. Es dauerte eine Weile, bis ich überhaupt irgendetwas erkennen konnte. Das lag zum einen daran, dass es im Inneren des ›Bierbrunnen‹ ziemlich düster war, düster genug für die Typen, die sich lieber in einer dunklen Kneipe als an einem hellen Arbeitsplatz aufhielten. Zum anderen durchzogen Nebelschwaden aus Zigarettenqualm den Raum, die so dicht waren, als wären sie von einer Trockeneisanlage für die Bühnenshow eines Rockstars produziert worden.

Ich schritt langsam vorwärts und gewöhnte mich allmählich an die Lichtverhältnisse, doch was ich dann nach und nach erkennen konnte, war es nicht unbedingt wert, gesehen zu werden: die übliche langgezogene Theke mit den üblichen Barhockern davor und den üblichen Flaschenregalen dahinter, die üblichen Hirschgeweihe und Schützenvereintrophäen und gerahmten dummen Sprüche (›Lieber einen Bauch vom Saufen als einen Buckel vom Arbeiten‹, ›Bier trinken ist besser als Quark reden‹, ›Der Klügere kippt nach‹) an der Wand, der übliche verdreckte Fußboden, die üblichen lichtscheuen Gestalten mit den üblichen glasigen Blicken und den üblichen geplatzten Äderchen auf den Alkoholikernasen, der übliche fette Wirt mit den schmierigen Haaren und dem schmierigen Grinsen.

Die Bude war gerammelt voll, und es herrschte behagliche Sardinenbüchsenatmosphäre. Trotzdem fand ich noch ein freies Plätzchen, setzte mich und ließ mir die Speisekarte bringen. Ich hatte mächtig Kohldampf, nachdem ich ja alles, was ich auf der Kirchweih gegessen hatte, nach der ›Disco-Express‹-Fahrt wieder losgeworden war. Ich studierte das Speisenangebot, das aus klassischer fränkischer Hausmannskost bestand, und bestellte schließlich Schäufele mit Kloß. Ein Schäufele ist normalerweise ein gebratenes Stück Schweineschulter mit Kruste und Knochen, wobei das Schulterfleisch eigentlich der Hauptbestandteil sein sollte. Was mir serviert wurde, war ein tellergroßer Knochen, an dem eine Krustenschicht hing, die so dick war wie ein Blatt Pauspapier, und die sich anschließende Fleischschicht konnte man nur noch unter dem Elektronenmikroskop erkennen.

Während ich an dem Knochen nagte und versuchte, den vermeintlichen Kloß, der sich in Wirklichkeit als Gummiball entpuppte, irgendwie weichzubeißen, betrachtete ich die Gruppe am Nebentisch. Dort saßen mehrere Männer mittleren Alters, die Schafkopf spielten und dabei ihre subtilsten Gedanken lautstark artikulierten.

»Herrschafdseidn, wo bleibdn da Wärd? I brauch a Schdambala. Däi Lufd dohärin is so druggn!«

»Wer isn midm Geem dro?«

»Imma der wo frochd!«

»Du hosd fei dein Kuubf ned bloos dsum Feena!«

»Edds hobi scho widda niggs wäi lauda Luschn gräigd. Fräia häddns in Geba däi Händ abghaggd.«

»Dafär hod da Gerch jedsmol in Aldn und däi gandsn Oba und Unda und däi gandsn Hädds. Und iich gräich jedsmol bloos a boar lumbade Sau.«

»Leid, obdas glaubd odda ned, i hob scho widda lauda Drimpf, in dem Spill machda kaan Schdiich!«

»I hob langsam des Gfüll, du spillsd mid dsingde Kaddn. Am End bisd a falscha Fuchdsga!«

»A so a Gschmarri! Sowos kummad bei mir iwhabbds ned in däi Diidn. Da Deifl sollad mi hulln, wenni eich bscheissn däd!«

»Wo isn da Wärd, Greidskiisldunnawedda! I hob an saggrischn Dorschd! Doh machsd wos mid, dohärin. Des dauad ja eewich und drei Dooch, bis doh amol aans kummd. Des Schbrichla schdimmd scho: Wer niggs werd, werd Wärd in Färdd!«

Ich beendete mein Mahl, stand auf und ging zur Theke, hinter der der so gescholtene Wirt stand. Er war gerade damit beschäftigt, ein Glas mit einem Tuch zu polieren. Das Tuch sah aus, als hätte er es vor kurzem noch dazu verwendet, das Auspuffrohr seines Autos zu säubern. Immerhin war er so vertieft in diese Tätigkeit, dass er mich gar nicht wahrnahm. Ich machte durch ein Klopfen auf die Theke auf mich aufmerksam.

»Zahlen, bitte.«

Er warf mir einen Blick zu, als hätte ich ihn gerade mitten aus einer spirituellen Meditationsreise zurück in sein früheres Leben als Haremswärter am Hofe des osmanischen Großmoguls gerissen. Widerwillig tippte er auf seiner Registrierkasse herum und knallte mir schließlich einen Rechnungsbon auf die Theke. Unter seinen Fingernägeln hatte er noch die Dreckreste vom Auspuff, die er mit dem Tuch nicht erwischt und deshalb mit bloßen Händen weggekratzt hatte. Ich warf einen Blick auf die Rechnung, zückte mein Portemonnaie, entnahm ihm einen Schein und legte ihn auf die Theke.

»Stimmt so.«

Ein freudiger Ausdruck erschien auf seinem Gesicht, gepaart mit Gier und Misstrauen.

»Ich hab nichts gegen Trinkgeld, aber ist das nicht ein bisschen zu üppig?«

Ich grinste wie der Bösewicht im Gangsterfilm.

»Sie müssen es sich auch erst noch verdienen.«

Freude und Gier fielen von seinem Gesicht ab wie eine Gurkenmaske, übrig blieb nur das Misstrauen.

»Wenn Sie einer von diesen Bastarden von der Schutzgeldmafia sind, dann sind Sie bei mir an den Falschen geraten. Ich habe meine eigenen Jungs, die mich beschützen. Die knüppeln euch Kanaken windelweich, bis ihr eure eigene Großmutter nicht mehr von der Königin von England unterscheiden könnt. Wenn ihr Glück habt, könnt ihr nach drei Monaten wieder feste Nahrung zu euch nehmen.«

»Nun machen Sie mal halblang, Bruder. Wenn ich von der Schutzgeldmafia wäre, würde ich ihnen ja wohl kaum ein fettes Trinkgeld geben, sondern vielmehr Kohle von ihnen verlangen. Ich stehe auf der richtigen Seite des Gesetzes. Bin einer von den Guten.«

Er musterte mich wie jemanden, den er schon einmal auf einem Fahndungsplakat gesehen hatte.

»Bulle?«

»So was Ähnliches. Ich ermittle im Fall des ermordeten Simon Urbas. Gehört davon?«

»Klar.«

»Simon hat sich in den letzten Stunden vor seinem Tod irgendwo hier in der Gustavstraße zugedröhnt. Vielleicht zufällig bei Ihnen?«

»Nein. Er war manchmal bei uns, aber nicht an diesem Tag.«

Damit war das Thema erledigt. Ich bedankte mich und wollte mich zum Gehen abwenden. Der Wirt griff mit seiner Tatze nach meinem Schein und betrachtete ihn wohlwollend.

»Aber dafür war sein Alter hier.«

Das klang wie Weihnachtsglocken in meinen Ohren. Ich brach meinen Aufbruchvorgang umgehend wieder ab.

»Adam Urbas war am Mordtag hier?«

»Ja.«

»Wann?«

»Am Abend.«

»Also wenige Stunden, bevor er seinem Sohn die Kehle durchgeschnitten hat.«

»Ich hab ihm nix ins Bier gemischt, falls Sie das meinen.«

»Irgendwas Erwähnenswertes passiert in der Zeit, in der er hier war?«

Der Wirt blickte den Geldschein so verträumt an, als hielte er die Fotografie einer alten verflossenen Liebe in den Händen.

»Nettes Stückchen Papier. Aber glauben Sie nicht auch, dass es sich einsam fühlt, so ganz alleine in der großen dunklen Kasse?«

Eine eindeutige Botschaft. Langsam bekam ich das Gefühl, dass nicht der Wirt an einen Schutzgelderpresser geraten war, sondern ich. Ich spendete den gewünschten Papierpartner und hoffte, dass Frau Urbas nervenstark genug sein würde für den Anblick der Spesenrechnung. Der Wirt ließ die beiden Scheine nicht in der großen dunklen Kasse, sondern in seiner nicht minder großen und dunklen Hosentasche verschwinden und begann, ein weiteres sauberes Glas mit seinem Poliertuch zu verschmutzen.

»Also, der alte Urbas saß an dem Abend mit ein paar anderen Bauern hier zusammen. Sie tranken und spielten Karten und unterhielten sich über die üblichen Themen wie Fußball und Politik. Alles war wie immer, bis ein neuer Gast Urbas auf seinen Sohn ansprach. Er erzählte, Simon hätte versucht, eine Frau zu ermorden, und dass deswegen ein Haftbefehl gegen ihn erlassen worden sei und die Polizei schon unterwegs sei, um Simon zu verhaften. Wie sich hinterher herausstellte, hatte der Mann gewaltig übertrieben, er hatte halt irgendwo ein Gerücht aufgeschnappt und es dann, wie es halt so läuft bei Gerüchten, mit seiner eigenen Fantasie ein bisschen ausgeschmückt und weitererzählt. Dass die Polizei schon unterwegs war zum jungen Urbas, hatte er frei erfunden, gab er hinterher zu. Er hätte halt gedacht, dass die Polizei einen Mordverdächtigen schon gleich festnehmen würde.«

»Wie hat Adam Urbas auf diese Nachricht reagiert?«

»Er war sichtlich geschockt. Aber ist ja auch kein Wunder, welcher Vater wäre nicht entsetzt, wenn er hören würde, dass sein Sohn versucht haben soll, einen Mord zu begehen. Und an seiner Reaktion konnte man erkennen, dass er von der ganzen Sache noch nichts wusste.«

»Wie sah diese Reaktion aus?«

»Er wurde ganz blass und rührte auch sein Bier nicht mehr an. Er ist ein paar Minuten stumm und regungslos sitzengeblieben, dann ist er aufgestanden, hat das Geld für sein Bier auf den Tisch geworfen und ist wortlos hinausgegangen.«

Ich tätschelte mir selbst die Schulter. Die Investition in den Wirt hatte sich durchaus gelohnt.

»Wie gut kennen Sie die beiden Urbas?«

»Den jungen nicht sehr gut, er war nur selten hier. Wohl deshalb, weil er seinem Alten nicht über den Weg laufen wollte, der Stammgast bei uns war und mit dem er überhaupt nicht auskam. Aber man musste Simon auch nicht sehr gut kennen, um über ihn sagen zu können, dass er ein kleiner Teufel war.«

»Und was können Sie über den Vater sagen?«

»Ein fleißiger und aufrichtiger Mann. Sein Hof ist einer der größten in der ganzen Umgebung, und dementsprechend gehört Adam Urbas zur Bauernaristokratie. Er wird von allen, die ihn kennen, geachtet, ja man kann durchaus sagen, dass er beliebt ist. Obwohl es ziemlich schwierig ist, mit ihm ins Gespräch zu kommen. Er ist recht schweigsam. Aber das macht ihn auch ein bisschen erhaben über die ganzen bäuerlichen Dampfplauderer hier. Allerdings weiß man nie so richtig, was in ihm vorgeht. Deswegen hat er auch nicht viele richtige Freunde. Wer ihn vielleicht noch am besten kennt, ist sein Nachbar Stephan Buchner. Fragen Sie den doch mal, wenn Sie mehr über Adam Urbas wissen wollen. Er sitzt dort drüben.«

Er deutete zu einem der Tische, an dem ein älterer und zwei jüngere Männer saßen, die alle drei dumpf vor sich hinbrüteten. Ich dankte dem Wirt für den Tipp, steuerte auf den Tisch zu und nahm auf dem einzigen noch freien Stuhl Platz. Wenn die drei Männer davon in irgendeiner Weise berührt wurden, ließen sie es sich zumindest nicht anmerken. Sie schenkten meiner Anwesenheit soviel Aufmerksamkeit wie dem Wachsen eines Baumes. Ich beschloss, etwas Heiterkeit in die trübsinnige Runde zu bringen.

»Na, Freunde, ihr guckt alle recht verdrossen in die Gegend. Vielleicht könnte euch eine Runde Freibier etwas auflockern. Zwischen Leber und Milz passt immer noch ein Pils. Ich geb einen aus, wenn ihr Interesse habt.«

Wenn sie Interesse hatten, ließen sie es sich ebenfalls nicht anmerken. Ich startete einen weiteren Versuch.

»Aha, ich sehe schon, das zieht nicht bei euch. Wahrscheinlich seid ihr alle Abstinenzler. Das trifft sich gut. Ich trinke nämlich auch nicht mehr …«

An dieser Stelle machte ich eine kleine künstlerische Pause, um dann den scheinbar schon abgeschlossenen Satz mit einer raffinierten Pointe zu beenden: » … als sonst.«

Ich erntete nichts als Schweigen und verständnislose Blick von meinem Publikum. Normalerweise war diese Nummer der Brüller an jedem Stammtisch. Aber einen hatte ich noch.

»Dabei sollten wir eigentlich saufen wie die Löcher, denn Saufen macht schließlich glücklich. Konfuzius sagt: ›Die Realität ist eine Halluzination, die durch Alkoholmangel verursacht wird.‹«

Sie starrten mich an, als sei ich eine Halluzination. Also versuchte ich es noch mit einer anderen Nummer.

»Okay, stimmt nicht wirklich. In Wirklichkeit ist der Alkohol unser größter Feind. Deshalb sollten wir ihn vernichten, wo immer wir ihn antreffen.«

Sie zeigten keine Reaktion. Ich feuerte weiter.

»Was ist denn los, Leute? Habt ihr ein Problem, über das Trinken zu reden? Also ich habe kein Problem mit Alkohol.«

Wieder die künstlerische Pause.

»Nur ohne.«

Sie zeigten nicht einmal den Hauch eines Grinsens oder den Anflug eines Lächelns. Also beendete ich an dieser Stelle meine Komikerkarriere. Als Stimmungskanone war ich schon immer eine Niete gewesen.

»Also gut, ihr Totgeburten, dann reden wir mal Tacheles. Ich bin Privatdetektiv und von Frau Urbas beauftragt worden, den Tod ihres Sohnes Simon zu untersuchen. Wer von euch drei Pappnasen ist Stephan Buchner?«

Der Ältere brummelte etwas in seinen Vollbart.

»Ich.«

»Na, das ist doch mal 'ne Auskunft. Ich würde mich gerne ein bisschen mit Ihnen über Familie Urbas unterhalten. Ich hörte, Sie sind gut befreundet mit Adam Urbas. Was halten Sie davon, dass er seinen eigenen Sohn ermordet haben soll, noch dazu auf so eine bestialische Art und Weise?«

Er starrte in das leere Glas, das vor ihm stand, als würde es sich von selbst wieder füllen, wenn er nur lange genug durchhielt.

»Ich kanns mir nicht erklären. Ich denke wieder und wieder darüber nach und zermarter mir mein Hirn, aber ich kanns mir nicht erklären.«

Er rieb mit dem Zeigefinger am oberen Rand des Glases entlang, als wollte er damit den Geist des Bieres rufen.

»Vor allem frag ich mich, wofür er das Geld gebraucht hat.«

»Welches Geld?«

Er nahm einen Bierdeckel und versuchte damit, eine Origami-Figur zu falten, was jedoch gründlich in die Hose ging.

»Adam ist am Abend vor Simons Tod zu mir gekommen und hat mich gebeten, ihm eine größere Summe Geld zu leihen. Er hat gesagt, er bräuchte es ganz dringend, er könne mir aber nicht sagen, wofür.«

»Viel Geld?«

»Zehntausend.«

»'ne Menge Holz. Und Sie haben wohl soviel Kohle unter Ihrem Kopfkissen?«

»Ich bewahre meine Ersparnisse zu Hause auf. Den Banken kann man nicht trauen. Das sind doch alles Finanzmafiosi, die irgendwelche krummen Dinger drehen mit unserem Geld. Und wenn dann mal die Konten leergeräumt sind, wills keiner gewesen sein. Aber nicht mit mir.«

»Verstehe. Nur Bares ist Wahres. Vernünftige Einstellung. Und Sie haben Urbas also die zehntausend Flocken gegeben?«

»Ja. Er machte einen regelrecht verzweifelten Eindruck. Und er war ein ehrenhafter Mann, der zu seinem Wort stand. Ich hatte keine Zweifel, dass er mir das Geld wieder zurückzahlen würde.«

»Wann genau war er bei Ihnen?«

»An die Uhrzeit erinnere ich mich nicht mehr. Es war aber schon relativ spät. Er kam vom Stammtisch hier und war auf dem Heimweg.«

»Wissen Sie, ob er danach auch wirklich nach Hause gegangen ist?«

»Ja, ich hab ihn vom Fenster aus beobachtet. Ich wohne direkt gegenüber dem Urbasschen Hof. Ich wollte ihn noch zum Bleiben bewegen und mit ihm reden, aber er sagte, er müsse schnell nach Hause, er müsse nämlich eine dringende familiäre Angelegenheit erledigen.«

Ich gönnte ihm eine Verschnaufpause und heftete die erhaltenen Informationen in der Urbas-Akte in meinem Kopf ab. Zwar hatte ich immer noch nicht die letzten Stunden des Opfers rekonstruiert, konnte dieses jetzt aber immerhin für den Täter tun, besser gesagt für den offiziellen, aber nach Lesart meiner Klientin falschen Täter. Adam Urbas war also an jenem Abend in seine Stammkneipe gegangen und hatte ihn zunächst ganz normal mit seinen Zechbrüdern verbracht. Dann platzt ein Gast mit der Nachricht dazwischen, sein Sohn habe einen Mordversuch begangen und werde in Kürze von der Polizei verhaftet. Urbas ist geschockt, verlässt die Runde sofort und macht sich auf den Weg nach Hause. Bevor er dort ankommt, macht er einen Abstecher zum Nachbarn und leiht sich von ihm zehntausend Kröten. Zu Hause setzt er sich mit seiner Frau vor die Glotze, und gegen Mitternacht gehen beide ins Bett und schlafen ein. Nach eigenen Angaben wird Urbas dann irgendwann nachts von Lärm geweckt. Er steht auf, sieht draußen auf dem

Hof nach und trifft dort seinen sturzbesoffenen Sohn an. Der Sohn geht in sein Zimmer, der Alte folgt ihm, redet mit ihm und schneidet ihm dann die Kehle durch. Alles wunderbar, wenn man davon absah, dass es nicht so recht zusammenpasste und keinen rechten Sinn ergab. Ich musste unbedingt mit Adam Urbas selbst reden. Was ich aber vorher noch brauchte, waren noch mehr und genauere Informationen darüber, wie Simon Urbas den Abend verbracht hatte und, vor allem, was dann auf dem Hof passiert war. Ich wollte schon aufstehen und gehen, doch dann wandte ich mich noch einmal an den Nachbarn.

»Können Sie mir vielleicht auch sagen, wo Simon an diesem Abend war?«

Er war wieder in die meditative Beschäftigung mit seinem Bierglas versunken und sah mich an, als hätte ich ihn gerade nach dem Sinn des Lebens gefragt. Nach einer Weile kam der wahre Inhalt meiner Frage dann doch in irgendeiner weiterverarbeitenden Instanz an, und die spuckte kurze Zeit später tatsächlich auch eine passende Antwort aus.

»Der Franz kann das, der hat ihn ja schließlich nach Hause gebracht.«

Er nickte mit dem Kopf in Richtung des jungen Mannes, der neben ihm saß und den ich jetzt anstarrte, als sei er Weihnachtsmann, Osterhase und Elvis Presley in einer Person. Um ein Haar wäre ich weitergezogen und hätte sämtliche Spelunken und Kaschemmen der Gustavstraße abgegrast auf der Suche nach Simon Urbas' letzter Sauftourstation, dabei lag die Antwort hier direkt vor meiner Nase. Der ›Bierbrunnen‹ entpuppte sich langsam aber sicher als ermittlungstechnische Goldgrube bei der Aufklärung des Falles Urbas. Ich wandte mich an den Angenickten.

»Wer sind Sie?«

Er zuckte zusammen.

»Franz Schieferer. Ziegelarbeiter.«

Das kam in einem Ton, als sei es die Meldung eines Soldaten an seinen General. Er musste beim Militär gewesen sein und dabei ein bleibendes Trauma davongetragen haben.

»Und Sie waren ein Freund von Simon Urbas.«

Wieder zuckte er zusammen, als hätte ich ihm einen Peitschenhieb versetzt.

»Um Gottes Willen, nein! Ich habe nichts mit ihm zu tun gehabt, glauben Sie mir! Ich war nur zufällig in derselben Kneipe.«

»Welche Kneipe war das?«

»›Der Blaue Hirsch‹.«

Ich nickte vielsagend. Auch eine der berühmtesten und berüchtigtesten Adressen in der Gustavstraße.

»Dann erzählen Sie mir doch mal, was es von jenem Abend zu berichten gibt.«

Er fuhr sich mit dem Handrücken über die Stirn. Er schwitzte wie ein Schwein beim Anblick des Metzgers.

»Naja, eigentlich nichts Besonderes. Simon hat seine übliche Show abgezogen: Die Frauen hat er angemacht, und mit den Männern hat er sich geprügelt. Außerdem hat er einen Haufen Geld beim Kartenspielen verloren und Unmengen getrunken: Bier, Schnaps, Wein, alles Mögliche und wild durcheinander. Irgendwann war er so voll, dass er alleine auf keinen Fall mehr nach Hause gekommen wäre. Der Wirt wollte ein Taxi für Simon rufen, aber da er sein ganzes Geld verzockt hatte, hätte er es gar nicht bezahlen können. Da hab ich mich angeboten, ihn mitzunehmen, weil der Urbas-Hof sowieso auf meiner Strecke liegt. Als Dank dafür hat er mir während der Fahrt ins Auto gekotzt. Ich hab ihn dann direkt vor seinem Elternhaus aussteigen lassen und bin weitergefahren.«

Er nestelte nervös an seinem karierten Holzfällerhemd herum. Mit seiner ›Ich-benehm-mich-so-als-hätt-ich-was-ausgefressen‹-Nummer bettelte er förmlich um die harte Tour, also gab ich sie ihm.

»Und Sie sind sicher, dass Sie nicht zufällig noch mit zu ihm aufs Zimmer gegangen sind und ihm die Kehle durchgeschnitten haben?«

Er starrte mich an, als hätte ich gerade behauptet, dass die Erde eine Scheibe sei.

»Aber das war doch sein Vater!«

Ich schickte ihm einen Blick, der selbst den Yeti verschreckt hätte.

»Das steht überhaupt nicht fest. Also, waren Sies?«

Er begann leicht zu hyperventilieren.

»Nein … nein, natürlich nicht … mein Gott, warum sollte ich denn so etwas tun …?«

»Naja, vielleicht, weil er Ihnen Ihr Auto vollgereihert hat. Es haben schon Rentner spielende Kinder erschossen, weil sie aus Versehen einen Kratzer in ihre Karre gemacht haben.«

Jetzt war er dem Kollaps eindeutig verdammt nahe. Ich tätschelte ihm die Schulter.

»Beruhigen Sie sich. War nur Spaß. Meine Witze scheinen heute nicht anzukommen. Natürlich glaubt kein Mensch, dass Sie der Mörder sind. Aber Sie sind einer der Letzten gewesen, die Simon Urbas lebend gesehen haben, und deshalb ein wichtiger Zeuge. Als Sie ihn vor seinem Elternhaus abgesetzt haben, haben Sie da irgendwelche anderen Personen gesehen?«

Er war noch ziemlich blass im Gesicht, schien aber durchzukommen.

»Nein, niemanden. Aber ich habe auch nur ganz kurz angehalten, um ihn rauszulassen, und bin dann gleich weitergefahren, schließlich wollte ich so schnell wie möglich die Sauerei wegmachen, die er in meinem Auto angerichtet hatte. Aber soweit ich weiß, war an dem Abend sowieso fast niemand auf dem Hof, weil alle Mägde und Knechte auf die Kärwa gegangen waren. Stimmts, Karl?«

Er rammte seinen Ellbogen in die Seite des dritten Mannes, der am Tisch saß. Der war ungefähr im gleichen Alter wie Franz Schieferer. Der Ellbogencheck bewirkte allerdings nur ein kurzes Heben und Senken seines Kopfes. Eines Kopfes, der mir reichlich eingenebelt schien von Alkoholdunst. Franz Schieferer klärte mich über seine Identität auf.

»Der Karl ist nämlich Knecht auf dem Urbas-Hof.«

Ein Angestellter der Familie Urbas war das, was mein Ermittler-Glück komplettierte. Dumm nur, dass er momentan nicht so recht ansprechbar war. Ein Umstand, den ich unbedingt ändern musste. Ich nahm das halbvolle Bierglas, das vor Knecht Karl stand, und kippte ihm den Inhalt kurzerhand ins Gesicht. Die erwünschte Wirkung blieb nicht aus. Knecht Karl riss den Kopf hoch und glotzte mich mit großen Kuhaugen an. Ich lächelte freundlich.

»Guten Morgen, Karl.«

Es gelang ihm, seinen Kopf halbwegs aufrecht zu halten, aber mit der Kontrolle seiner Zunge hatte er große Probleme. Sie gehorchte ihm weniger als eine Katze, die dressiert werden soll.

»Ehy, du schpinnschd wohl, wasch scholln dasch? Willschde einsch ini Fresche, oder wasch?«

Ich lächelte mitleidig.

»Danke, für heute ist mein Bedarf gedeckt. Ich will nur, dass Sie mir erzählen, was Sie von der Nacht wissen, in der Simon Urbas ermordet wurde.«

Er machte eine paar unkoordinierte Schüttelbewegungen wie ein Parkinson-Kranker, was wahrscheinlich ein Ausdruck der körperlichen Kraft war, die ihn das Nachdenken in seinem Zustand kostete.

»Da weisch isch abscholut gar nischtsch. Wir warn alle dschuschammn auf der Kärwa. Alsch wir dschurückgekommn schind, war schoni Polidschei da.«

»Sind Sie alle zusammen von der Kärwa nach Hause oder sind welche schon früher gegangen?«

»Alle dschuschammn.«

»Und von den Knechten und Mägden ist niemand auf dem Hof geblieben?«

»Nur die Marcharedd.«

Das deckte sich mit dem, was meine Klientin erzählt hatte, und sprach dafür, dass seine Angaben trotz des Gelalles einigermaßen glaubwürdig waren.

»Ich habe gehört, dass die Margarethe heute in der Stadt sein soll. Haben Sie eine Ahnung, wo ich sie finden könnte?«

»Schie wollde ini Michelschkirsche gehn. Dschum Bedn dschum liebm Gott.«

Mit dieser Auskunft ließ ich es bewenden. Ich bedankte mich artig für die erhaltenen Informationen, stand auf und überließ dieses seltsame Trio wieder sich selbst. Die drei hatten gemeinsam, dass sie allesamt indirekt irgendwie in den Fall Urbas verwickelt waren, und dass sie allesamt schwer an dem Geschehenen zu knabbern hatten. Nur die Folgen waren unterschiedlich: Der eine verfiel in Schwermut und Lethargie, der andere hatte Angst, und der dritte betäubte sich mit Alkohol. Aber ich hatte trotzdem eine Menge interessanter Dinge von ihnen erfahren. Wer mir jetzt noch in meiner Zeugensammlung fehlte, war die Magd, die zur Zeit des Mordes neben den Eltern offenbar einzige Person am Tatort. Vielleicht hatte sie ja irgendetwas beobachtet oder mitbekommen. Ich beschloss, es mit dem Hinweis des Knechtes zu versuchen und in der Michaelskirche nachzusehen.

Ich verließ den ›Bierbrunnen‹, ging weiter durch die Gustavstraße und bog kurz vor ihrem Ende nach rechts in ein kleines Seitengässchen ein. Ich landete auf dem Kirchenplatz, in dessen Mitte die Kirche St. Michael stand. Es war ein wuchtiges Gebäude von der Größe eines Fußballfeldes. Seine Mauern waren grau, denn sie hatten keinen Anstrich, und man konnte jeden einzelnen der aufeinandergesetzten Steine erkennen, aus denen sie bestanden. Das Kirchengebäude setzte sich zusammen aus einem hoch in den Himmel ragenden Turm, an dem eine Uhr so groß wie ein Einfamilienhaus prangerte, einem langen Hauptbau mit rotem Dach und einem daran anschließenden, leicht versetzt stehenden Nebenbau mit schwarzem Dach. Ich steuerte auf das zu, was mir wie das Hauptportal aussah. Rechts davon stand ein Denkmal, vor dem ich stehen blieb. Es bestand aus einem Sockel, auf dem sich die Büste eines Mannes befand. Der Mann hieß laut Inschrift Wilhelm Löhe und guckte reichlich griesgrämig drein – vielleicht deswegen, weil auch an seinem steinernen Kopf der Zahn der Zeit schon schwer genagt hatte, so dass sein Gesicht aussah, als sei es misshandelt worden. Auf dem Sockel befand sich ebenfalls eine Inschrift, bei der es sich um den Wahlspruch des guten Herrn Löhe zu handeln schien. Ich las:

›Was will ich? Dienen will ich. Wem will ich dienen? Dem Herrn in seinen Elenden und Armen. Und was ist mein Lohn? Ich diene weder um Lohn noch um Dank – sondern aus Dank und Liebe. Mein Lohn ist: Dass ich darf!‹

Sapperlot, dachte ich, das könnte ja fast an der Tür zu meinem Detektivbüro stehen. Ich diente meinen Klienten, mit Elenden und Armen hatte ich tagtäglich zu tun, und wenn die Klientin eine junge kurvenreiche Blondine war, arbeitete ich tatsächlich auch mal aus Dank und Liebe und wäre mit dem Lohn, dass ich mal mit ihr durfte, völlig zufrieden gewesen.

Aber nicht nur wegen seines Wahlspruchs war mir Wilhelm Löhe sympathisch. Ich hatte über ihn gelesen, dass er ein Pfarrer mit streitbarem und unbeugsamem Charakter war, der mutig für seine Ideale gelebt hatte und für seine Überzeugungen eingetreten war. Er hatte nicht davor zurückgescheut, sich mit der Amtskirche anzulegen, wenn er es für nötig hielt, selbst wenn ihn dieser Ungehorsam gegenüber der Autorität um eine Pfarrstelle in seiner Heimatstadt brachte. Doch Löhe hatte sich nicht beirren lassen, sondern ging konsequent seinen Weg weiter und gründete eine Diakonissenanstalt, mit der er karitativ und missionarisch in vielen Ländern wirkte, um Armut und Krankheit zu bekämpfen.

Irgendwie befand ich mich ja auch auf einer Mission, nur dass ich nicht Armut und Krankheit, sondern Verbrechen bekämpfte. Ich überließ die Löhe-Statue der weiteren Verwitterung, um meine Mission fortzusetzen, und ging auf die Eingangstür zu. Ein Schild an der Kirchenmauer informierte mich darüber, dass die Michaelskirche um das Jahr 1100 herum erbaut worden war und das einzige Gebäude in Fürth sei, das den Dreißigjährigen Krieg überstanden habe. Ich kombinierte daraus messerscharf, dass die Kirche St. Michael damit auch das älteste Gebäude in Fürth sein musste, was mich verwunderte, denn ich kannte genug Häuser, die locker einige Jahrhunderte älter aussahen.

Die Eingangstür war grau und aus altem Holz und befand sich im Torbogen eines schmalen Vorbaus. Ich öffnete sie und stand gleich vor der nächsten Tür, wahrscheinlich dem eigentlichen Zugang zur Kirche. Dieser Zugang war eigentlich mehr ein Tor, in dem sich auch eine Tür befand. Tor und Tür bestanden aus schwarzem Metall und waren übersät mit unterschiedlich großen runden Hubbeln, die wie Pocken in einem Gesicht wirkten und wahrscheinlich Nägelköpfe waren. Das Metall war außerdem gewellt und verbeult und wirkte dadurch so alt, wie es wahrscheinlich auch war. Ich vermutete, dass durch diese Tür schon die Besucher des Einweihungsgottesdienstes vor schlappen 900 Jahren gegangen waren. Ein Schild auf der Tür forderte in altertümlicher Schrift dazu auf, sie wieder zuzumachen, also schloss ich sie hinter mir, nachdem ich den Innenraum der Kirche betreten hatte.

Das Erste, was ich sah, nachdem ich meine Füße auf den steinernen Fußboden der Michaelskirche gesetzt hatte, war ein Schild, auf dem eine Bitte, eine Mahnung, eine Aufforderung stand:

›Dies ist ein Raum der Stille und des Gebetes‹.

Vielleicht sollte es auch einfach nur eine Feststellung sein; wenn ja, war sie zumindest völlig zutreffend. Es herrschte eine absolute, eine totale Stille im Raum. Es war, als wäre ich nicht nur aus dem Freien in ein Gebäude getreten, sondern aus einem Universum in ein anderes, nämlich aus einem lauten und hektischen in ein leises und ruhiges. Verstärkt wurde der Eindruck der Stille noch durch die Dunkelheit, die in der Kirche herrschte. Es war darin fast so dunkel wie im ›Bierbrunnen‹, aber es war eine ganz andere Dunkelheit, es war keine halbseidene und zwielichtige Düsternis, sondern mehr eine andächtige und würdevolle Dämmerung. Dabei mangelte es dem Raum eigentlich nicht an Einfallsmöglichkeiten für das Licht. Die Seitenwände waren regelrecht gepflastert mit Fenstern, die sich noch dazu fast über die gesamte Länge vom Boden bis zum Dach erstreckten und somit eine Höhe von mindestens zehn Metern hatten. Aber die Fenster im Hauptschiff der Kirche wurden größtenteils verdeckt durch hölzerne Balkone, die sich über drei Etagen und entlang der gesamten Fläche der beiden Seitenwände erstreckten. Und die nicht minder großen, farbigen Fenster im Altarraum ließen ebenfalls nur sehr wenig Licht von draußen nach innen. Im Altarraum, der rundlich und weiträumig angelegt war, standen eine Reihe von Stühlen sowie ein großes steinernes Becken. Auf dem Altar selbst befanden sich Blumen, Kerzen, ein Kreuz und ein aufgeschlagenes Buch. Über dem Altar war eine Art Portal, in dessen Mitte eine lebensgroße Christusfigur stand.

Doch so beeindruckend das ganze Kircheninnere auch war, am interessantesten fand ich trotzdem die einzige Person, die sich außer mir in der Kirche befand. Nicht, dass sie eine besonders auffallende Erscheinung gewesen wäre – sie war dezent gekleidet und saß einfach nur still und regungslos auf einer der Holzbänke im Hauptschiff –, aber ich hatte die berechtigte Hoffnung, dass es sich bei der Person um eine wichtige Zeugin in meinem aktuellen Fall handelte.

Ich ging zu der Bank, auf der sie saß, und sprach sie von der Seite an:

»Entschuldigung – sind Sie die Magd Margarethe vom Bauernhof der Familie Urbas?«

Sie schreckte hoch aus etwas, in das sie versunken gewesen war, vielleicht ein Gebet, vielleicht eine Erinnerung, vielleicht das Nichts. Sie sah mich mit leicht erschrecktem Ausdruck an.

»Äh … ja … ja, das bin ich.«

Ich bemühte mich, gleich für klare Verhältnisse zu sorgen.

»Tut mir leid, dass ich Sie ausgerechnet hier in der Kirche störe, aber ich würde Sie gerne in einer wichtigen Angelegenheit sprechen. Mein Name ist Philipp Marlein. Ich bin Privatdetektiv und von Frau Urbas beauftragt worden, den Tod ihres Sohnes zu untersuchen. Glauben Sie, Sie könnten mir ein paar Fragen beantworten?«

Sie musterte mich immer noch skeptisch. Ich nutzte die Zeit, um sie ebenfalls zu betrachten. Ich schätzte sie auf Ende Dreißig. Sie hatte eine zierliche Figur, war ziemlich klein und ziemlich dünn. Sie trug ausschließlich dunkle Klamotten, graue und schwarze, hatte dunkle Haare, die ihr ohne große Formgebung auf die Schultern fielen und ins Gesicht hingen, und sie trug eine klobige Brille mit dunklem Gestell, die auch nicht gerade dazu angetan war, ihr Graue-Maus-Image aufzupolieren. Ihr Gesicht hatte herbe Züge, die Nase war ein bisschen zu groß, der Mund ein bisschen zu schmal und die Ohren ein bisschen zu abstehend, um es damit auf den Laufsteg zu schaffen. Trotzdem war sie keineswegs hässlich, und wenn man ihr Gesicht nur lange genug ansah, konnte man durchaus Gefallen daran finden. Sie hatte eben keine von diesen Porzellanpüppchenvisagen, sondern ein authentisches, naturschönes Gesicht, in dem keine künstliche Bemalung die Spuren verschleierte, die das Leben und das Lachen und das Weinen im Lauf der Jahre hinterlassen hatten. Die Melancholie, die in ihren Zügen lag, implizierte allerdings, dass das Weinen bisher überwogen hatte.

Nachdem wir uns lange genug gegenseitig mit Blicken taxiert hatten, rang sie sich endlich zu einem verhaltenen Nicken durch.

»Ja, natürlich. Setzen Sie sich.«

Ich setzte mich neben sie und fühlte mich durchaus unwohl dabei. Ich hatte es lieber, wenn ich meinem Gesprächspartner gegenüber saß und ihm in die Augen sehen konnte. Jetzt blickten wir beide in Richtung des Altars und redeten miteinander, als bräuchten wir die Christusfigur als Dolmetscher.

»Was wollen Sie wissen?«

»Sie arbeiten also als Magd auf dem Urbas-Hof?«

»Ja.«

»Ich wusste gar nicht, dass es heutzutage noch Mägde und Knechte gibt.«

»Finden Sie daran etwas Schändliches?«

»Nein, gar nicht, nur … wie soll ich sagen … diese Begriffe klingen irgendwie altmodisch, überholt, wie aus einem vergangenen Jahrhundert.«

»Wir heißen ja eigentlich auch gar nicht mehr so. Offiziell bin ich eine ›Landwirtschaftshelferin‹. So nennt sich das heutzutage im Amtsdeutsch. Aber die Arbeit ist immer noch die gleiche wie früher, und es muss immer noch Leute geben, die sie machen. Wenn man heutzutage noch die Landwirtschaft als Vollerwerb betreiben will, muss man schon einen sehr großen Hof haben, dass es sich überhaupt lohnt und man davon leben kann. Und einen großen landwirtschaftlichen Betrieb kann kein Bauer alleine bewirtschaften, sondern er braucht Angestellte.«

»Und macht der Job Spaß?«

»Gibt es einen Job, der Spaß macht? Sagen wir mal, er ist okay. Er bedeutet viel harte und anstrengende Arbeit, aber ich bin das Arbeiten gewöhnt, und ich muss auch arbeiten. Ich bin alleine und muss selbst für mich sorgen, und auf dem Urbas-Hof habe ich wenigstens einen ziemlich sicheren Arbeitsplatz.«

Ich wollte schon fragen, ob das auch noch so sein würde, wenn der Hauptarbeitgeber lebenslänglich hinter Gittern wanderte, biss mir aber im letzten Moment auf die Zunge. Magd Margarethe schien mir auch so genug Probleme zu haben.

»Wie lange arbeiten Sie schon auf dem Urbas-Hof?«

»Ich habe dort angefangen, als ich 17 Jahre alt war.«

»Dann kennen Sie die Familie Urbas ja sehr gut.«

»Kann man so sagen.«

»Und dann haben Sie sicher auch den Ermordeten sehr gut gekannt.«

Sie zuckte leicht zusammen.

»Ja.«

»Ich habe bisher nur Schlechtes über Simon Urbas gehört. Kannten Sie ihn vielleicht anders?«

Sie verzog das Gesicht, als würde ihr gerade eine Tarantel den Hals hochkrabbeln.

»Nein. Ich kannte ihn nur von seiner allerschlechtesten Seite.«

Ihre Stimme vibrierte leicht, und ein feinfühliger Mensch hätte gemerkt, dass sie nicht weiter über dieses Thema sprechen wollte, und sie in Ruhe gelassen. Bedauerlicherweise ist Feinfühligkeit für Privatdetektive während der Ausübung ihres Berufes meistens ein Fremdwort. Also stellte ich die Frage, von der sie gehofft hatte, ich würde sie mir verkneifen.

»Inwiefern?«

Eine Weile herrschte Stille, dann hörte ich ein leises Schluchzen. Als ich den Kopf zu ihr drehte, sah ich, dass ihr Tränen über die Wange kullerten. Ich verhielt mich still und ließ sie ausweinen. Als ich keine Geräusche mehr von ihr hörte, wollte ich schon irgendetwas sagen wie ›Sie müssen nicht darüber reden, wenn Sie nicht wollen‹, doch bevor ich es sagen konnte, begann sie mit leiser und leicht stockender Stimme zu erzählen.

»Es war vor zwei Jahren, Simon war damals 16. Er klopfte eines Abends an die Tür meiner Kammer und behauptete, er könne nicht schlafen und wolle sich ein bisschen mit mir unterhalten. Ich hab mir nichts dabei gedacht und ihn hereingelassen. Ich hab aber dann sehr schnell gemerkt, dass er sich eine ganz besondere Form der Unterhaltung vorgestellt hatte. Und ich muss zu gestehen, dass ich im ersten Moment gar nicht abgeneigt war. Nun, er war ein hübscher Bursche, und ich bin ja auch nur eine Frau und habe bestimmte weibliche Bedürfnisse, die ab und zu befriedigt werden wollen, auch wenn ich nicht verheiratet bin.«

Sie hielt kurz inne und blickte zu Boden.

»Er hat angefangen, mich zu küssen, und man merkte, dass ich nicht die erste Frau war, die er küsste. Dann hat er angefangen, sich auszuziehen, und ich müsste lügen, wenn ich behaupten würde, dass es ein unappetitlicher Anblick war. Er hatte einen muskulösen, athletischen Körper. Und dann hat er angefangen, mich auszuziehen, mit geübten Fingern, und ich habe ihn gewähren lassen. Ich war kurz davor, der Versuchung zu erliegen und mich ihm hinzugeben. Doch dann habe ich plötzlich Angst bekommen. Mir ist bewusst geworden, dass mich der alte Urbas mit Schimpf und Schande vom Hof jagen würde, wenn er erfahren würde, dass ich mit seinem Sohn geschlafen habe. Ich sagte also zu Simon, dass er aufhören soll. Aber er hat nicht reagiert und weitergemacht. Ich habe ihn dann geohrfeigt und von mir gestoßen. Aber statt sich zurückzuziehen, ist Simon …«

Sie brach ab, bekam einen Weinkrampf, nahm ihre Brille ab, steckte sie in ihre Jackentasche und wischte sich mit dem Ärmel der Jacke die Tränen ab. Von Schluchzern geschüttelt konnte sie den Satz nur äußerst mühevoll beenden.

»… ist er über mich hergefallen und hat das, was er tun wollte, getan – mit Gewalt.«

Sie schwieg, weil sie im Moment nichts mehr sagen wollte, und ich schwieg, weil ich im Moment nichts dazu sagen konnte. Mir kamen ein paar Floskeln in den Sinn, die ich hätte loswerden können, aber sie erschienen mir allesamt zu billig, und so behielt ich sie für mich. Das Schweigen hatte in diesem Falle nichts Peinliches an sich, denn schließlich befanden wir uns an einem Ort, an dem die Stille und die Ruhe ausdrücklich erwünscht waren. Nach einer Weile wurde die absolute Lautlosigkeit, in der wir uns befanden, durch das Schlagen der Kirchturmuhr unterbrochen, und für Margarethe schien es das Signal zu sein, auch die Sprachlosigkeit wieder zu beenden.

»Ich weiß, was Sie jetzt sagen wollen – wenn man so lange mitmacht und es so weit kommen lässt, dann ist man selbst schuld, und ich habe auch bis heute keinem Menschen von der Geschichte erzählt, und ich weiß auch, dass Simon wahrscheinlich von keinem Gericht wegen Vergewaltigung verurteilt worden wäre – aber letztendlich war es genau das. Und das Schlimme ist, dass Simon es wusste, er wusste genau, was er tat, er hat mich behandelt wie ein Stück rohes Fleisch, und deswegen ist er ein gottverdammter Teufel, und ich hoffe inständig, dass er jetzt dafür in der Hölle brät, dafür und für alle seine anderen Untaten.«

Sie blickte angestrengt in Richtung der Christusfigur, als erwartete sie ein bestätigendes Kopfnicken des Herrn, dass seine Angestellten schon dafür gesorgt hätten, dass Simon Urbas bei seiner Ankunft im Jenseits in die richtige Abteilung geschickt worden sei. Ich folgte ihrem Blick, konnte aber kein wundersames Statuennicken erkennen.

»Was denken Sie, warum ist Simon zu so einem Teufel geworden? Gab es vielleicht irgendein bestimmtes traumatisches Ereignis in seiner Kindheit?«

Sie schüttelte energisch den Kopf.

»Er ist nicht zu einem Teufel geworden, er war schon immer einer, schon von Geburt an. Er hat seinen Eltern schon als Kleinkind und als Knabe nichts als Sorgen bereitet. Ständig hat er ihnen und anderen Leuten Streiche gespielt. Das Schlimme an diesen Streichen war, dass es keine übermütigen Lausbubenstreiche waren, wie sie andere Jungen in seinem Alter auch machten, sondern üble, tückische, gemeine kleine Verbrechen, die er mit Hinterlist plante. So hat er zum Beispiel einmal dem Fuhrmann Scharf ein Dutzend Mehlsäcke, die auf dessen Wagen geladen waren, aufgeschnitten, so dass das ganze Mehl auf die Straße auslief. Und mir hat er einmal sechs nagelneue, blütenweiße Leinenhemden, die ich mir im City-Center gekauft und auf den Tisch in der Tenne gelegt hatte, so mit Wagenschmiere besudelt, dass ich sie gleich wieder wegwerfen konnte. Ich könnte Ihnen noch Hunderte von Boshaftigkeiten aufzählen, zum Teil noch viel schlimmere, die man ihm zwar meistens nicht nachweisen konnte, bei denen es aber eindeutig war, dass nur Simon sie begangen haben konnte.«

Sie faltete die Hände, als wollte sie schon mal vorsorglich um Vergebung bitten für das, was sie gleich sagen würde.

»Ich persönlich glaube ja, dass die seltsamen Umstände seiner Zeugung der Grund dafür sind, dass Simon so ein diabolisches Wesen bekommen hat.«

»Umstände seiner Zeugung? Welche Umstände waren das?«

Sie tat einen tiefen Seufzer, der wohl ihr Bedauern darüber zum Ausdruck bringen sollte, dass sie nur wegen eines übergierigen Privatschnüfflers zum zweiten Mal in die Kiste mit der alten Schmutzwäsche der Familie Urbas greifen musste.

»Als ich als Magd auf dem Hof anfing, da hatten Herr und Frau Urbas schon seit zehn Jahren darauf gehofft, dass sie schwanger werden und für Nachwuchs sorgen würde. Aber es klappte nicht, und das ging dann auch noch ein paar Jahre so weiter. Frau Urbas hatte es irgendwann als unabänderliches Schicksal hingenommen und sich damit abgefunden, dass es eben nicht sein sollte. Aber Herr Urbas konnte sich nie damit abfinden. Die Urbas sind ein uraltes Bauerngeschlecht, und Adam Urbas war stolz auf seinen Stammbaum, der bis ins vierzehnte Jahrhundert zurückreichte. Aber er war der Letzte, der den Namen Urbas trug, und wenn er kinderlos geblieben wäre, wäre das Geschlecht der Urbas ausgestorben. Außerdem empfand er es, glaube ich, als persönliche Demütigung, dass er, der so vital, so kraftvoll, so energiestrotzend war, offenbar nicht dazu fähig war, auch nur einen einzigen Nachkommen zu zeugen. Er fühlte sich in seiner Männlichkeit getroffen und glaubte, dass die anderen Bauern über ihn spotteten, ihn belächelten, ihn verachteten, ihn für einen Impotenten hielten. Und ich glaube auch, dass er es als seinen Lebenssinn ansah, seinen Bauernhof möglichst gut geführt an die nächste Generation weiterzugeben, mit möglichst reich gefüllten Scheunen, viel Vieh in den Ställen, großem Besitz an Land, Äckern, Wiesen, Wäldern und Weihern. Aber wenn er keinen Erben hatte, musste ihm all das Ackern und Rackern, all das Sähen und Ernten reichlich sinnlos erscheinen. Obwohl ihn das sehr deprimiert haben muss, hat er, soweit ich es mitbekommen habe, nie über diese Sache gesprochen. Allerdings gab es eine ganz spezielle Art, wie er seine Enttäuschung zeigte.«

Sie setzte ihre Brille wieder auf, als könnte sie damit besser in die Vergangenheit sehen.

»Es kam manchmal vor, nicht sehr oft, vielleicht einmal im Monat, dass er plötzlich in dem, was er gerade tat, innehielt, um seine Frau anzustarren. Das konnte auf dem Feld sein, wo er plötzlich aufhörte, die Garbe zu binden, das konnte beim Abendessen sein, wo er plötzlich den Löffel in die Schüssel fallen ließ, das konnte vor der Kirche sein, wo er plötzlich aufhörte, sich mit anderen Bauern zu unterhalten. Und das war kein gewöhnliches Starren, das waren Blicke, die einem durch Mark und Bein gingen, prüfende und durchdringende Blicke, von denen etwas Unheimliches ausging. Es lag kein Zorn und keine Drohung darin, aber ein unausgesprochener Vorwurf: Warum nicht? Warum alle außer dir? Warum sind alle anderen Frauen fruchtbar, nur du nicht? Anfangs hatte Frau Urbas diese Angewohnheit noch als Marotte abgetan und lachte darüber, aber mit der Zeit verging ihr das Lachen. Sie begann, über ihre Kinderlosigkeit nachzugrübeln, sie begann, Schuldgefühle zu entwickeln, die mit jeder Monatsblutung größer wurden, und mit der Zeit wurde das Schweigen ihres Mannes anklagender, als es jeder offen ausgesprochene Vorwurf gewesen wäre. Sie versuchte einige Male, wenn er sie wieder mit diesem Blick anstarrte, ihn darauf anzusprechen, aber wenn sie vor ihn hintrat, verließ sie doch jedes Mal der Mut, und sie blieb dann doch stumm, verstummte wie ein Schaf vor dem Scherer. So ging das insgesamt zwölf Jahre lang, bis dann ausgerechnet im dreizehnten Jahr die Situation eskalierte. Das anklagende Anstarren wurde ihr immer unerträglicher. Sie entwickelte einen regelrechten Verfolgungswahn. Sie fing an, Adam aus dem Weg zu gehen, sie versteckte sich vor ihm, sie verkroch sich irgendwo, dass das ganze Personal sie suchen musste. Und wenn man sie irgendwo kauernd in einem Schuppen fand, dann war sie vor Angst wie gelähmt und zitterte am ganzen Körper vor Furcht. Der Wahnsinn ergriff Besitz von ihr. Sie war mit ihrer Kraft am Ende, sie konnte nachts nicht mehr schlafen, sie konnte tagsüber ihre Arbeit nicht mehr erledigen, sie wurde immer depressiver und verwirrter und verrückter – und sie versagte sich ihrem Mann, schlief in einem anderen Bett, ließ nicht mehr zu, dass er sie auch nur berührte, geschweige denn umarmte oder küsste oder gar mit ihr schlief. Damit war aber auch ausgeschlossen, dass sie doch noch schwanger werden würde, zumal ihre biologische Uhr langsam ablief, schließlich war sie schon Ende Dreißig, und es schien, als seien die beiden in einen Teufelskreis geraten, der sie seelisch zerstören würde.«

Aufgewühlt von ihrem eigenen Bericht, nahm sie ihre Brille erneut ab und legte sie beiseite.

»Ich weiß nicht, woran es letztendlich lag, dass sich dann schließlich doch noch alles zum Guten wendete. Vielleicht lag es daran, dass Herr Urbas offenbar endlich begriff, was er mit seinen wortlosen Anklagen anrichtete, denn er hörte ganz plötzlich auf damit. Statt ihr Vorwürfe zu machen, begann er, um seine Frau zu werben, wenn auch nicht mit großen Worten, so doch wenigstens mit kleinen Gesten. Vielleicht lag es auch daran, dass Frau Urbas eine zwielichtige alte Kräuterhexe aufgesucht hatte, der man nachsagte, mit allerlei schwarzer Magie herumzupfuschen. Ich weiß nicht, ob sie zu ihr gegangen ist, um sich gegen ihre Kraftlosigkeit, ihre Schlaflosigkeit und ihre Schwermütigkeit behandeln zu lassen – oder gegen ihre Unfruchtbarkeit. Auf jeden Fall veränderte sie sich ebenfalls. Sie war mit einem Schlag wieder völlig normal, und sie wandte sich ihrem Mann wieder liebevoll zu. Und einige Monate später – es war kurz nach meinem zwanzigsten Geburtstag, daran erinnere ich mich noch sehr gut – wurde bekannt, dass Frau Urbas nach dreizehn Ehejahren endlich schwanger sei. Danach war dann alles nur noch rosarot bei den beiden: Frau Urbas war plötzlich wieder fröhlich, heiter, aufgeschlossen und gesprächig, sie eilte mit jugendlichem Schwung durchs Haus und über den Hof und arbeitete mit, wo sie nur konnte. Viel arbeiten durfte sie aber nicht, denn Herr Urbas war sehr darauf bedacht, dass sie sich schonte. Er stellte sogar extra eine zusätzliche Magd ein, damit seine Frau sich ganz zur Ruhe setzen konnte, und erlaubte ihr höchstens noch Tätigkeiten wie Kinderwäsche nähen. Ja, er ging sogar heimlich zum Doktor, um sich beraten zu lassen, was während einer Schwangerschaft zu beachten ist, er tauschte in aller Öffentlichkeit Zärtlichkeiten und Liebkosungen mit seiner Frau aus, was er noch nie zuvor gemacht hatte, und wenn er sie noch anstarrte, dann nur noch lächelnd und verträumt und geradezu andächtig. Die beiden hatten offenkundig ihr Glück gefunden und zeigten auch ganz offen, dass sie sich wie im siebten Himmel fühlten. Aber der

Weg in diesen Glückshimmel führte dreizehn Jahre lang durch die Hölle.«

Ich hatte ihr die ganze Zeit andächtig zugehört, doch ich konnte nicht behaupten, dass mir die Seifenoper gefiel, die sie mir da auftischte.

»Nette Geschichte, und ich werde auch vor Rührung in mein Kopfkissen weinen, wenn ich heute Abend beim Schlafengehen daran denke; aber die Tatsache, dass es für seine Zeugung dreizehn Jahre Sex und zwei Nervenzusammenbrüche gebraucht hat, kann ja wohl nicht ernsthaft als Erklärung für den miesen Charakter von Simon Urbas herhalten. Wenn ein Heranwachsender derart missrät und auf die schiefe Bahn gerät, dann liegts doch meistens an der Erziehung. Wie sahs denn damit aus? Wie hat Frau Urbas ihren Sohn erzogen?«

»Sie war immer herzensgut zu ihm. Sie hat ihm immer alles erfüllt, was er sich gewünscht hat. Selbst als er das Geld nur noch für Drogen, Saufgelage und Huren zum Fenster rausgeworfen hat, hat sie ihm immer wieder heimlich etwas zugesteckt. Und wenn Simon wieder mal für einen Skandal gesorgt oder sich eine Eskapade geleistet hatte, dann hat sie immer versucht, die Nachricht entweder ganz vor ihrem Mann zu verheimlichen oder sie ihm nur in abgeschwächter Form zu präsentieren, um ihn milder zu stimmen.«

Vielleicht hat der alte Urbas von dem Mordversuch seines Sohnes auch deswegen erst im Wirtshaus erfahren, weil Frau Urbas ihm mal wieder eine Missetat ihres Sprösslings verschwiegen hatte, dachte ich mir.

»Und wie verlief die Erziehung von Seiten des Vaters?«

»Herr Urbas wollte, dass Simon aufwuchs wie alle anderen Bauernkinder. Vor allem wollte er nicht, dass ihm irgendetwas leichter gemacht wurde und dass er verhätschelt wurde, und er sollte auch nicht zu spüren bekommen, dass er ein absolutes Wunschkind war. Im Gegenteil, Simon wurde von seinem Vater immer besonders hart rangenommen, als ob er ihn prüfen wollte, ob er es wert war, dass man so lange auf ihn gewartet hatte, und ob er auch taugte für die große Aufgabe, die ihn erwartete.«

»Welche große Aufgabe erwartete ihn denn?«

»Naja, die Übernahme des Hofes und das Weiterführen der Tradition eben. Adam Urbas fühlt sich nicht einfach nur als Bauer, der einen Hof bewirtschaftet, um davon leben zu können. Er fühlt sich ein bisschen wie – nein, nicht nur ein bisschen, er fühlt sich voll und ganz wie ein König, der über ein Reich herrscht, auch wenn dieses Reich nicht sehr groß ist. Nach seinem Verständnis ist ein König jemand, der ein Land und dessen Einwohner besitzt. Das Land muss ihm geben, was es hervorbringt, und die Einwohner müssen für ihn arbeiten und ihm gehorchen. Er muss dafür das Land verwalten und die Einwohner beschützen und ernähren. Der Königssohn wird einmal vom Vater das Reich erben, aber bis dahin muss er dem Vater gehorchen und sich auf die große Aufgabe der Regentschaft vorbereiten und beweisen, dass er ihr überhaupt gewachsen ist. Das sind die unveränderlichen Naturgesetze, nur so funktioniert die Welt, nur so ist sie in Ordnung, nur so lässt sie sich erklären und verstehen – zumindest in der Vorstellung von Adam Urbas. Und gemäß dieser Vorstellung hat er vom Säuglingsalter an alles, was Simon tat, mit Argusaugen überwacht.«

So langsam konnte ich mir eine ungefähre Vorstellung davon machen, was für ein kaputtes Verhältnis Urbas Senior und Urbas Junior zueinander gehabt haben mussten. Doch das alles brachte mich irgendwie nicht weiter bei der Frage, wer denn nun eigentlich den Mord an Simon Urbas begangen hatte. Fräulein Margarethe war eine sehr auskunftswillige Gesprächspartnerin und schien sich nach zwanzigjähriger Betriebszugehörigkeit in den innenpolitischen Verhältnissen der Familie Urbas auszukennen wie wohl kaum eine zweite. Aber so interessant die Dinge auch waren, die sie mir zu erzählen hatte, ich hatte sie eigentlich nicht aufgesucht, um eine psychoanalytische Charakterstudie von Simon oder Adam Urbas zu erstellen, sondern um den Tathergang zu rekonstruieren. Ich rief mir dieses Vorhaben in Erinnerung und wechselte abrupt das Thema.

»So, lassen wir jetzt mal die Familienverhältnisse gut sein und kommen wir stattdessen auf die Mordnacht zu sprechen. Sie waren anscheinend neben dem Ehepaar Urbas die einzige Person, die sich zur Tatzeit auf dem Hof aufhielt.«

»Stimmt. Die anderen waren alle auf die Kirchweih gegangen. Aber ich fühlte mich nicht gut und bin deshalb zu Hause geblieben.«

»Wo ist zu Hause? Im Wohnhaus der Urbas?«

»Nein, im Haus gegenüber. Dort haben wir Mägde und Knechte unsere Zimmer.«

»Stimmt, ich erinnere mich, dass Frau Urbas das erwähnt hat. Und Sie werden mir wahrscheinlich jetzt erzählen, dass Sie in der fraglichen Nacht geschlafen und überhaupt nichts mitbekommen haben.«

»Nein, ganz im Gegenteil. Ich hatte starke Kopfschmerzen und konnte nicht schlafen. Dadurch habe ich schon ein bisschen was mitgekriegt.«

Mein Ermittlerherz hüpfte vor Freude. Das klang verheißungsvoll. Vielleicht hatte ich ja tatsächlich eine Zeugin aufgestöbert, die wichtige Beobachtungen zur Tat gemacht hatte und mir entscheidende Hinweise auf den Täter liefern konnte. Fräulein Margarethe wurde mir zusehends sympathischer.

»Dann lassen Sie doch mal hören, was genau Sie mitgekriegt haben.«

Sie hielt sich eine Hand vor die Augen, als könne sie sich so besser konzentrieren.

»Wie gesagt, ich konnte wegen meiner Kopfschmerzen nicht einschlafen und lag lange wach. Irgendwann hörte ich – ich schlafe nämlich immer bei geöffnetem Fenster –, dass an der Hofeinfahrt ein Auto hielt. Ich ging zum Fenster und sah, dass Simon aus dem Auto stieg. Das Auto fuhr gleich wieder weiter, und Simon ging über den Hof. Das heißt ›ging‹ ist der falsche Ausdruck, es war unverkennbar, dass er mal wieder ziemlich betrunken war. Auf dem kurzen Wegstück ist er auch ein paar

Mal hingefallen, hat sich aber jedes Mal wieder aufgerappelt und schließlich irgendwie doch die Haustür seines Elternhauses erreicht. Mein Zimmer befindet sich im ersten Stock, und der Eingang zum Urbas-Haus liegt genau gegenüber von meinem Fenster, deswegen konnte ich das, was passierte, bestens beobachten. Simon hat vor der Haustür randaliert, er hat mit den Fäusten gegen das Holz getrommelt und lauthals herumgeflucht. Das ging eine Weile so, bis Herr Urbas im Schlafanzug an die Tür kam und sie öffnete. Sein Sohn hat ihn dann wüst beschimpft, mit furchtbaren Ausdrücken, die so schlimm waren, dass ich sie gar nicht wiedergeben möchte. Und als er mit seinen grässlichen Beleidigungen fertig war, hat er seinem Vater so brutal mit der Faust mitten ins Gesicht geschlagen, dass Herr Urbas zu Boden gegangen ist. Danach ist Simon ins Haus gestampft und hat die Tür hinter sich zugeschlagen. Ich habe schon überlegt, ob ich nach draußen gehen und nachschauen soll, ob sich Herr Urbas verletzt hat, aber er ist dann nach einer Weile wieder aufgestanden und zurück ins Haus gegangen. Ich habe aber gesehen, dass er am ganzen Leib gezittert hat, wahrscheinlich vor Schreck oder vor Wut oder vor Enttäuschung. Ich selbst war auch ziemlich aufgeregt von dem, was ich gehört und gesehen hatte. Ich konnte nicht verstehen, wie man als Sohn nur so grob und gemein zu seinem eigenen Vater sein kann. Ich bin noch ziemlich lange am offenen Fenster stehen geblieben und habe ein paar Zigaretten geraucht, um mich zu beruhigen. Deswegen habe ich auch gesehen, dass Herr Urbas später noch mal aus dem Haus gekommen ist. Er war immer noch im Schlafanzug und ist ziemlich ziellos auf dem Hof herumspaziert, anscheinend wollte er nur frische Luft schnappen. Auf jeden Fall ist er nach einer Weile wieder reingegangen. Ich bin noch ein paar Minuten am Fenster gestanden und wollte dann gerade zum Bett gehen, da ging die Tür wieder auf, und Herr Urbas kam heraus. Diesmal hatte er eine Jacke und Straßenschuhe an und hielt etwas in der Hand, das wie ein Messer aussah. Er ist zur Garage gegangen, ins Auto eingestiegen und weggefahren. Ich hab mich zwar gewundert, mir aber nichts weiter dabei gedacht. Ich bin dann ins Bett gegangen und auch ziemlich schnell eingeschlafen. Später wurde ich dann geweckt von mehreren Autos, die auf den Hof fuhren. Ich bin aufgestanden und habe gesehen, dass es Polizeiautos waren, und ein Krankenwagen war auch dabei. Ich hab mich gleich angezogen und bin nach unten und hinüber gegangen. Und dann habe ich von einem der Polizisten erfahren, was passiert ist.«

Sie vergoss erneut große Krokodilstränen. Diesmal versuchte ich, sie zu trösten.

»Ist ja gut. Weinen Sie sich ruhig aus, Margarethe. Danach wird es Ihnen besser gehen.«

Sie versuchte krampfhaft, die Kontrolle über ihre wildgewordenen Tränendrüsen zurückzuerlangen, doch sie machten weiter Rabatz.

»Sie können mich Marga nennen.«

»Also gut, Marga. Weinen Sie ruhig. Weinen ist ein Zeichen der Lebendigkeit. Wer nicht mehr weinen kann, ist mausetot.«

Sie schenkte mir ein von Tränen eingerahmtes Lächeln.

»Sie sind richtig einfühlsam. Das ist selten bei Männern. Sind Sie verheiratet?«

»Nein.«

Sie wischte sich die Tränen mit der Handfläche ab. Es kamen keine neuen nach.

»Fühlen Sie sich da nicht oft einsam?«

Ich versuchte, ein überlegenes Grinsen zu simulieren.

»Nein. Aber ich kenne das Gefühl. Hab schon oft in Heftromanen darüber gelesen.«

Zum ersten Mal hörte ich sie lachen, auch wenn es nicht gerade ein Lachen von der Größe Russlands war, sondern eher von der San Marinos. Danach wurde sie sofort wieder ernst.

»Aber ich fühle mich einsam. Und ich bin mir sicher, Sie sich auch. Männer wollen das bloß nicht zugeben.«

Sie rutschte ein paar Zentimeter zu mir heran und legte ihre Hand auf meine.

Um ein Haar wäre mein Unterkiefer erneut abgestürzt.

Damit hatte ich ungefähr so sehr gerechnet wie mit einem Schneesturm im August. Ich starrte Margarethe an wie etwas, das gerade eben erst aus dem Ei geschlüpft war. Sie blickte mich mit großen, aufrichtigen Rehaugen an. Ich wusste, dass das keine Anmache sein sollte und dass sie nicht im Sinn hatte, mit mir ins Bett zu gehen. Sie suchte nach einer verwandten Seele und glaubte, dass ich eine sein könnte, und so ganz daneben lag sie damit ja gar nicht. Außerdem fand ich sie sowohl sympathisch als auch attraktiv, und was jetzt noch nicht war, konnte ja vielleicht noch werden. Einen Moment lang musste ich mit mir kämpfen, die Versuchung war groß, und fast wäre ich ihr auch erlegen – doch dann zog ich meine Hand weg.

»Vorsicht, Schätzchen. Regel Nummer eins aus dem großen Handbuch für Detektive: Lass dich nie mit einer Tatverdächtigen ein!«

Sie wich mit einer ruckartigen Bewegung zurück, als hätte sie sich an einer heißen Herdplatte verbrannt.

»Sie … Sie denken doch nicht ernsthaft, dass … dass ich …«

»Warum nicht? Sie hätten zumindest ein erstklassiges Motiv. Simon Urbas hat Sie vergewaltigt. Ich glaube nicht, dass Sie ihm das jemals verziehen haben. Rache ist immer noch einer der häufigsten Beweggründe für einen Mord.«

Sie sah mich an, als hätte ich mein Rotkäppchen-Kostüm angezogen.

»Aber … wie hätte ich denn … das überhaupt … machen sollen?«

»Simon Urbas ist höchstwahrscheinlich auf sein Zimmer gegangen, nachdem er seinen Vater niedergeschlagen hatte. Adam Urbas ist danach ebenfalls zurück ins Haus gegangen. Es könnte gut sein, dass er da schnurstracks ins Zimmer von Simon marschiert ist und ihn in seinem Zorn ohne großen Firlefanz abgestochen hat. Es könnte sich aber auch ganz anders abgespielt haben. Vielleicht ist Adam Urbas einfach zurück in sein Schlafzimmer gegangen und hat sich wieder hingelegt. Vielleicht haben vielmehr Sie sich maßlos aufgeregt über das, was Sie gesehen hatten. Vielleicht hat Sie die Art, wie

Simon Urbas seinen Vater behandelt hat, an die Art erinnert, wie er Sie behandelt hat, als er Sie damals vergewaltigte. Vielleicht sind all die schlimmen Erinnerungen wieder in Ihnen hochgekommen. Vielleicht haben Sie mir bei Ihrem Bericht nur die paar Minuten verschwiegen, in denen Sie blind vor Zorn hinübergangen sind, die unverschlossene Haustür geöffnet haben, sich am Schlafzimmer der Alten vorbei zu Simons Kammer geschlichen haben, ihm dort endlich das angedeihen haben lassen, was er verdient hatte, und anschließend unbemerkt zurück in ihr Zimmer gegangen sind. Adam Urbas ist dann später noch mal auf den Hof gegangen, weil ihn die rüde Behandlung von Seiten seines Sohnes nicht zur Ruhe kommen ließ, hat an der frischen Luft beschlossen, seinen Sohn noch einmal zur Rede zu stellen, ist in Simons Zimmer gegangen, hat ihn ermordet aufgefunden und hat sich dann auf den Weg zur Polizei gemacht.«

Ihr Mund stand soweit offen, dass man einen Traktor hätte hineinfahren können. Sie starrte mich ungläubig an und suchte nach Worten, fand aber offenbar keine. Dafür hatte ich noch ein paar auf Lager.

»Das Ganze könnte natürlich auch passiert sein in der Zeit, in der Adam Urbas seinen Spaziergang auf dem Hof absolviert hat. Vielleicht hat er sich dabei soweit und solange entfernt, dass Sie in der Zwischenzeit ungesehen zum Haus hinübergehen, die Tat ausführen und wieder in ihr Zimmer zurückkehren konnten. Als Adam von seinem Spaziergang zurückkehrte und dann in Simons Zimmer ging, um mit ihm zu reden, fand er das Blutbad vor, das Sie angerichtet hatten. Gelegenheiten hatten Sie also genügend.«

Sie konnte immer noch nicht sprechen – vielmehr schrie sie mich aus vollem Hals an.

»Sie sind doch verrückt, völlig verrückt! Kein Wort davon ist wahr, kein Wort! Ich könnte so etwas niemals tun! Sie sind ein Schwein, ein ganz mieses Schwein sind Sie! Ich habe gedacht, Sie sind nett, dabei haben Sie eine noch viel perversere Fantasie als all die anderen! Lassen Sie mich in Ruhe! Verschwinden Sie!

Das hier ist ein Gotteshaus, in dem haben Schweine wie Sie nichts zu suchen!«

Sie vergrub ihr Gesicht unter ihren Händen, um zu verbergen, dass sie zum dritten Mal innerhalb kurzer Zeit zu nah am Wasser gebaut hatte.

»Ihr Männer seid doch alle gleich! Alle Männer sind Schweine! Dreckige, gottlose, perverse Schweine!«

Es gefiel mir nicht, dass sie schon wieder heulen musste, aber wie sie mich titulierte, gefiel mir auch nicht.

»Danke für das Kompliment. Schweine sind nützliche Tiere, sie fressen Abfälle, sorgen so für ökologisch korrekte Müllbeseitigung und dienen dem höheren Ideal des Umweltschutzes. Sie haben vollkommen recht, ich bin auch ein Schwein, ich wühle in dem Abfall herum, den die Bullen liegengelassen haben, weil sie sich nicht die Finger daran schmutzig machen wollten. Aber ich tue es, um den Müll eines ungesühnten Verbrechens zu beseitigen und damit dem höheren Ideal der Gerechtigkeit zu dienen. Noch mal langsam zum Mitschreiben: Ich habe keinerlei persönliche Aversionen gegen Sie, ganz im Gegenteil. Ich mache hier nur meinen Job, und der besteht darin, eine so unwichtige und unbedeutende Sache wie einen Mord aufzuklären. Ich dachte eigentlich, Sie hätten soviel Grips im Hirn, das zu kapieren, aber offensichtlich habe ich mich getäuscht. Ihr Frauen seid auch alle gleich – gleich dumm.«

Und mit diesem Schlusswort stand ich auf, ging zur Tür und ließ die schluchzende Margarethe alleine in der Michaelskirche zurück.

Sechs

Ich ging über den Kirchenplatz zurück auf die Gustavstraße. Direkt gegenüber befand sich ein Norma-Supermarkt. Er war in einem großen, alten, vierstöckigen Haus untergebracht, in das ein Supermarkt ungefähr so gut passte wie eine Kirche in eine Montagehalle. Nichtsdestotrotz ging ich hinein und kaufte mit eine Büchse Dosenbier, denn das hatte ich jetzt nötig.

Als ich wieder vor dem Laden stand, hielt ich nach einer Sitzgelegenheit Ausschau, erblickte aber keine. Allerdings stand ein paar Meter vom Supermarkt-Eingang entfernt neben einer Straßenlaterne eine runde blecherne Mülltonne, deren Deckel glatt war und ein Loch hatte, das zwar groß genug war, um Abfall hineinwerfen zu können, aber nicht groß genug, um hineinzufallen, wenn man sich darauf setzte. Ich platzierte mich darauf und ließ meinen Blick über den Grünen Markt schweifen, der nun vor mir lag. An der Norma-Hauswand prangerte ein Straßenschild mit der Aufschrift ›Marktplatz‹, das mich daran erinnerte, dass hier früher tatsächlich einmal der Marktplatz und damit auch das Stadtzentrum von Fürth gewesen war, bevor die Fürther Freiheit diese Funktion übernommen hatte und die Händler dorthin umgezogen waren. Die einzigen Individuen, die das Kopfsteinpflaster des Platzes bevölkerten, waren ein paar wildgewordene Kinder und die allgegenwärtigen Tauben. Ansonsten herrschte gähnende Leere. Der Platz war nicht rund oder quadratisch, sondern verlief eher wie eine breite Straße länglich und leicht abschüssig hinunter bis zur Königstraße. Die Gebäude, die rechts und links standen wie Bäume an einer Allee, waren große alte Sandstein- und Fachwerkhäuser, die man stellenweise ein bisschen aufgemotzt hatte. Darin untergebracht waren hauptsächlich Cafes, Bistros und Kneipen, so dass das Ganze eher wie eine Verlängerung der Gustavstraße wirkte. Ein paar Meter von meinem luxuriösen Sitz entfernt stand eine Skulpturengruppe, bestehend aus vier Figuren: einem auf dem Kopf stehenden Mann, der mit der Fußspitze einen Krug balancierte, einem Hund, der eine Art Keule im Maul hatte und die Hinterbeine nach oben warf, einem aus meiner Position nicht genau zu erkennenden Lebewesen, von dem ich nur einen langen Schwanz sah, und – ich musste zweimal hinsehen, aber es war tatsächlich so – einer Taube, die das zu tun schien, was Tauben offenbar am liebsten machen und wovon auch dieses Denkmal ein Lied singen konnte (vielleicht war ja die Intention des Bildhauers, dass die Tauben hier ihr eigenes Ebenbild vollscheißen sollten). Ich kombinierte messerscharf, dass diese Skulptur thematisch zum Gauklerbrunnen gehören musste, der sich unten am Ende des Platzes neben der Königsstraße befand und der von ähnlichen Figuren bevölkert war, die allerlei Schabernack und Firlefanz trieben.

Ich öffnete die Bierdose und nuckelte daran. Ich musste erst einmal den unglücklichen Verlauf des Gesprächs mit Margarethe verdauen. Ich war nicht gerade nett zu ihr gewesen. Ich hatte sie grob zurückgewiesen, obwohl ich durchaus nicht abgeneigt gewesen wäre, sie näher kennenzulernen. Aber die Verdächtigung konnte ich ihr nicht ersparen, der Auftrag hatte Vorrang. Was ich ihr allerdings hätte ersparen können, war die verbale Ohrfeige, die ich ihr zum Schluss verpasst hatte. Es war sonst nicht meine Art, auf dem Nervenkostum traumatisierter Frauen herumzutrampeln, aber mein eigenes hatte sich an diesem Tag auch schon ein paar Beleidigungen zuviel anhören müssen, als dass für ein ›perverses Schwein‹ noch Platz gewesen wäre.

Mehr noch als an dem misslungenen Techtelmechtel mit Margarethe hatte ich allerdings an der Konsequenz für meine Ermittlungen zu knabbern, die sich aus dem ergab, was sie als unmittelbare Zeugin beobachtet hatte – und es ergab sich eine ganze Menge daraus. Dadurch, dass Margarethe während der gesamten Tatzeit den einzigen Zugang zum Tatort im Auge gehabt hatte und bezeugen konnte, das keine fremde Person den Hof und das Haus betreten hatte, konnte ich alle bisherigen Tatverdächtigen – die Nutte, den Saufkumpan, die Politiker – wieder in den Mülleimer schmeißen. Sie waren durch die Zeugenaussage der Magd eindeutig entlastet. Als potentieller Täter übrig blieb jetzt eigentlich nur noch die Magd selbst. Oder, und das schien mir fast wahrscheinlicher, mein erster Eindruck hatte mich doch nicht getäuscht, und die ganze Schnüffelei war für den Arsch, weil die naheliegendste Variante auch die richtige war, weil der Mörder natürlich doch derjenige war, der die Tat auch gestanden hatte, nämlich Adam Urbas. Und weil das mit dem anderen Täter nur ein Hirngespinst, ein Wunschtraum meiner Klientin war. Aber um Gewissheit in diesem Punkt zu bekommen, musste ich endlich mit dem Geständigen selbst sprechen und ihn im Polizeipräsidium besuchen. Ich trank mein Dosenbier aus, erhob mich von meinem Thron, warf die Büchse in den Abfalleimer und machte mich auf den Weg.

Ich bog nach links ab und ging die Angerstraße hinunter, vorbei an Mietskasernen, Spielhallen und weiteren Gaststätten. An ihrem Ende bog ich wieder nach links ab und marschierte auf dem Gehweg neben der vielbefahrenen Kapellenstraße in Richtung Polizeipräsidium. Nach wenigen Metern befand ich mich auf der Bonhoeffer-Brücke, die über die Rednitz führte.

Ich blieb stehen, lehnte mich an das Brückengeländer und betrachtete das Wasser unter mir. Ich hatte mal irgendwo gelesen, dass eine Furt durch eben diese Rednitz vor über 1000 Jahren als Schnittpunkt für Verkehrswege von Ost nach West und von Nord nach Süd gedient hatte und dass sich davon der Name Fürth ableitete, der also nichts anderes bedeutete als ›Ort an der Furt‹. Ich drehte mich um, lehnte mich mit dem Rücken gegen das Geländer und ließ meinen Blick über die vorbeirauschenden Autos hinweg in die Ferne schweifen. Ich wusste, dass sich ein paar hundert Meter weiter die Rednitz mit der Pegnitz zur Regnitz vereinigte, und ich grübelte darüber nach, wer wohl diese geradezu geniale Wortsynthese erfunden hatte.

Nach einer Weile rief mir eine pflichtbewusste Stimme aus den Tiefen meines Gehirns in Erinnerung, dass ich lieber darüber nachgrübeln sollte, wer Simon Urbas ermordet hatte, also setzte ich meinen Marsch in Richtung Adam Urbas fort. Geradeaus vor mir sah ich den Wiesengrund und auf der Anhöhe dahinter die mächtigen, weiß-gelben Gebäude des Klinikums. Ein schlanker langer Schornstein wetteiferte mit einer Antenne auf dem Klinikwohnheim, wer von beiden nun den Titel des höchsten Punktes von Fürth für sich beanspruchen durfte.

Dann machte die Kapellenstraße eine scharfe Linkskurve. Ich folgte ihr und stand dann auch schon vor dem Polizeipräsidium. Es bestand aus mehreren verschiedenen Gebäudeteilen. Der vordere war langgezogen, L-förmig angelegt, schmucklos und rot angestrichen, hatte eine Fensterreihe im Erdgeschoss und eine im ersten Stock und wäre locker als Studentenwohnheim durchgegangen. Dahinter befanden sich ein paar graue Monstren aus Beton, Stahl und Glas, die den L-förmigen Bau um einiges überragten. Außerdem gab es noch einen hohen, dürren Funkmast, eine lange Betonmauer, auf der in großen schwarzen Buchstaben ›Polizei Fürth‹ stand und die ein Freigelände umschloss sowie einen großen Parkplatz, nach dem sich jedes Einkaufszentrum die Finger geleckt hätte. Vor dem ganzen Komplex lief die Kapellenstraße vorbei, und dahinter floss die Rednitz.

Ich steuerte die Ecke des L an, wo sich der Eingang befand. An dieser Ecke war das Erdgeschoss ein Stück nach innen versetzt und der erste Stock auf weiße Betonsäulen gestützt, so dass ein kleiner überdachter Eingangsbereich entstanden war, zu dem eine kurze Treppe hochführte. Ich stieg die Treppe hinauf und ging durch den Eingangsbereich in das Gebäude hinein.

Drinnen landete ich zunächst am üblichen Glaskasten, in dem der übliche bierbäuchige, gelangweilte, mürrische Pförtner saß und sich krampfhaft an seiner Sprechanlage festhielt. Ich machte ihm klar, dass ich zu Kommissar Diesterweg wollte und dass der mich auch erwartete. Er kaufte mir das offenkundig nicht ab, aber ein Telefonat später nickte er widerwillig und nannte mir eine Zimmernummer im Erdgeschoss. Ich bedankte mich, schlurfte den Gang entlang, studierte die Nummern neben den Türen und fand schließlich die genannte.

Ich öffnete die Tür und betrat einen großen, schlauchförmigen Raum. An der linken Wand befand sich eine langgezogene Holzbank, auf der mehrere Leute saßen. Gegenüber der Bank stand eine Art Tresen, der den ganzen Raum durchzog und ihn in zwei Hälften teilte. Hinter dem Tresen standen mehrere Schreibtische, davor Bürostühle, darauf Computer und Telefone, daneben Schränke und Regale mit Aktenordnern. An den Wänden hingen Tafeln, Landkarten, Stadtpläne und Fahndungsplakate. Ich trat an den Tresen heran und wartete geduldig, dass sich einer der beiden Polizisten, die auf den Bürostühlen saßen, meiner erbarmte. Die beiden spielten das übliche Beamten-Mikado: Wer sich zuerst bewegt, hat verloren. Der Verlierer war schließlich ein junger Bursche mit Bürstenhaarschnitt, der sich nach einer Weile vom Bildschirm losriss und auf mich zukam.

»Sie wünschen?«

»Kommissar Diesterweg. Ich hab 'ne Verabredung mit ihm.«

Ich beugte mich näher zu ihm heran, zwinkerte ihm verschwörerisch zu und drehte meine Stimmlautstärke auf Flüsterton.

»Codewort: ›Der Fall Urbas‹.«

Er musterte mich argwöhnisch, als würde mir etwas Hässliches aus der Nase wachsen. Dann griff er zum Telefon, führte ein kurzes Gespräch in mir unverständlichem Polizisten-Slang und legte wieder auf.

»Kann dauern, bis er Zeit hat.«

Ich zuckte die Schultern.

»Dann warte ich eben.«

Ich schlenderte zu der Holzbank und ließ mich in einer freien Ecke nieder. Aus den Augenwinkeln musterte ich meine Banknachbarn. Es waren drei junge Männer in alten, verschmuddelten Klamotten, die mir ganz nach der Creme de la creme der Fürther Kleinkriminellenszene aussahen. Während ich auf das Erscheinen von Kommissar Diesterweg wartete, musste ich mir mangels mitgeführter Ohrstöpsel zwangsläufig ihre Konversation anhören.

»Wecha wos homs na eich dswaa am Schlawiddl?«

»Mir hom gfälschde Eidriddskaddn färs Spill vo da Spillvaeinichung gechan Glubb aufm Schwaddsmaggd vakaffd. Däi san ganga wäi warme Weggla, und mir häddn unsan Schniid scho gmachd, wemma a weng an Duusl ghobd häddn und uns ned grod a Dsiwilfanda vo da Bolidsei inflagrandi erwischd hädd.«

»Doh seida ja in an schäina Schlamassl neikumma. Wieso machda na aa so an Scheiß?«

»Weilma des Geld brauchd hom. Vo dem Hadds viir koosd kaane groußn Schbring macha. Bei uns wor Maddäi am Leddsdn. Awa wieso siddsn du iwahabbds doh wäi bschdelld und ned abghulld?«

»Mei Scheef hodmi oodseichd wecha Diebschdahl. I hobma nämlä a weng a Geld aus da Kassn gnumma, und des hoda gseeng. I hob no gsachd, edds mach kaa Gscheiß wecha däi boar Greedn, iich brings ja widda dsrugg. Ja, am Sangd Nimmaleinsdooch, hoda gsachd, und hod däi Bolidsei grufn. So a Geldsgroong! Es is ja ned aso wäi bei arme Leid. Der hod sovill Geld, der brauchdsi däi Finga nimma dreggad machn. Awa manche gräing hald in Groong ned vull.«

Die Tür ging auf, und Kommissar Diesterweg trat herein. Er war nicht gerade mein Lieblingsmitbürger, aber da sein Auftritt bedeutete, dass ich mir nicht weiter das unerträgliche Gesabber der Schmalspurganoven anhören musste, erschien er mir wie ein Rauschgoldengel. Leider war diese Begeisterung einseitig, denn so, wie er mich ansah, musste das hässliche Ding, das aus meiner Nase wuchs, die Größe eines Blumenkohls haben.

»Kommen Sie mit.«

Es lag weniger Wärme und Liebe in seinen Worten, als ich mir gewünscht hätte, aber wenn er mir meinen Wunsch erfüllte, dann wollte ich ihm das verzeihen. Als wir draußen vor der Tür waren, blaffte er mich übelgelaunt an.

»Was ist los, Marlein? Haben Sie den Fall etwa noch nicht gelöst, Sie Superhirn?«

»Doch, so gut wie. Der Täter ist praktisch überführt. Um die letzten Zweifel auszuräumen, muss ich aber doch noch ein kurzes Gespräch mit Herrn Urbas selbst führen.«

»Und, wen haben Sie als Mörder überführt? Lassen Sie mich raten: den Oberbürgermeister?«

Er grinste wie ein Honigkuchenpferd. Ich grinste zurück. Wir grinsten einander an mit dem unschuldigen Gesichtsausdruck zweier Immobilienmakler.

»Nein, meine Ermittlungen konzentrieren sich auf eine andere Person. Haben Sie ein Alibi für die Tatzeit, Diesterweg?«

Das Grinsen fiel aus seinem Gesicht wie ein Eiszapfen von der Dachrinne. Da ich es mir nicht mit ihm verscherzen wollte, ruderte ich gleich zurück.

»Kleiner Scherz am Rande. Lassen Sie mich kurz mit Urbas sprechen, und Sie werden mich hier so schnell nicht wiedersehen.«

Er schenkte mir ein Lächeln, das so falsch war wie das Wahlversprechen eines Politikers.

»Es ist nicht so, dass ich Sie hier nicht gerne sehen würde. In einer hübschen kleinen Zelle und mit netten kleinen Metallarmbändchen um ihre Handgelenke würden Sie sicherlich einen entzückenden Anblick bieten. Aber Sie haben recht, die Aussicht, einen Schmierendetektiv wie Sie loszuwerden, rechtfertigt jede Maßnahme. Das ist vergleichbar mit dem finalen Rettungsschuss.«

Um dieses sinnlose Scharmützel endlich zu beenden, verzichtete ich auf einen weiteren verbalen Gegenschlag, wartete wortlos, bis sich Diesterweg in Bewegung setzte, und trabte hinter ihm her. Unser Schweigemarsch führte uns in das Untergeschoss und endete vor einer schweren Eisentür. Diesterweg zückte einen Schlüsselbund.

»Ich gebe Ihnen 30 Minuten, Marlein. Keine Sekunde länger.«

Er öffnete die Tür, ließ mich in den Raum eintreten und schloss hinter mir ab. Ich sah mich um. Die Zelle erinnerte mich in ihrer Größe an das Bahnhofsklo. Sie war möbliert mit einem Bett, einem Tisch, zwei Stühlen, einer Toilette und einem Waschbecken, und damit war der Platz auch komplett ausgeschöpft. Auf dem Tisch lagen eine Pfeife, eine Zeitung, ein leerer Pappteller und ein Plastikbesteck. Die Wände waren grau, und nichts hing daran, kein Bild, keine Dekoration, auch kein Kreuz. Der Raum war fensterlos, und das künstliche Licht kam aus irgendeiner in der Decke einbetonierten Lampe. Es war definitiv kein Ort, an dem man gerne seinen Jahresurlaub verbracht hätte.

Nachdem ich mich einigermaßen an das unterkühlte Ambiente der Zelle gewöhnt hatte, richtete sich meine Aufmerksamkeit auf den einzigen Zelleninsassen, der auf einem der beiden Stühle saß. Er hielt ein aufgeschlagenes Buch in den Händen und las darin. Er war ganz in seine Lektüre vertieft und schenkte mir keinerlei Beachtung, so dass ich ihn in Ruhe betrachten konnte. Er hatte die Größe eines Basketballspielers und das Gewicht eines Sumoringers. Seine Hände waren so groß, dass er locker in jeder einen Tennisschlager hätte verstekken können. Auf seinem Hals, der so breit war wie meine Brust, thronte ein Schädel, der so groß und so rund war wie ein Medizinball. Aus dem glattrasierten Gesicht ragte eine monumentale Hakennase, mit der er als Rückenschwimmer am Strand für eine Evakuierung wegen Haifischalarms gesorgt hätte. Sein Mund war so breit, dass es ihm sicherlich manchmal passierte, dass Leute versehentlich einen Brief hineinwarfen, und seine Lippen waren so schmal, als hätte er sie sich wegoperieren lassen. Die Augenbrauen waren so buschig, dass sie auch einen veritablen Schnauzbart abgegeben hätten. Auf seinem Schädel wucherten einige spärliche fettige Schmalzlocken wie Unkraut zwischen Pflastersteinen und kaschierten nur unzureichend mehrere schlecht verheilte, wulstige, rot schimmernde Narben. Seine Gesichtshaut hatte die gelbbraune Färbung des arrivierten Leberzirrhotikers und sah so gesund aus wie die Lunge eines 90-jährigen Kettenrauchers. Alles in allem wirkte er wie ein tollpatschiger Riese, der einem alten Märchenbuch entsprungen war, und ich musste mir erst wieder ins Bewusstsein rufen, dass er in Wirklichkeit wahrscheinlich ein kaltblütiger Mörder war, der seinem eigenen Sohn die Kehle durchgeschnitten hatte.

Ich rückte mir den zweiten Stuhl zurecht und platzierte mich darauf. Der Zelleninsasse nahm weiterhin keine Notiz von mir. Entweder er hatte mein Eintreten wirklich nicht bemerkt, oder er wollte es nicht bemerken, oder er hatte es bemerkt und ließ es sich nur nicht anmerken. Auf jeden Fall blieb er weiter ganz und gar in sein Buch vertieft. Es war ein großes Buch, aber in seinen riesigen Pranken wirkte es wie ein Taschenkalender. Ich sah am Titel auf dem Leineneinband, dass es sich um die Bibel handelte. So wie er dasaß und auf die Seiten starrte, sah er aus, als wäre sein Geist in ein Paralleluniversum abgetaucht und hätte hier nur eine leere körperliche Hülle zurückgelassen. Da ich nicht warten wollte, bis er von seinem Ausflug ins Gelobte Land zurückgekehrt war, fasste ich mir ein Herz und klopfte mit angewinkeltem Zeigefinger gegen den Buchrücken.

»Guten Morgen, Herr Adam Urbas. Sie haben Besuch.«

Er hob seinen Kopf, aber seine Lider blieben nahezu geschlossen.

»Wer sind Sie?«

»Mein Name ist Philipp Marlein. Ich bin Privatdetektiv.«

Er musterte mich durch den engen Spalt zwischen seinen Lidern.

»Und was wollen Sie von mir?«

»Ein paar Antworten auf ein paar Fragen.«

»Und warum sollte ich Ihnen die geben?«

»Weil ich im Auftrag Ihrer Frau frage.«

»Meiner Frau?«

»Ja, Ihrer Frau. Sie sind nämlich verheiratet. Vielleicht erinnern Sie sich daran, wenn Sie ein paar Minuten darüber nachdenken.«

Er schien tatsächlich allen Ernstes zu überlegen. Auf seiner Stirn bildeten sich Furchen, die so tief waren wie Schützengräben.

»Hat meine Frau Sie etwa engagiert?«

Ich war begeistert.

»Ah! Wir sind auf Hirn gestoßen! Sieh mal an, Sie haben Ihren Kopf ja doch nicht nur dafür, dass die Ohren nicht zusammenschnalzen. Ganz recht, Ihre Frau hat mich engagiert. Sie verschleudert das Urbassche Familienvermögen dafür, dass ich nachweise, dass Sie hier in diesem schmucken Zimmerchen sitzen, weil Sie ein Geständnis für eine Tat abgelegt haben, die Sie gar nicht begangen haben.«

Zum ersten Mal öffneten sich seine Lider etwas weiter, und ich sah, dass etwas Verstörtes in seinem Blick lag.

»Das dumme Weib. Wie töricht von ihr, daran zu zweifeln.«

Er trommelte mit seinen Fingern leicht auf den Tisch. Bei seinen Dimensionen löste das eine Erschütterung aus, die selbst das Seismographische Institut in Buenos Aires noch registrieren musste.

»Aber wenn ich es nicht gewesen bin, dann können Sie mir ja sicher sagen, wer stattdessen den Simon umgebracht hat.«

Ich zog meine Mundwinkel nach unten.

»Bedauerlicherweise bin ich mir darüber noch nicht ganz im Klaren. Aber genau deswegen bin ich hier. Ich brauche noch ein paar Auskünfte von Ihnen.«

Er machte eine Handbewegung, als wollte er eine lästige Fliege verscheuchen. Was durchaus passend war, denn im Vergleich zu ihm wirkte ich ja auch wie ein Insekt.

»Es gibt nichts mehr zu sagen. Ich habe alles gesagt, was zu sagen ist.«

Ich gab alles und haute mit der Faust auf den Tisch.

»Sehen Sie, genau das ist das Problem. Einen Scheißdreck haben Sie schon gesagt. Es ist nicht so, dass Sie stumm wären wie ein Fisch und schweigen könnten wie ein Grab. Sie sind vielmehr stumm wie ein ganzer Pottwalschwarm und können schweigen wie ein ganzer Friedhof. Sie haben noch keine einzige wichtige Frage beantwortet. Wie zum Beispiel die nach Ihrem Motiv.«

Mein Faustschlag und meine flammende Ansprache beeindruckten ihn ungefähr so viel wie das Husten eines Flohs. Er blinzelte mich müde an, und seine Stimme war so aufgeregt wie ein Elefant, den eine Mikrobe gezwickt hatte.

»Ich bin eben kein großer Redner. Es gibt vieles, für das ich einfach keine Worte finde. Und für das, was ich in jener Nacht getan habe, finde ich keine Worte. Aber wozu auch noch Worte darüber verlieren? Es ist schon schlimm genug, dass es geschehen ist. Worte werden es nicht mehr ungeschehen machen. Der Täter ist weggesperrt, der Fall ist aufgeklärt, die Akte ist geschlossen und abgelegt. Warum noch darüber reden? Warum noch einmal im Blut meines Sohnes wühlen?«

Er lehnte sich zurück, schloss die Augen und verschränkte die Arme vor seiner Brust. Die Sache war für ihn so erledigt wie für Gott am siebten Tag die Erschaffung der Welt. Er wartete nur noch auf meinen Abgang. Ich warf einen Blick in mein Denkzentrum, aber die Typen dort hingen untätig herum, guckten ratlos drein und zuckten bedauernd mit den Schultern. Nur einer, anscheinend ein Streber, hüpfte aufgeregt herum und deutete dauernd mit der einen Hand auf ein Buch, das er mit der anderen Hand wild gestikulierend über seinem Kopf schwenkte.

Ich sagte mir, dass ein letzter Versuch nicht schaden könne, und griff nach der Bibel, die Urbas mittlerweile auf den Tisch gelegt hatte. Sie lag aufgeschlagen da, so dass ich sehen konnte, was Urbas zuletzt so begierig gelesen hatte. In der Kopfzeile stand das Wort ›Genesis‹. Das Kapitel, das auf der aufgeschlagenen Seite begann, hieß ›Abrahams Opfer‹. Ich drehte das

Buch in meine Richtung und las schweigend den ersten Abschnitt:

›Nach diesen Ereignissen stellte Gott Abraham auf die Probe. Er sprach zu ihm: Abraham! Er antwortete: Hier bin ich. Gott sprach: Nimm deinen Sohn, deinen einzigen, den du liebst, Isaak, geh in das Land Morija und bring ihn dort auf einem der Berge, den ich dir nenne, als Brandopfer dar.‹

Ich las weiter. Abraham tat, wie ihm befohlen, und machte sich mit seinem nichtsahnenden Sohn Isaak auf den Weg:

›Als sie an den Ort kamen, den Gott ihm nannte, baute Abraham den Altar, schichtete das Holz auf, fesselte seinen Sohn Isaak und legte ihn auf den Altar, oben auf das Holz. Schon streckte Abraham seine Hand aus und nahm das Messer, um seinen Sohn zu schlachten. Da rief ihm der Engel des Herrn vom Himmel her zu: Abraham, Abraham! Er antwortete: Hier bin ich. Jener sprach: Streck deine Hand nicht gegen den Knaben aus und tue ihm nichts zuleide! Denn jetzt weiß ich, dass du Gott fürchtest; du hast mir deinen einzigen Sohn nicht vorenthalten.‹

Ich drehte das Buch wieder in seine Ausgangsstellung zurück.

»Eine erstaunliche Parallele zu Ihrem Fall, nicht wahr?«

Urbas zeigte keinerlei Reaktion, aber ich glaubte, in seinen Augen eine Art kurzes Aufblitzen erkannt zu haben. Ich legte nach und feuerte eine Breitseite auf ihn ab.

»War es vielleicht bei Ihnen auch so? Dass Gott Ihre Ergebenheit ihm gegenüber testen wollte? Dass Gott zu Ihnen gesprochen hat und Sie dazu aufgefordert hat, ihm Ihren geliebten einzigen Sohn zu opfern? Und dass nur dummerweise kein Stopp-Befehl in letzter Sekunde aus dem Himmel ertönte und kein Engel auf der Bildfläche erschien, um Ihnen das Messer zu entwinden? Und dass Sie deshalb Ihren Sohn dann dummerweise eben doch ganz in echt abschlachten mussten?«

Diese Fragen waren zugegebenermaßen geschmacklos und kamen mir nicht gerade leicht über die Lippen, aber zumindest verfehlten sie ihre beabsichtigte Wirkung nicht: Adam Urbas ließ sich davon provozieren. Er haute ebenfalls mit der Faust auf den Tisch.

»Kein Gott muss mir befehlen, was ich mit meinem Sohn zu tun oder zu lassen habe, wenn ich selbst der Gott meines Sohnes bin.«

Ich hatte ihn. Ich hatte ihn zufällig an einer sensiblen Stelle erwischt, an seiner Achillesferse, dem vielleicht einzigen Punkt, an dem man in diesen so verschlossenen Charakter eindringen und ihn aus seiner Lethargie reißen konnte. Ich bohrte weiter in dieser Wunde herum.

»Was soll das heißen, Sie sind der Gott Ihres Sohnes?«

Es kam zunehmend Unruhe und damit auch Leben in diesen trägen Koloss, und mit seiner Zurückhaltung löste sich auch seine Zunge.

»Gott ist der Schöpfer von Himmel und Erde. Und ich bin der Schöpfer von Simon Urbas. Ich habe ihn geschaffen. Ich habe ihn gezeugt. Simon Urbas gab es nur, weil ich ihn gewollt habe. Ich wollte einen Sohn, und ich habe ihn bekommen. Und ich habe ihn nur bekommen, weil ich ihn unbedingt gewollt habe, weil ich alle Entbehrungen dafür in Kauf genommen habe. Andere Väter müssen so lange auf ihr Kind warten, wie ihre Frau schwanger ist, neun Monate. Bei meiner Frau kann man sagen, dass sie dreizehn Jahre lang mit Simon schwanger war, und so lange habe ich warten müssen, bis ich ihn aus ihrem Schoß holen konnte. Ich bin sein Schöpfer, und der Schöpfer darf das, was er geschaffen hat, auch wieder vernichten. Das ist ein Naturgesetz, und da können die Paragraphenhengste soviel dagegen schreien wie sie wollen, wer nach einem Naturgesetz handelt, ist im Recht.«

Diese ›Kind-gehört-Samenspender‹-Theorie war nun nicht gerade eine Ansicht, mit der er in einer Feministinnen-Gesprächsgruppe groß gepunktet hätte, aber auch wenn man keine Feministin war, konnte man diesen Standpunkt nur unter der Rubrik ›Grober Unfug‹ verbuchen. Aber ich wusste, dass eine Grundsatzdiskussion mit einem bäuerlichen Sturschädel wie

Adam Urbas so aussichtsreich war wie der Versuch, im Vatikan ein Bordell zu etablieren. Deswegen ließ ich mich erst gar nicht darauf ein und versuchte vielmehr, auf seiner Wellenlänge weiterzureiten.

»Aber wenn Sie Simon so unbedingt gewollt haben, warum haben Sie ihn dann überhaupt wieder zerstört?«

Er bewegte seine dicken Wurstfinger unruhig hin und her, als würde er versuchen, mit ihnen die passenden Worte zu formen.

»Weil er von Anbeginn und durch und durch missraten war. Es wäre besser gewesen, er wäre nie geboren worden. Ich habe sein missratenes Blut förmlich gerochen, als ich dieses kleine, unförmige, schleimige Bündel Mensch das erste Mal in den Händen hielt. Er war eine Missgeburt, und eine Missgeburt sollte man am besten gar nicht erst ins Leben lassen, sondern ihr gleich den Garaus machen. Unkraut muss man jäten, solange man es noch jäten kann. Aber am Anfang habe ich noch gedacht, dass wir mit Erziehung etwas Anständiges aus unserem Kind machen könnten. Ich habe gedacht: Auch einen schadhaften Keim kann man durch sorgfältige Pflege zum Gedeihen führen. Ich habe gedacht: Auch was am Anfang krumm ist, kann man mit der Zeit gerade biegen. Aber das war falsch gedacht, denn das Krumme wurde immer krummer statt gerade, das Unkraut wucherte und wuchs uns über den Kopf. Glauben Sie nicht, ich hätte mir nicht den Kopf darüber zerbrochen, wie ichs schaffe, Simon zu einem guten Menschen zu machen. Nächtelang habe ich mir das Hirn zermartert, was ich tun könnte. Ich habe alles versucht, ihn zu erziehen. Ich habe es mit Worten versucht, mit Predigten, ich habe ihn an den Schultern gepackt und ihm ins Ohr geschrieen, dass er endlich ein ordentlicher Mensch werden soll. Aber wenn einer das Böse in seiner Art hat, dann kann man ihn ins Gebet nehmen, so viel man will, dann ist er taub dafür. Und ich habe es mit Taten versucht, mit Ohrfeigen, mit Stockhieben. Aber auch das hat nichts bewirkt. Im Gegenteil: Es war wie bei diesem Monster in der Sage, dem sofort zwei Köpfe nachwachsen, wenn man den einen abschlägt.«

Er hielt eine Weile inne, ehe er weitersprach.

»Was ich auch versucht habe, es war erfolglos. Ich hätte ihn schon wie einen Hund an die Kette legen und ihn in einem Zwinger gefangen halten müssen, um zu verhindern, dass er Dummheiten macht. Und je älter Simon wurde, umso verdorbener wurde sein Charakter, umso schlimmer wurde sein Verhalten, umso zahlreicher wurden die Dummheiten und umso verbrecherischer wurden die Straftaten. Hatte er als Kind noch kleine Lügen ersonnen, so unternahm er jetzt groß angelegte Betrügereien. Hatte er als Kind noch kleine Münzen stibitzt, so führte er jetzt bewaffnete Raubüberfälle durch. Hatte er als Kind noch seine Haustiere gequält, so verprügelte und vergewaltigte er jetzt seine Mitmenschen. Hatte er als Kind noch die Mädchen geärgert, so schickte er jetzt die Frauen auf den Strich. War er als Kind noch ein Taugenichts, so war er jetzt ein Schwerverbrecher. Andere Leute haben den Vorsatz, jeden Tag eine gute Tat zu begehen; mein Sohn hat jeden Tag mindestens eine schlechte begangen. Wenn man für jede Schandtat, die er begangen hat, einen Stein hingelegt hätte, dann gäbe es jetzt ein Gebirge vor den Toren Fürths. Simon hatte genug Leid über seine Mitmenschen gebracht; das Maß war voll. Und an jenem Abend kamen zwei Sachen hinzu, die das volle Fass zum Überlaufen gebracht haben. Das eine war, dass ich, als ich an jenem Abend in der Wirtschaft am Stammtisch saß, von einem Bekannten erfuhr, dass gegen Simon wegen eines Mordanschlages auf eine Frau ermittelt wurde. Dass Simon grob und brutal war, das wusste ich, und es gab mehr als eine Anzeige wegen Körperverletzung gegen ihn. Aber dass er jetzt sogar damit anfing, Leute umbringen zu wollen, das hatte eine neue Qualität. Da hab ich mir gesagt: So kann es nicht weitergehen, ich werde ihn zur Rede stellen, wenn er nach Hause kommt. Und das andere war, dass er, als er dann in jener Nacht nach Hause kam, sogar die Hand gegen mich erhob. So wahr ich Adam Urbas heiße, noch nie in meinem ganzen Leben, noch nicht einmal als ich noch ein Knabe war, und auch später bei keiner Bierzeltkeilerei, hat irgendjemand es gewagt, mir Gewalt anzutun. Der Erste, der mich zu Boden geschlagen hat, war mein eigener Sohn; mein eigenes Fleisch und Blut hat sich gegen mich gewandt; das Geschöpf, das ich geschaffen habe, hat sich zum Monster entwickelt, das den eigenen Schöpfer angreift. Als ich in jener Nacht im Staub meines Hofes lag, da hatte ich nur noch einen Gedanken: Lieber ein Ende mit Schrecken, als ein Schrecken ohne Ende. Also bin ich in das Zimmer meines Sohnes gegangen und habe dem Schrecken ein Ende bereitet. Und es war gut so. Ich hätte es schon viel früher tun sollen. Aber besser spät als nie.«

Er nahm einen tiefen Atemzug. Eine solche lange Rede schien ihn mehr zu erschöpfen als ein ganzer Tag harter Feldarbeit.

»Simon war eine Missgeburt. Simon fehlte es an allem, was einen Menschen menschlich macht: Es fehlte ihm an Respekt, es fehlte ihm an Mitleid, es fehlte ihm an Liebe. Und es fehlte ihm an Gottesfurcht. Wenn wir zu Hause beteten, blieb er stumm und verzog das Gesicht zu einer höhnischen Fratze, als sei er der Höllenfürst persönlich. Ich habe mich immer wieder gefragt: Wie konnte es geschehen, dass aus dem Samen, den ich ausgesät habe, eine solche Schlangenbrut erwachsen ist? Und ich habe mich gefragt: Bin ich denn selbst ein Teufel, dass ich so einen Teufel geschaffen habe?«

Er betastete seinen Schädel, als wollte er sich versichern, dass er keine Hörner darauf hatte. Ich versuchte, meine Stimme hart und anklagend klingen zu lassen.

»Sie sind nicht der alleinige Schöpfer Ihres Kindes. Können Sie sich mittlerweile an Ihre Frau erinnern? Dann können Sie sich vielleicht auch daran erinnern, dass sie diejenige war, die Ihren Sohn geboren hat. Ihre Frau hatte genauso viel Schuld oder Unschuld an Simons Entwicklung wie Sie. Und Sie, Urbas, hatten kein Recht, Ihrer Frau ihren einzigen Sohn gewaltsam wegzunehmen.«

Er verzog das Gesicht, als hätte er den Geschmack von Asche im Mund.

»Ja, ich weiß, ich habe mich furchtbar versündigt gegenüber ihr. Aber nicht dadurch, dass ich Simon getötet habe, das musste nun mal getan werden, denn damit habe ich nur ein Krebsgeschwür entfernt, unter dem auch sie zu leiden hatte und das auch sie gequält hat. Sondern dadurch, dass ich unbedingt einen Nachkommen von ihr gefordert habe, obwohl sich ihr Leib so sehr dagegen gesträubt hat. Wenn der Mensch nicht auf die Botschaften der Natur hört, wenn er wider die Natur handelt, wenn er die Natur missbraucht und vergewaltigt, dann rächt sie sich mit Katastrophen. Und so war es auch bei meiner Frau: Ich wollte die Botschaft der Natur nicht hören und nicht verstehen, die da eben hieß, dass sie nicht dafür gemacht war, Kinder zu bekommen. Ich habe sie missbraucht und vergewaltigt, dreizehn Jahre lang, nicht körperlich, denn wir sind nur zusammengekommen, wenn sie es auch wollte, aber dafür seelisch, indem ich immer weiter von ihr gefordert habe, das nicht Machbare doch noch möglich zu machen.«

Er sah aus, als hätte er einen ganzen Aschenbecher gefressen.

»Nun, meinen Kampf gegen die Naturgesetze habe ich letztendlich gewonnen, mein Wille wurde schließlich erfüllt, aber der Preis, den ich dafür zahlen musste, war hoch – viel zu hoch. Die Natur hat sich auch in diesem Fall mit einer Naturkatastrophe gerächt, und diese Naturkatastrophe war der seelenlose, gewalttätige Sohn, den sie mir ausgespuckt hat. Ich habe mich an meiner Frau, an der Natur meiner Frau versündigt, und ich habe die Quittung dafür erhalten. Ich hätte sie entweder als das annehmen müssen, was sie nun mal war, unfruchtbar, aber mein geliebtes Weib. Oder ich hätte sie verstoßen müssen und zu der nächstbesten Magd ins Bett steigen müssen und mit ihr die Kinder zeugen müssen, die mir meine Frau nicht schenken konnte. Ich hätte mir eine junge, willige, fruchtbare Magd nehmen können, die mir bereitwillig den gewünschten Erben geschenkt hätte, und nicht nur einen, sondern gleich ein ganzes Rudel. Man sollte überhaupt niemals nur ein einziges Kind zeugen, so wie man beim Glücksspiel nicht den ganzen Einsatz auf ein einziges Los setzen sollte, denn die Gefahr, eine Niete zu ziehen, ist dann viel zu groß. Bei der Aussaat sät man ja auch nicht nur ein einzelnes Korn in der Hoffnung, es möge das beste sein. Man sät viele Körner und manche davon sterben und gehen erst gar nicht auf, andere gehen zwar auf, missraten aber, und wieder andere gedeihen prächtig und werfen später reichlich Ernte ab. Und so sollte es auch mit der eigenen familiären Saat geschehen. Das Missratene und Schwache muss ausselektiert werden, und das Wohlgeratene und Starke muss übrigbleiben. Aber dazu muss man eben reichlich aussäen, und dazu hätte ich mir eine andere Frau nehmen müssen, deren Acker fruchtbarer war. Doch ich wollte die eine, die ich mir auserwählt hatte, behalten und ihrem Acker mit Gewalt Früchte abringen. Das hätte ich nicht tun dürfen. Ich habe mich versündigt an der Natur und an der Vorsehung. Ich habe eine Todsünde gegenüber meiner Frau begangen, und ich weiß, dass sie mir niemals verzeihen wird.«

Ich verspürte ein leichtes nervöses Zucken in meinen kleinen Zehen. Es war ja schön, dass Urbas plötzlich die Redseligkeit entdeckt hatte, aber ich hatte keine Lust, meine knapp bemessene Besuchszeit nur damit zu verschwenden, mir seine philosophischen Ergusse anzuhören. Seine Rechtfertigungsrede, und so was in der Art sollte es ja wohl gewesen sein, war eine unausgegorene, bizarre Mischung aus Selbstmitleid, Selbstbeweihräucherung, Sexismus, Sozialdarwinismus und trivialem bäuerlichem Blut-und-Boden-Gewäsch. Sie verursachte mir Kopfschmerzen. Außerdem brachte sie mich der Beantwortung der entscheidenden Frage keinen Schritt näher.

»Da haben Sie ganz recht. Sie wird Ihnen niemals verzeihen. Aus dem ganz einfachen Grund, weil es gar nichts zu verzeihen gibt. Ihre Frau glaubt nämlich, dass Sie unschuldig sind. Sie glaubt, dass Sie Simon gar nicht ermordet haben.«

Er schüttelte leicht den Kopf, wie es ein alter Mann mit langem weißem Bart tun würde, wenn er, auf einer Wolke sitzend, beobachtete, was für einen Unsinn diese Wesen auf der Erde doch trieben.

»Das ist nett von ihr, aber das zu glauben ist natürlich völliger Quatsch.«

Ich ließ mich davon nicht abwimmeln.

»Schildern Sie mir doch mal den Tathergang.«

Er seufzte und betete mir seine Antwort herunter wie das Vaterunser in der Sonntagsmesse.

»Das habe ich doch gerade eben erst getan. Ich wurde von meinem betrunkenen Sohn, der auf dem Hof randalierte, aus dem Schlaf gerissen, öffnete ihm die Tür, wurde von ihm beleidigt und niedergeschlagen, ging in seine Kammer, beendete das Trauerspiel, verließ das Haus und fuhr zur Polizei.«

Ich schwieg, bis ich genug Flüssigkeit im Mundraum zusammengesammelt hatte, um eine ordentliche Portion auf den Boden des Raumes spucken zu können. Urbas starrte mich an, als sei er ein kleines Mädchen und ich der Mann, der gerade vor ihm seinen Mantel geöffnet hatte, um ihm zu zeigen, dass er keine Unterwäsche trug. Ich polterte ihn an, was meine Stimmbänder hergaben.

»Versuchen Sie nur weiter, mich zu verscheißern, Urbas, aber Sie können Ihren Arsch darauf verwetten, dass ich Ihnen kein Wort glaube. Sie erzählen den Mord an Ihrem einzigen Sohn so, als wären Sie mal eben kurz aufgestanden, um sich einen Milchriegel aus dem Kühlschrank zu holen. Schreibtischhengsten wie Kommissar Diesterweg, die nur daran interessiert sind, ihre Akten möglichst schnell und unkompliziert gefüllt und geschlossen zu bekommen, können Sie einen solchen Bären vielleicht aufbinden, aber ich lasse mich von Ihnen nicht mit einem solchen Nonsens abspeisen. Ich habe keine Lust, mir hier weiter frech von Ihnen ins Gesicht lügen zu lassen. Wenn Sie mir jetzt nicht selbst die Wahrheit über das erzählen, was sich an jenem Abend genau abgespielt hat, dann muss ich es eben tun.«

Er lächelte. Sein Lächeln war so breit wie die Chinesische Mauer und unverhohlen spöttisch.

»Soso – Sie wollen mir also erzählen, was sich abgespielt hat. Und woher wollen Sie das wissen, wenn ich fragen darf? Waren Sie vielleicht als unsichtbarer Geist mit dabei?«

»Nein, ich nicht. Und es war auch kein unsichtbarer Geist.«

Es war Zeit für meinen großen Paukenschlag.

»Aber ein Mensch aus Fleisch und Blut wie die Magd Margarethe ist mir persönlich als Zeugin auch viel lieber. Ganz abgesehen davon, dass man auch vor Gericht den Aussagen von sichtbaren Personen wesentlich mehr Bedeutung beimisst als denen von unsichtbaren Geistern.«

Das saß. Es brachte die Grins-Mauer augenblicklich zum Einsturz und ließ Adam Urbas innerhalb von Sekunden so blass werden, als sei er ein – Geist. Seine Trinkerbräune verwandelte sich in ein Weiß von der Farbe einer frisch gestrichenen Wand, und auf seiner Haut bildete sich dazu passend auch die Nässe eines gerade erst aufgetragenen und noch nicht getrockneten Anstrichs. Dafür hatten die eigentlich weißen Bestandteile im Gesicht, die Augäpfel, bei ihm ein schmutziges Hepatitisgelb angenommen, wie ich jetzt erkennen konnte, weil sich seine Schlitzaugen zu Tennisballgröße weiteten. Ich genoss meinen großen Auftritt, ich hatte noch nicht so viele davon gehabt in diesem Fall.

»Tja, dumm gelaufen, Urbas. Da hatten Sie felsenfest angenommen, dass es niemanden gegeben hatte, der beobachten konnte, was sich zwischen Ihnen und Simon abgespielt hat – die Frau schlief, das Personal war auf die Kärwa gegangen –, und dann entgeht Ihnen doch glatt, dass die Margarethe wegen Unwohlsein zu Hause geblieben ist. Dummerweise litt sie auch noch an Schlaflosigkeit und wurde von Simons Gelärme an ihr Fenster gelockt. Und dort hatte sie einen erstklassigen Logenplatz mit bester Sicht und Akustik, von dem aus sie das gesamte Schauspiel verfolgen konnte, das an jenem Abend aufgeführt wurde.«

Urbas sah so verwirrt aus wie ein Affe, der gerade auf einer Bananenschale ausgerutscht war. Seine dicken Hamsterbacken hatten sich aufgebläht wie ein Hefeteig, an seiner Schläfe pochte eine fette Krampfader wie das Blaulicht auf einem Notarztwagen, seine Hände zitterten wie zwei Epileptiker im Anfallsstadium, und seine Stimme vibrierte wie die E-Gitarre eines vollgedröhnten Rockmusikers.

»Von ihrem Fenster aus sieht man gar nicht in unser Haus hinein.«

»Aber auf den Hof, und allein da gab es ja genug zu sehen.«

Ich beschloss, dass ich mit den Karten, die ich in der Hand hielt, durchaus ein bisschen pokern konnte.

»Außerdem hab ich ja nicht behauptet, dass sie ihren Logenplatz nicht verlassen hat, als sich das Geschehen auf eine andere Bühne verlagerte.«

Urbas atmete schwer. Seine Atemgeräusche erinnerten mich an den pathologischen Klang meiner Büroheizung, und das sprach nicht gerade für ein gutes Allgemeinbefinden.

»Sie bluffen nur. Margarethe hat überhaupt nichts gesehen.«

Ich deckte mein Blatt auf.

»Na gut, als Beweis eine kleine Kostprobe aus ihrem Zeugenprotokoll. Sie wollten mir gerade weismachen, dass Sie das Haus nur zweimal verlassen haben: zunächst um dem randalierenden Simon die Tür zu öffnen, und dann nur noch, um zur Polizei zu fahren. Margarethe hat zum Beispiel beobachtet, dass Sie auch dazwischen einmal aus dem Haus gegangen und eine ganze Weile auf dem Hof herumgetigert sind. Oder ich könnte Ihnen wörtlich einige der Schimpfwörter nennen, die Ihnen Ihr sauberer Sohn an den Kopf geworfen hat.«

Letzteres konnte ich zwar gar nicht, aber der Hinweis auf die drei Gänge nach draußen hatte Urbas bereits ausgeknockt. Dieser Hinweis war Beweis genug für ihn zu erkennen, dass er tatsächlich beobachtet worden war, und das machte ihm sichtlich zu schaffen. Adam Urbas war schwer angeschlagen, und ich musste die Gelegenheit nutzen, um seiner Lügengeschichte den K.O.-Schlag zu verpassen.

»Sie sind am Ende mit Ihrer Sündenbock-Nummer, Urbas, und das wissen Sie. Man wird auf die Aussagen von Margarethe hin den Fall neu aufrollen, wird die Spuren genauer auswerten, wird zusätzliche Untersuchungen durchführen. Man wird Sie stundenlang verhören und so richtig durch die Mangel drehen, und glauben Sie mir, die Bullen haben da ihre speziellen Methoden, die Ihnen ganz und gar nicht gefallen werden. Und man wird die Leiche Ihres Sohnes in die Gerichtspathologie schleifen. Wollen Sie sich das alles wirklich antun? Wollen Sie das alles Ihrer Frau antun? Ihr falsches Spiel ist aus, Urbas. Sie könnten sich die ganze schmutzige Wäsche, die jetzt gewaschen werden würde – nicht zuletzt auch in der Presse – ersparen, wenn Sie jetzt Ihre Karten offen auf den Tisch legen.«

Er starrte so stumpfsinnig vor sich hin wie ein Blauwal, der in der Sahara gestrandet war. Er brauchte noch etwas Zuspruch.

»Erzählen Sie mir, was wirklich passiert ist in jener Nacht.«

Er schwieg weiter. Ich beschloss, den letzten Trumpf auszuspielen, den ich noch im Ärmel hatte.

»Beginnen Sie am besten damit, warum Sie sich am Abend so viel Geld von Ihrem Nachbarn Stephan Buchner geliehen haben.«

Der Trumpf stach. Er überzeugte Urbas offenbar endgültig davon, dass ich zuviel über die Sache wusste, als dass er mir noch Märchen erzählen konnte. Adam Urbas saugte noch einmal eine Ladung Luft in seine Lungen, die genügt hätte, um einen Heißluftballon zu füllen. Und dann begann er zu erzählen, wobei es mir ganz so vorkam, als ob er sich nur vordergründig und nur scheinbar an mich wendete, dass in Wirklichkeit einfach nur ein innerer Monolog aus ihm herausbrach, ein Monolog, der in den vergangenen Tagen vielleicht schon die ganze Zeit als Endlosband in seinem Kopf abgelaufen war und dessen Abspielen er bisher unterdrücken konnte.

»Ich war an jenem Abend im ›Bierbrunnen‹ beim Stammtisch. Dort erfuhr ich, dass Simon einen Mordversuch begangen haben sollte. Ich war ja einiges von meinem Sprössling gewohnt, aber diese Nachricht war trotzdem ein Schock. In dem Moment stand für mich fest, dass es so nicht weitergehen konnte, dass jetzt etwas passieren musste. Ich beschloss spontan, dass es das Beste wäre, Simon fortzuschaffen, weit weg von Fürth, am besten ins Ausland, vielleicht sogar nach Übersee, nach Amerika. Ich glaubte, damit könnte man vielleicht das Schlamassel lösen, in dem wir uns alle befanden. Mir wäre die Polizei im Haus erspart geblieben, Simon wäre das Gefängnis erspart geblieben, und für uns alle wäre der tägliche familiäre Kleinkrieg endlich beendet worden. Ich hatte die Hoffnung, dass Simon in einer anderen Umgebung und auf sich alleine gestellt vielleicht doch noch zur Besinnung kommen und ein neues Leben anfangen würde. Und dass er dann irgendwann, wenn Gras über die Mordverdachtssache gewachsen war, als geläuterter Mensch zurückkehren und doch noch sein Erbe antreten und den Hof übernehmen würde. Das alles schoss mir durch den Kopf, doch vorrangig war natürlich erst einmal, größeren Schaden abzuwenden und Simon so schnell wie möglich fortzuschaffen. Für eine Flucht ins Ausland brauchte es natürlich Geld, und da hatte ich ein Problem, denn ich hab mein ganzes Erspartes auf der Bank, und da kam ich, da es ja schon Abend war und die Bank schon geschlossen hatte, auf die Schnelle nicht heran. Zum Glück fiel mir mein Nachbar Stephan Buchner ein, von dem ich wusste, dass er sein gesamtes Vermögen immer in bar zu Hause aufbewahrt, weil er den Banken nicht traut. Also habe ich die Wirtschaft verlassen und bin zu ihm gegangen. Er war zu Hause, und ich habe ihn gebeten, mir einen größeren Geldbetrag zu leihen. Ich habe ihm nicht gesagt, für was ich das Geld brauche, sondern habe nur von einer Notlage gesprochen. Er hat auch nicht groß nachgefragt – wahrscheinlich konnte er sich denken, dass es etwas mit meinem missratenen Sohn zu tun hat – und hat mir das Geld anstandslos gegeben. Dann bin ich nach Hause gegangen und habe in der Stube auf Simon gewartet. Aber als er um Mitternacht immer noch nicht zu Hause war, bin ich mit meiner Frau zu Bett gegangen. Ich hab gedacht, entweder haben sie ihn schon eingebuchtet, oder er ist von selbst getürmt.«

Er drückte kurz auf den Pausenknopf in seinem Hirn, um zu verschnaufen, und nachdem er das getan hatte, ließ er das Band wieder weiterlaufen.

»Irgendwann mitten in der Nacht wurde ich dann von lautem Gepolter draußen auf dem Hof geweckt. Ich hörte, dass jemand gegen die Tür trommelte und herumschrie, und wusste gleich, dass das nur Simon sein konnte. Ich ging zur Tür und öffnete sie. Simon war betrunken, sein Kopf feuerrot, seine Augen voller Bosheit, sein Gehirn völlig vernebelt. Er wusste nicht, was er tat. Er fluchte gotteslästerlich, beschimpfte mich wüst und schlug mich schließlich nieder. Dann wankte er ins Haus.«

Er stockte, als müsste er an dieser Stelle seine Wunden lecken. Es war ihm anzumerken, dass ihm der Schlag seines Sohnes immer noch wehtat – nicht körperlich, denn einen Bullen wie Adam Urbas schmerzte der Schlag eines Betrunkenen ungefähr so stark, wie wenn man ihn mit einem Wattebällchen bewarf. Seelisch dafür umso mehr. Auch wenn ich mich noch nicht als Familiengründer betätigt hatte, konnte ich mir vage vorstellen, dass es für jeden Vater die totale und ultimative Bankrotterklärung bedeuten musste, wenn er vom eigenen Sohn geschlagen wurde.

»Ich bin wohl ein paar Minuten liegengeblieben, fühlte mich zu schwach aufzustehen. Nicht etwa wegen der Stärke des Schlages, aber wegen der Stärke des Schocks. Ich betete still: ›Herr, vergib ihnen, denn sie wissen nicht, was sie tun‹. Dann rappelte ich mich auf und ging zurück in die Stube und weiter den Flur entlang zu Simons Kammer. Ich öffnete die Tür und ging hinein.«

Mir stockte der Atem. Urbas griff mit seiner Pranke in seine Hosentasche. Es zog ein Taschentuch von der Größe einer Tischdecke hervor. Es war ein Stofftaschentuch, das allerdings so steif war, dass man es als Tablett hätte benutzen können. Wahrscheinlich war so ziemlich alles, was es an Blut, Schweiß und Tränen in Adam Urbas' Leben gegeben hatte, in diesem Stofffetzen verewigt, von den grippalen Infekten ganz zu schweigen. Er fügte seiner Sammlung eine weitere Episode hinzu, indem er sich mit dem Taschentuch die vielen kleinen Schweißperlen abtupfte, die auf seiner Stirn lagen wie morgendlicher Tau auf einer Wiese.

»Es war dunkel im Zimmer, und ich schaltete das Licht an. Simon lag in seinem Bett, aber er schlief nicht, sondern starrte nur mit glasigem Blick an die Decke. Ich habe mir einen Stuhl genommen, ihn neben das Bett gestellt und mich hingesetzt. Dann habe ich meinem Sohn das Geldbündel auf die Decke gelegt und ihm meinen Plan erklärt. Während der ganzen Zeit hat er mich keines Blickes gewürdigt, sondern weiter immer nur an die Decke gestarrt. Er hat auch kein einziges Wort mit mir gesprochen. Als ich fertig geredet hatte, hat er das Geldbündel gepackt und mir vor die Brust geschleudert. Da ist mir der Kragen geplatzt. Ich bin aufgesprungen, habe den Stuhl umgestoßen und habe ihn laut angebrüllt:

›Schau mich gefälligst an, wenn ich mit dir rede! Und beweg gefälligst deinen Arsch in die Höhe, wenn dein Vater vor dir steht und mit dir spricht!‹

Da hat er seinen Kopf zur Seite gedreht, hat mich mit bitterbösen Augen, die voller Gift und Galle waren, angeblickt, und hat gesagt:

›Einen Scheißdreck werd ich tun! Ich mach das, was mir passt, und sonst nichts! Du hast mir überhaupt nichts zu befehlen!‹

Und dann hat er voller Verachtung hinzugefügt:

›Und außerdem: Du bist überhaupt nicht mein Vater!‹

Darauf bin ich noch wütender geworden und habe ihn angeherrscht:

›Willst du wohl behaupten, dass du ein Bastard bist, du Undankbarer? Willst du zu all deinen anderen Lügen jetzt auch noch die hinzufügen, dass deine Mutter mir Hörner aufgesetzt hat? Wer soll denn dann dein Vater sein, du Möchtegern-Balg? Vielleicht der Leibhaftige persönlich? Glauben könnte mans ja beinahe bei deinen Schandtaten!‹

Worauf er zu mir sagte:

›Ein Vater ist jemand, der seinen Sohn liebt.‹

Als ich das hörte, habe ich gelacht wie über einen obszönen Witz in der Wirtschaft.

›Als ob ich dich nicht lieben würde! Dreizehn Jahr hab ich auf dich gewartet, und wenn ich nicht so hartnäckig geblieben wär all die Jahre, dann gäbs dich überhaupt nicht! Und als Dank dafür, dass ich dich in die Welt gesetzt habe, muss ich mir anhören, dass ich dich nicht lieben würde!‹

Da hat Simon ein Geräusch von sich gegeben, das so klang, als würde er mit den Zähnen knirschen vor lauter Wut.

›Jemanden zu lieben heißt, ihn so anzunehmen, wie er ist, ihn das sein zu lassen, was er gerne sein möchte. Das hast du nie getan, und deshalb hast du mich nie geliebt, und deshalb bist du auch kein Vater für mich. Du wolltest von Mutter kein Kind, sondern ein Produkt, das genau so sein sollte, wie du es haben wolltest. Du wusstest schon lange vor meiner Geburt, wie ich beschaffen sein musste. Meine einzige Bestimmung durfte darin liegen, einmal deinen verfickten Hof zu übernehmen. Du hast mich von Anfang an behandelt wie einen gefühllosen Batzen Lehm, den du dir aus der Erde geholt hast, um ihn ganz nach deinem Willen zu formen. Und weil der Batzen nicht die Gestalt angenommen hat, die du dir vorgestellt hast, ist er in deinen Augen nur ein Haufen wertloser Dreck, den du am liebsten wieder dahin zurückschmeißen würdest, wo du ihn hergeholt hast. Du erzählst mir, ich solle mich ins Ausland absetzen, aber in Wahrheit wünscht du mich ins Grab; dir wäre es am liebsten, wenn ich unter der Erde wäre und verfaulen würde.‹

Dazu hat er bitter und grimmig gelacht, und dann hat er gesagt:

›Als ich ein Kind war, habe ich noch versucht, so zu werden, wie du mich haben wolltest, und all deine Erwartungen und Anforderungen an mich zu erfüllen. Vielleicht wäre ich, wenn ich es geschafft hätte, glücklich geworden. Aber ich wäre kein Mensch gewesen, sondern ein Zombie, eine seelenlose Körper, desen Seele daran gestorben war, dass man immer all ihre Bedürfnisse unterdrückt und abgetötet hatte. Nun, ich habe es nicht geschafft. Ich konnte es dir ja nie Recht machen, du hast immer etwas auszusetzen gehabt, du warst nie zufrieden, du hast immer noch mehr von mir gefordert. Die Last, die du mir aufgebürdet hast, hat mich erdrückt und mir die Luft zum Atmen geraubt. Ich musste mich frei machen von dem Strick, den du mir um den Hals gelegt hast, und der sich immer enger zuzog. Deshalb habe ich immer genau das Gegenteil von dem getan, was du von mir erwartet hast. Ja, du hast richtig gehört, mein Erzeuger: Alle meine Schandtaten begehe ich aus einem einzigen Grund: Um gegen dich zu rebellieren. Alles, was ich tue, tue ich nur, um nicht das zu tun, was du willst. Und so bin ich also das geworden, was ich jetzt bin: ein todunglücklicher, verbrecherischer, verabscheuenswürdiger, von niemandem geliebter Mensch – aber wenigstens ein Mensch und kein vollkommen determinierter, von dir ferngesteuerter Roboter.‹

Und dann hat er geflennt wie ein kleines Kind, und als er mit dem Flennen fertig war, hat er noch gesagt:

›Es wäre besser für uns beide, wenn ich nie geboren worden wäre. Ich bin für alle nur eine Last, für meine Eltern, für meine Mitmenschen, und sogar für mich selbst. Meine Geburt war ein Fehler. Aber Fehler kann man ja ausmerzen.‹

Und dann hat er sich wieder auf den Rücken gedreht und zur Decke gestarrt und kein Wort mehr gesagt. Und nach einer Weile hat er die Augen geschlossen und ist eingeschlafen.«

Urbas entfaltete erneut sein Taschentuch, schnäuzte alles hinein, was die Nasennebenhöhlen hergaben, knüllte es zusammen und stopfte es zurück in seine Hosentasche.

»Ich habe nie viel mit meinem Sohn gesprochen, und er mit mir auch nicht. Dieses letzte Gespräch war das längste, das ich jemals mit ihm hatte. Er war noch benebelt von seinem Besäufnis, er hat mit lallender Stimme und schwerer Zunge gesprochen, aber seine Worte waren trotzdem klar und verständlich. Und vor allem waren sie ehrlich. Es heißt, dass nur Kinder und Betrunkene die Wahrheit sagen. Und ich wusste, dass mein betrunkener Sohn mir gerade eben zum ersten Mal in seinem Leben die ungeschminkte Wahrheit gesagt hatte.«

Urbas schnaufte und keuchte, als wäre er der mythologische Weltenträger Atlas und müsste die ganze Erdkugel alleine stemmen. Ich musste ebenfalls kräftig durchschnaufen, denn diese Geschichte hatte die Dimension eines großen antiken Dramas, und die großen antiken Dramen endeten meistens mit einem bombastischen Knalleffekt. Ich war gespannt wie die Sehne des Bogens von Herkules, was da noch kommen würde, aber zumindest ein Geheimnis hatte sich für mich jetzt schon gelüftet, nämlich das Geheimnis, das hinter der Verdorbenheit von Simon Urbas steckte. Simon war also gar nicht das personifizierte Böse, als das ihn alle ansahen. Sein Verhalten war nichts anderes als die Rebellion eines geknechteten Geschöpfs gegen seinen despotischen, diktatorischen Schöpfer, der völlige Unterwerfung und Selbstaufgabe von ihm forderte und ihm keinerlei Freiheit zugestehen wollte. Und die Geschichte der Familie Urbas war nichts anderes als eine weitere Familientragödie, in der die Beteiligten sich wie ein Rudel verhungernder Hyänen gegenseitig zerfleischten und an gegenseitiger Unbarmherzigkeit, Rücksichtslosigkeit und Lieblosigkeit langsam aber sicher zugrunde gingen. Das Einzige, was mir dazu noch einfiel, war ein Spruch, den ich einmal gelesen hatte und der lautete: ›Gott hat den Menschen erschaffen, weil er vom Affen enttäuscht war; danach hat er auf weitere Experimente verzichtet‹. Ich versuchte, meine innere Anspannung zu verbergen, und bemühte mich, meine Stimme ruhig und sachlich klingen zu lassen.

»Erzählen Sie weiter.«

Urbas hiefte das imaginäre Kreuz, das er mit sich trug und das er kurz abgesetzt hatte, wieder auf seine Schultern und setzte seinen beschwerlichen Weg fort.

»Nachdem Simon eingeschlafen war – zumindest dachte ich das, vielleicht hatte er auch nur die Augen geschlossen – bin ich hinausgegangen auf den Hof. Ich war völlig fertig mit den Nerven. Mir war während der Rede von Simon bewusst geworden, dass die Seele meines Sohnes hoffnungslos verloren war, und mir war bewusst geworden, dass ich die Schuld daran trug.

Dass ich derjenige war, der seine Seele zerstört hatte, dass sich mein Sohn den hohen Erwartungen, die ich an ihn hatte, nicht gewachsen fühlte und daran zerbrochen war. Mir war in diesem Moment, in dem ich mitten in der Nacht im Schlafanzug alleine vor der Haustür auf dem Hof stand, bewusst geworden, dass ich ein Vater war, der – wenn auch ungewollt – seinen Sohn systematisch zu Grunde gerichtet hatte. Diese Erkenntnis kam wie eine Naturgewalt über mich, und ich fühlte mich ihr nicht gewachsen. Ich war völlig am Boden zerstört, ich fühlte mich nur noch nutzlos und wertlos und sinnlos.«

Er blickte mich an, und in seinem Blick lag unendliche Müdigkeit. Genau so musste auch Sisyphus geguckt haben, als ihm das erste Mal bewusst wurde, dass der Stein immer wieder herunterrollen würde, bis in alle Ewigkeit.

»Kennen Sie das Gefühl, wenn Sie nur noch einen einzigen Wunsch haben, nämlich den Wunsch, alles, einfach alles, hinzuschmeißen?«

Ich wollte schon erwidern, dass dieses Gefühl meine gewohnte allmorgendliche Stimmungslage kurz nach dem Aufstehen war, doch ich beließ es dann stattdessen bei einem dezenten Kopfschütteln.

»Genau dieses Gefühl hatte ich in diesem Moment: aufgeben, alles hinschmeißen, alles den Bach runterlaufen lassen. Die totale Aufgabe, die totale Resignation, die totale Gleichgültigkeit.«

Er ließ seinen Kopf auf die Brust sinken und schwieg. Er schien im Weltschmerz zu versinken und dabei wieder in seine alte Sprachlosigkeit zu verfallen. Ich versuchte, ihn mit einem Themawechsel daran zu hindern.

»Sagen Sie mal, Urbas: Während Sie da draußen auf dem Hof waren und in irgendwelchen Gefühlen versunken sind, hätte sich in dieser Zeit jemand ungesehen ins Haus schleichen können?«

Er hob den Kopf wieder und glotzte mich so irritiert an wie ein Kleinkind, das unter dem Weihnachtsbaum einen Osterhasen gefunden hatte.

»Nein, auf keinen Fall. Ich habe mich nie mehr als ein paar Meter vom Haus entfernt und hatte die Haustür immer im Blickfeld. Ich hätte gesehen, wenn jemand das Haus betreten hätte. Aber da war keine Menschenseele.«

Ich fühlte, wie ich eine Gänsehaut bekam, die sich langsam über den ganzen Körper verteilte. Ich fühlte, wie sich kalter Schweiß auf meiner Stirn bildete und wie mir Schauer über den Rücken liefen. Ich fühlte, wie sich mir sämtliche Haare sträubten, die ich am Körper hatte. Ich versuchte, mir die innere Erregung, die mich ergriff, nicht anmerken zu lassen, was allerdings nahezu unmöglich war. Ich war am Ende. Ich war am Ende meines Weges. Ich war am Ende des Falles Urbas angelangt. Das, was Adam Urbas gerade auf meine Frage geantwortet hatte, legte den Fall endgültig zu den Akten. Denn das, was er gerade gesagt hatte, bedeutete nichts anderes, als dass auch der letzte noch verbliebene mögliche ›andere‹ Täter damit ausgeschieden war. Denn nun stand fest, dass Magd Margarethe die Tat definitiv nicht begangen haben konnte. Sie hatte keine Gelegenheit gehabt, unbeobachtet in Simons Zimmer zu gelangen. Nach dem Niederschlag ging Adam Urbas zu Simon ins Zimmer und sprach mit ihm, also hatte Simon zu dem Zeitpunkt noch gelebt, und bei seinem Aufenthalt auf dem Hof befand sich Adam stets in der Nähe der Eingangstür, so dass Margarethe nicht unbeobachtet in Simons Zimmer hätte gelangen können. Scheiße. Ich hatte Margarethe also zu Unrecht verdächtigt. Ich hatte mir ein mögliches Rendezvous mit ihr also völlig umsonst versaut. Fast war ich deswegen sauer auf Adam Urbas. Auf Adam Urbas, der jetzt noch als Einziger übrigblieb. Auf Adam Urbas, den Mörder, dem ich gegenübersaß, um mir nun die Schilderung seines Mordes anzuhören.

»Und was ist dann passiert?«

Urbas befühlte mit seiner Tatze seinen dicken Hals, als spürte er die unsichtbare Schlinge, die sich darum gelegt hatte und langsam immer enger zog.

»Wie gesagt, ich war einen Moment lang versucht, alles hinzuschmeißen. Aber dann, wie ich so auf meinem Hof stand, zwischen meinen Häusern, meinen Ställen, meinen Feldern, da ist mir auch bewusst geworden, was ich eigentlich alles erreicht hatte, zu was ich es gebracht hatte. Und ich habe zu mir gesagt: Soll das alles umsonst gewesen sein, Adam? Willst du wirklich die Waffen strecken und kapitulieren wie ein feiges Weib? Willst du wirklich all diejenigen, für die du die Verantwortung trägst, deine Viecher, deine Mägde und Knechte, deine Familie, einfach so im Stich lassen? Da ging plötzlich ein Ruck durch mich, ich hab eine unbändige Kraft gespürt, und ich war fest entschlossen, um mein Lebenswerk zu kämpfen.«

Ich bemühte mich, die aufsteigende Übelkeit zu unterdrücken, die mich befiel angesichts dessen, was nun kommen würde.

»Und dann haben Sie statt der totalen Aufgabe und der totalen Resignation den totalen Krieg ausgerufen und sind hineingegangen und haben den Feind Ihres Lebenswerkes mit Ihrer unbändigen Kraft vernichtet. Jetzt machen Sie schon, Urbas, bringen wir das Abschlachten hinter uns, ich habe ein sensibles Gemüt und will mir nicht stundenlange Schilderungen von Blutbädern anhören.«

»Nein.«

»Nein? Sie wollen nicht erzählen? Dann lassen Sies eben bleiben, Sie dickschädliger Bauerntrampel. Eigentlich reicht es ja, wenn sich der Richter Ihr Gemetzel anhört.«

»Ich wollte sagen: Nein, ich bin nicht hineingegangen, um meinen Sohn zu vernichten. Ich bin hineingegangen, um noch einmal mit ihm zu reden, um noch einmal zu versuchen, alles zum Guten zu wenden. Um mich bei ihm zu entschuldigen für das, was ich ihm all die Jahre angetan hatte, um ihm das Versprechen zu geben, dass in Zukunft alles ganz anders werden würde. Ich wollte ihm, meinem Nachkommen, meinem Erben, einen Neuanfang vorschlagen.«

Ein Anflug von Verwirrtheit tauchte am Horizont meines Denkens auf. Ich sah Urbas an, als würde er sich gerade vor meinen Augen in einen Werwolf verwandeln. Er ließ sich davon nicht stören.

»Aber es war zu spät. Ich kam ganz einfach zu spät. Vielleicht nur ein paar Minuten, vielleicht auch ganze 18 Jahre, wie auch immer – ich kam auf jeden Fall zu spät.«

Die Verwirrtheit war angekommen und hatte mich komplett überwältigt. Wenn mich jemand nach meinem Namen gefragt hätte, hätte ich in meinem Personalausweis nachsehen müssen.

»Ich verstehe kein Wort von dem, was Sie da faseln, Urbas. Was heißt, Sie kamen zu spät?«

Er warf mir einen Blick zu, der so leer war wie der interplanetarische Raum.

»Als ich Simons Kammer betrat, lag er schon tot in seinem Blut. Simon hatte sich selbst gerichtet.«

Dass mir der Unterkiefer zu Boden fiel, hatte früher am Tag ja schon Frau Urbas geschafft, und nun schaffte es auch ihr Mann mühelos. Ich war völlig baff, und es dauerte eine ganze Weile, bis ich meinen Mund wieder zu bekam. Ich hatte ja mit allen möglichen Ausgängen dieses Falles gerechnet, mit Mord aus Verzweiflung, aus Rachsucht oder aus politischen Gründen, aber dass es letztendlich gar kein Mord, sondern ein Selbstmord war, darauf wäre ich irgendwie nie gekommen. Ich wollte etwas sagen, aber mir fehlten die Worte, ich war einfach sprachlos. Dafür sprach Urbas weiter.

»Ich bin eine Weile vor seinem Bett gestanden, wie hypnotisiert, unfähig, mich zu bewegen, unfähig, irgendetwas zu denken. Und als das Denken dann langsam in meinen Kopf zurückkehrte, war mein erster Gedanke, dass ich derjenige war, der diesen Selbstmord verschuldet hatte. Da habe ich zu mir gesagt: Dein Sohn bleibt als Verbrecher in der Erinnerung der Menschen, aber er soll nicht auch noch als Mörder in ihrer Erinnerung bleiben; denn für dieses letzte Verbrechen, den Mord an sich selbst, bist ganz allein du, sein Vater, verantwortlich. Und so hab ich Simons blutverschmiertes Messer aufgehoben, das neben dem Bett auf dem Boden lag und mit dem er sich selbst die Kehle durchgeschnitten hatte, und habe mich auf den Weg zur Polizei gemacht, um meinen Mord zu gestehen und meine verdiente Strafe zu empfangen.«

Adam Urbas war ein harter Bursche, der sich eher hätte vierteilen lassen, als sich vor jemandem auszuweinen, aber ich hätte eine ganze Besenkammer gefressen, wenn das, was ich in dem Moment in seinen Augen schwimmen sah, keine Tränen waren.

»Nun ist also alles verloren, was ich besaß, der Nachkomme, das Weib, der Hof, die Unschuld, die Zukunft. Ich sitze nun genau da, wo ich hingehöre, in der Mörderzelle, und bin bereit, meine Rechnung zu bezahlen. Und es wird teuer werden: man wird mich verurteilen, ich werde den Rest meines Lebens hinter Gittern verbringen – und anschließend werde ich der Verdammnis überantwortet werden und bis in alle Ewigkeit in der Hölle brennen.«

Er redete weiter und sah mich dabei an, aber er sah durch mich hindurch, als wäre ich nur eine gläserne Puppe, und er redete auch weniger mit mir als vielmehr mit sich selbst. Wie jemand, der hypnotisiert worden war und sich in einem Trancezustand befand.

»Aber ich habe keine Angst vor der Hölle, denn sie hat sowieso schon begonnen für mich, ich erlebe sie jede Nacht, denn es gibt keine Nacht mehr, in der ich nicht von Alpträumen gepeinigt werde. Vergangene Nacht habe ich Folgendes geträumt: Es war Winter, und Simon hat als mein williger Lehrling auf dem Hof gearbeitet. Er hat die Pferde eingeschirrt und ist mit dem Fuhrwerk durch den tiefen Schnee hinaus in den Wald gefahren, um Bäume zu fällen und Holz zu schlagen. Als das Gespann bei der Rückkehr den zugefrorenen Fluss überquert hat, hat das Eis die Last nicht mehr getragen – die Pferde waren schwere Ackergäule, und der Wagen war bis oben hin mit Holz beladen – und Gäule, Fuhrwerk und Simon sind ins Eis eingebrochen. Ich war auf dem Hof und hörte Schreie und bin zum Fluss geeilt. Als ich am Ufer ankomme, sehe ich Simon im Wasser zappeln und höre ihn schreien: ›Vater, hilf mir, ich hab mich in den Riemen verheddert, ich komm nicht alleine aus dem Wasser‹. Doch statt ihm einfach nur eine Hand zu reichen und ihn aus dem Loch im Eis herauszuziehen, sage ich zu ihm: ›Was ein echter Urbas ist, der bettelt nicht um Hilfe, der hilft sich selbst, und wenn ers nicht schafft, sich selbst zu helfen, dann ist er kein echter Urbas und dann ist ers nicht wert, auf der Erde zu wandeln‹. Und ich schaue zu, wie Simon noch eine Weile zappelt und mit den Händen rudert und schreit, wie das Zappeln und Rudern und Schreien langsam immer weniger werden und wie er schließlich zwischen den Eisschollen im eisigen Wasser versinkt. Ich dreh mich um und geh zurück zum Hof, und als ich dem Hof näher komme, sehe ich, dass die weiße Schneedecke blutrot leuchtet, und als ich am Hof ankomme, sehe ich den Grund dafür: Das Haus, die Unterkünfte, die Scheunen, alles steht in Flammen und brennt lichterloh. Ich renne hin zum Hof, und am Hofeingang steht, mir den Rücken zugewandt, meine Frau und betrachtet regungslos die Feuersbrunst. Ich erreiche sie atemlos und tippe ihr auf die Schulter, und als sie sich zu mir umdreht und mir ihr Gesicht zeigt, blicke ich nicht in das Gesicht meines Weibes, sondern in eine hässliche Teufelsfratze, und die Stimme, die aus der Fratze kommt und nicht wie von dieser Welt klingt, lacht höhnisch und sagt dann zu mir: ›Nur weiter, Adam, geh nur weiter, hinein ins Feuer mit dir, Urbas, hinab in die Hölle mit dir, denn hier, auf deinem Hof, liegt der Eingang zur Hölle, und genau dorthin führt dich nun dein Weg, dich, den getreuen Diener, der selbst den eigenen Sohn im eiskalten Wasser jämmerlich ersaufen lässt, und dafür soll dir selbst nie wieder kalt werden, denn dafür wirst du für alle Zeiten im Höllenfeuer brennen‹. Und während ich ins Feuer gehe, bin ich aufgewacht. So sehen jetzt meine Nächte aus, und die Tage sind nicht viel besser. Ich bin nur noch ein Zombie, ein lebender Toter, dem nichts anderes mehr bevorsteht als die Hölle. Und ich bin mir sicher, dass die jenseitige Hölle nicht schlimmer sein kann als die diesseitige, als dieses Jammertal hier, in das man mich mit meiner Geburt geworfen hat und das ich hoffentlich bald verlassen werde. Und jetzt genug der Worte.«

Und damit verstummte er. Wir sprachen tatsächlich kein Wort mehr miteinander, aber es hätte auch nichts mehr gegeben, worüber wir noch hätten reden können. Urbas presste seine schmalen Lippen zusammen, als wolle er sie nie wieder öffnen, und seine riesigen Hände umfassten die Bibel, als sei sie ein Felsvorsprung, an den er sich über einem Abgrund hängend festgeklammert hatte. Ich betrachtete ihn und musste ihm recht geben, was seine Selbsteinschätzung als Zombie betraf. Was ich vor mir sah, war ein uralter Greis, den die vergangene halbe Stunde die Lebensenergie eines halben Menschenalters gekostet zu haben schien. Vor mir saß nur noch ein großer, innerlich abgestorbener Haufen Elend, eine gewaltige Masse verfaulenden und vergammelnden Fleisches, an der ein paar Kleidungsstücke hingen und in die man ein Buch gesteckt hatte. Während ich noch überlegte, ob es nicht doch noch irgendetwas zu sagen gab, wurde hinter mir die Zellentür aufgeschlossen, und die liebliche Stimme Diesterwegs teilte mir unmissverständlich mit, dass meine Besuchszeit abgelaufen war. Ich war froh, dadurch zu einem schnellen Abgang zu kommen, stand auf und verließ die Zelle, ohne mich noch einmal umzudrehen, und ohne ein Schlusswort an Adam Urbas zu richten. Aber ich hätte sowieso nicht darauf gewettet, dass ihn meine Stimme überhaupt noch erreicht hätte.

Ich ging zusammen mit Kommissar Diesterweg zurück ins Erdgeschoss hoch. Diesterweg schielte neugierig zu mir herüber.

»Und, haben Sie erfahren, was Sie erfahren wollten?«

Ich gab mich kryptisch.

»Viel mehr, als ich eigentlich erfahren wollte.«

Danach schwieg ich. Diesterweg war sichtlich verärgert über meine Einsilbigkeit, sagte aber erst wieder etwas, als wir schon vor dem Ausgang standen.

»Sie sind sich hoffentlich im Klaren darüber, dass dieser Besuch niemals stattgefunden hat. Haben wir uns verstanden, Marlein?«

»Vollkommen.«

Er musterte mich misstrauisch.

»Es sei denn, Urbas hätte Ihnen fallrelevante Informationen geliefert, die er uns vorenthalten hat. Dann wären Sie natürlich verpflichtet, sie uns mitzuteilen.«

»Ich würde keine Sekunde zögern.«

Diesterweg sah mich einen Moment lang an, als wartete er nur darauf, dass meine Pinocchio-Nase in die Länge wachsen würde, dann murmelte er irgendeinen muffligen Abschiedsgruß und wollte abdrehen. Doch ich hielt ihn am Ärmel fest.

»Warten Sie noch einen Moment, Diesterweg. Es könnte sein, dass ich tatsächlich eine neue Information für Sie habe, aber die ist noch so unausgegoren, dass ich erst ihren Wahrheitsgehalt überprüfen muss, bevor ich sie Ihnen mitteilen kann. Wenn Sie mich noch den restlichen Tag unbehelligt recherchieren lassen und mir noch eine letzte Frage beantworten, dann verspreche ich Ihnen, dass Sie die Information morgen früh hübsch verpackt auf Ihren Schreibtisch bekommen, und zwar in Form einer ausführlichen, schriftlichen Aussage von mir.«

Diesterweg fixierte mich mit Blicken, die so hart waren, dass man sie als Sargnägel hätte verwenden können, und ich konnte förmlich hören, wie sein Gehirn seinem Sprachzentrum diktierte, mich darauf hinzuweisen, dass ich verpflichtet sei, jede Information, die zur Aufklärung eines Verbrechens beitragen könnte, unverzüglich und bedingungslos weiterzugeben, und dass ich mich strafbar machen würde und es schwerwiegende Konsequenzen für mich haben würde, wenn ich es unterließe. Doch irgendeine mir bisher unbekannte Instanz in seinem Kopf, die entweder Intelligenz oder Großzügigkeit hieß, verhinderte die Ausführung dieser Rede und brachte stattdessen eine überraschende Botschaft zur Ausstrahlung.

»Also gut, Marlein – fragen Sie.«

Also stellte ich meine Frage und bekam auch postwendend eine klare und eindeutige Antwort.

Eine Antwort, die mich traf wie eine rechte Gerade von Mike Tyson auf dem Höhepunkt seiner Karriere.

Mein Unterkiefer fiel diesmal nicht nur zu Boden, er durchschlug den Boden und die Erdkruste und sämtliche darunter liegenden Schichten und trat auf der gegenüberliegenden Seite der Erdkugel wieder aus, um dann in den unendlichen Weiten des Weltalls zu verschwinden. Ich hatte an diesem Tag ja schon einige Überraschungen erlebt, aber die Antwort, die ich von Diesterweg bekam, war mit Abstand das Härteste, was ich an jenem Tag schlucken musste – denn die Konsequenz, die sich aus dieser Antwort ergab, war so schockierend, dass mir schwarz vor Augen wurde und mein Kopf sich zu drehen begann, als würden ihn zwei Brachiosaurier zum Murmelnspielen verwenden. Mir wurde kalt, als stände ich nackt am Nordpol, mit dem Rücken gegen einen Eisberg gelehnt, der Schweiß brach in Strömen aus meinen Poren hervor, und meine Haut verwandelte sich in ein Reibeisen, auf dem man Gurken hätte hobeln können. Ich schaffte es gerade noch, nicht direkt vor Diesterwegs Füßen zu kollabieren, sondern ihm stattdessen zu danken und ›Ade‹ zu sagen. Dass ich es auch noch schaffte, das Polizeigebäude aufrechten Ganges zu verlassen, muss man im Nachhinein als handfeste Sensation und akrobatische Höchstleistung bezeichnen.

Sieben

Der Fall Urbas war gelöst, und so blieb für mich nichts mehr zu tun, als in mein Büro zurückzukehren und meine Klientin zu informieren. Der Weg zurück in die Blumenstraße führte mich zunächst vom Polizeipräsidium über einen kurzen Fußweg und dann an einem großen Gebäudekomplex vorbei. Er bestand aus drei einzelnen Bauten, die so ziemlich den genauen Gegenpol zum Polizeigebäude darstellten: Sie waren nicht neu und modern, sondern alt und altertümlich, sie bestanden nicht aus glatten Stahl, sondern aus wuchtigem Stein, sie waren nicht in die Breite angelegt, sondern in die Höhe, und ihre Farbe war kein knalliges Rot, sondern ein trübes Grau.

Das erste Gebäude, an dem ich vorbeiging, hatte eine Tür, die so hoch war, dass eine ausgewachsene Giraffe hätte hindurchgehen können, ohne den Hals einziehen zu müssen. Über der Tür hing eine große schwarze Büste, die den Kopf eines Stieres darstellte, dessen Hörner fast so lang waren wie der Hals besagter Giraffe. Der Stierkopf erinnerte daran, dass sich früher in diesen Gemäuern der Fürther Schlachthof befunden hatte. Im Innenhof des Komplexes, der vor einiger Zeit aufwändig saniert worden war, informierte eine großlettrige Aufschrift auf einer hauswandgroßen Tafel darüber, dass er heutzutage nicht mehr den Schlachthof, sondern das ›Kulturforum‹ beherbergte – ganz im Gegensatz zu meinem Kopf, in dem nach der Diesterwegschen Enthüllung jegliche Kultur ausgezogen war und stattdessen nur noch die Brachialität und das Tohuwabohu eines Schlachthofs vorherrschten. Während ich den Innenhof durchquerte, glaubte ich, die Schreie der Tiere zu hören, die gerade geschlachtet wurden.

Doch ich wusste, dass es in Wirklichkeit die Schreie von Simon Urbas waren, und dass diese Schreie einer Szene entstammten, die von meiner Fantasie in meinem Kopf produziert wurde.

Ich ignorierte die Schreie und ging weiter, ging zwischen den beiden anderen grauen Gebäuden hindurch, die in einigen Metern Höhe durch zwei Stangen verbunden wurden, auf denen in blauen Neonröhren der Schriftzug ›Kulturforum‹ stand, und prallte mit einem Passanten zusammen. Ich wollte ihn gerade anschnauzen, ob er denn keine Augen im Kopf habe, und wollte ihn gerade fragen, ob er denn die Fresse poliert haben wolle – ja, ich hatte eine Menge gelernt im Laufe des Tages – aber dann merkte ich, dass ich den Kürzeren ziehen würde, und ließ es bleiben. Der Typ, mit dem ich kollidiert war, war ungefähr drei Meter groß, wesentlich schlanker als ich, aber dafür mit einem Körper aus Stahl gesegnet, und sein Gesicht sprach Bände – ein blaues Quadrat, darauf ein großes weißes ›U‹, darunter ein etwas kleineres weißes ›Stadthalle‹. Wütend kickte ich mit dem Fuß gegen das Schild neben der U-Bahn-Treppe, gegen das ich gelaufen war, doch das brachte mir nichts weiter ein als eine Zehenfraktur. Ich ging an dem Zugang zur Haltestelle vorbei und steuerte stattdessen auf die Stadthalle selbst zu, die sich im Hintergrund auf der gegenüberliegenden Straßen- und Flussseite erhob.

Um zur Stadthalle zu gelangen, musste ich erneut die Rednitz überqueren, und zwar über einen Steg für Fußgänger, der parallel zur Maxbrücke verlief, die dem Autoverkehr vorbehalten war, und sich angeblich genau über der alten Furt befand, an der Fürth entstanden war. Der Steg wäre ein ganz normaler Steg gewesen – eine Gehfläche, die über das Wasser führt und an den Seiten Geländer hat, die verhindern, dass man gleich ins Wasser fällt, wenn man einmal Schlagseite hat – hätte nicht der Architekt beim Bau des Stegs anscheinend gerade jede Menge dicke und lange Aluminiumrohre übrig gehabt, die er vielleicht beim Bau einer Pipeline von Wladiwostok nach Fürth nicht alle aufgebraucht hatte und die er dann, um sie loszuwerden, für eine Art Abtrennung zwischen Fußgängern und Radfahrern in der Mitte der Brücke verbraten hatte. Ein Schild am Metallgitter sagte mir, dass ich mich auf dem ›Hans-Segitz-Steg‹ befand. Ich fragte mich, wer zum Teufel Hans Segitz war. War es der Mann mit den vielen Aluminiumrohren im Keller, der den Steg erbaut hatte? Oder war es Segitz, der Rednitz und Pegnitz zu Regnitz zusammengebastelt hatte?

Ich blieb in der Mitte der Brücke stehen, starrte auf das trübe Gewässer und dachte darüber nach, worüber ich gerade nachdachte. Mein Gott, was für ein Schwachsinn. Dass ich solche völlig sinnlosen und absurden Überlegungen über die Namen von Flüssen und Brücken anstellte, zeigte, wie verwirrt ich nach dem Besuch bei Urbas und Diesterweg noch immer war. Ich versuchte, den Kopf frei und die Gedanken klar zu bekommen, und atmete einige Male tief ein, was aber nur dazu führte, dass mir ein paar miesepetrige Gehirnzellen einreden wollten, dass ich in der ›Stadt der 1000 Schlöte‹ wahrscheinlich statt Sauerstoff nur giftige Industrieabgase in die Lungen bekommen würde. Ich hielt ihnen genervt entgegen, dass heutzutage die meisten Fabrikschornsteine längst verschwunden waren, dass es in Fürth mehr ausgedehnte Grünanlagen, großflächige Parks und nahegelegene Wälder und damit auch höchstwahrscheinlich eine viel bessere Luft als in den meisten anderen Großstädten gab, und dass Fürth mit seinem Solarberg und seinem Sonnenkollektoren-Programm eine Vorreiterrolle in Sachen Umweltschutz und alternative Energiegewinnung übernommen hatte. Dann knipste ich den Denkprozessor in meinem Gehirn aus, schaltete auf Autopilot und gab ›Büro‹ als gewünschten Zielort ein.

Bis zur Bushaltestelle ›Maxbrücke‹ ging ich die Königstraße ein Stück weiter. Schon wieder die Königstraße, nur diesmal an ihrem anderen Ende. Ich blieb einen Moment an der Bushaltestelle stehen und betrachtete die Stadthalle, die nun genau gegenüber lag. Ein unförmiger Glaspalast, der irgendwie aussah wie das Erstlingswerk eines Architekturstudenten, der zu viele billige Science-Fiction-Filme gesehen hatte, was seiner

Anziehungskraft aber keinen Abbruch tat, denn schließlich hatte ich selbst darin schon einige hervorragende Konzerte erlebt. Dann überquerte ich die Königstraße und ging die Anhöhe hoch, die zum Eingang der Stadthalle führte, zunächst auf einem von kahlen Bäumen flankierten Fußweg, das letzte Stück auf einer Betontreppe.

Oben am Ende der Treppe angekommen, lag zu meiner Linken der Löwenplatz und zu meiner Rechten der Paisleyplatz. Der Löwenplatz war eine größere Freifläche zwischen zwei Reihen relativ neuer, bunt angestrichener Wohnblocks und bestand aus viel Kopfsteinpflaster, einigen Bäumen, einigen Parkbänken und einem verwaisten Kinderspielplatz, dessen kleine Sandfläche wahrscheinlich schon längst von den ortsansässigen Kötern zum öffentlichen Scheißhaus umfunktioniert worden war. Der Paisleyplatz war der Vorplatz vor dem Eingang der Stadthalle, bestand ebenfalls aus Kopfsteinpflaster und war nichts weiter außer groß und leer. Seine totale Leere wurde lediglich von einer schwarzen Skulptur gestört, die mitten auf dem Platz stand und sich aus der Nähe betrachtet als Gruppe von mehreren Gänsen entpuppte, die ihre Hälse gen Himmel reckten. Ich blieb vor der Skulptur stehen und grübelte kurz darüber nach, ob ihre Schaffung von ihrem Standort, dem Gänsbergviertel, inspiriert worden war, oder ob sie einen weiteren Hinweis auf den naheliegenden Schlachthof darstellen sollte. Die Hälse der Gänse waren auf jeden Fall so gerade noch oben gerichtet und so langgezogen, als würde ein unsichtbarer Metzger die Gänse am Kopf gepackt halten, um ihnen die Hälse mit seinem langen scharfen Küchenmesser durchzuschneiden. Ich schüttelte den Kopf. Es wurde Zeit, dass ich den Fall Urbas abschloss, bevor noch die großen kräftigen Jungs in Weiß kommen und mir die Jacke anlegen mussten, bei der man die Enden der Ärmel auf dem Rücken zuknöpfte, weil ich überall nur noch abgetrennte Köpfe sah.

Ich ging an der Stadthalle vorbei, in der gerade eine Heavy-Metal-Band für ihr Konzert am Abend probte und sich dabei redlich mühte, genügend Dezibel zu produzieren, um die neu gebauten Häuser des Gänsbergviertels wieder zum Einsturz zu bringen.

Dann überquerte ich die Rosenstraße und marschierte in die Schlehenstraße hinein. Zum meiner Linken, auf der gegenüberliegenden Straßenseite, standen die typischen hohen, gleichförmigen Beton-Wohnsilos, die man vor dreißig Jahren mit möglichst wenig Material und möglichst viel Einfallslosigkeit gebaut hatte, mit dem erklärten Ziel, auf möglichst wenig Raum möglichst viele Menschen einzupferchen. Direkt rechts neben mir verlief die hohe Steinmauer des alten jüdischen Friedhofs. Ich ging neben ihr entlang, vorbei an einer großen Werbetafel, auf der eine nur mit dem allernötigsten bekleidete, lasziv dreinblickende Blondine für Kaffeemaschinen warb, bis ich zum Friedhofseingang kam, vor dem ich stehen blieb.

Der Eingang war ein großes, schwarzes, aus eng nebeneinandergereihten und miteinander verbundenen Eisenstäben bestehendes Tor. Ich drückte versuchsweise auf die Klinke, aber das Tor war abgeschlossen. Ich hatte eigentlich auch nichts anderes erwartet, denn soweit ich gehört hatte, war der Friedhof nicht für die Öffentlichkeit freigegeben und konnte nur bei geplanten Führungen oder nach individueller Anmeldung besucht und besichtigt werden. Ich warf einen Blick zwischen den Gitterstäben hindurch. Ich sah eine große grüne Rasenfläche, viele mächtige, weit in den Himmel ragende Bäume, dazwischen einen schmalen, aus zusammengesetzten Steinplatten bestehenden Gehweg, und natürlich überall Grabsteine, alte, steinerne, meist dunkle, zum Teil verwitterte und von Moos überwachsene Grabsteine, auf denen man die hebräischen Inschriften oft gar nicht mehr richtig entziffern konnte. Soweit ich wusste, war der Friedhof einige hundert Jahre alt und beherbergte einige tausend Gräber.

Während ich auf die Grabsteine starrte, kam mir ein altes Sprichwort in den Sinn: ›In Fürth, da gibts viel Juden und viel Wirt‹. Ich dachte darüber nach. Das mit den Wirten stimmte zweifelsohne, denn in Fürth kam auf höchstens zehn

Einwohner eine Kneipe – aber ob das mit den Juden noch aktuell war, davon hatte ich ehrlich gesagt keine Ahnung, obwohl es in der Hallemannstraße, ganz in der Nähe meines Büros, eine Synagoge gab. Ich hatte einmal irgendwo gelesen, dass Fürth früher den Beinamen ›Fränkisches Jerusalem‹ getragen hatte, dass mehrere bedeutende Bauwerke wie der Centaurenbrunnen, das Stadttheater, das Nathanstift oder das Berolzheimerianum hauptsächlich von jüdischen Bürgern finanziert worden waren, dass berühmte Söhne Fürths wie der Anatom Jakob Henle, der Schriftsteller Jakob Wassermann, der Verlagsgründer Leopold Ullstein oder der US-Außenminister Henry Kissinger zur jüdischen Gemeinde gehört hatten und dass noch zu Beginn des 19. Jahrhunderts jeder sechste Fürther Bürger ein Jude war. Doch ich bezweifelte, dass die israelitische Gemeinde in Fürth nach dem Wüten der braunen Teufel, die leider auch in Fürth ihr grausames Unwesen getrieben hatten, je wieder eine solche Größenordnung erreicht hatte. Der Anblick der vielen Gräber und der Gedanke an den Massenmord der Nazis ließen mich schaudern. Schauderhaft war allerdings auch der Fall Urbas, den es endlich zu Ende zu bringen galt, und so riss ich mich vom Friedhofstor los und setzte meinen Rückweg fort.

Ich ging die Schlehenstraße weiter bis zu dem Punkt, an dem sie in die Bogenstraße überging, überquerte sie und befand mich damit nun am anderen Ende der Blumenstraße. Damit wechselte ich auch knappe 100 Jahre in die Vergangenheit: War ich gerade eben in der Schlehenstaße noch an den funktionalen Betonburgen des 20. Jahrhunderts vorbeigegangen, fand man in der Blumenstraße vom ersten Haus an nur die klassizistischen Sandsteinbauten des 19. Jahrhunderts vor. Um knappe 100 Jahre gealtert fühlte ich mich auch, als ich die Steigung, die zu meinem Büro führte, hochstapfte. Dieser Auftrag hatte mächtig an meinen Nerven gezerrt – von diversen traumatisierten Körperteilen mal ganz abgesehen –, und ich wollte ihn nur noch so schnell wie möglich abschließen.

Wenn ich erwartet hatte, dass sich in der Blumenstraße irgendetwas verändert hätte, seit ich sie vor Stunden verlassen hatte, um mich auf Spurensuche im Fall des ermordeten Simon Urbas zu begeben, dann hatte ich mich getäuscht – aber ich hatte es schlauerweise auch nicht erwartet. Es war alles noch dasselbe, die Häuser, die Menschen, die Autos, der Asphalt. Allerdings kam mir jetzt alles irgendwie viel deprimierender vor, ich sah überall nur Dreck, hörte überall nur Lärm, roch überall nur Gestank. Aber ich wusste, dass das nicht an der Außenwelt lag. Die konnte nichts dafür, die war so, wie sie immer war. Es lag an meinem Innenleben, an der Erfahrung der letzten Stunden, an der wieder einmal aufs Neue bestätigten Erkenntnis, dass Gott, wenn er denn noch lebte, sich offenbar einem weniger anspruchsvollen Projekt zugewandt und hier auf Erden dem Teufel das Feld überlassen hatte.

Schließlich erreichte ich das Gebäude, in dem sich mein Büro befand. Ich trat durch die alte Holztüre ins Treppenhaus und blieb vor dem Eingang zur Wirtschaft im Erdgeschoss stehen. Ich hörte das Gewirr von Stimmen, den Geruch von Essen und das Klirren von Gläsern. Letzteres erinnerte mich daran, dass ich jetzt nichts nötiger hatte als einen Drink, und so beschloss ich, vor der Rückkehr in mein Büro noch kurz einzukehren.

Die Gaststätte war kein großes Lokal, sondern nur eine kleine, L-förmig angelegte Eckkneipe, in der gerade mal genügend Platz war für ein halbes Dutzend Tische. Die Theke befand sich gleich rechts neben dem Eingang und war nur so groß, dass die Schankanlage Platz hatte. Ich blieb an der Theke stehen. Dahinter stand die alte dicke Wirtin und zapfte gerade ein frisches Bier. Sie blickte auf, sah mich und erkannte einen alten Stammkunden.

»Gräissgodd, Herr Dedegdiv. Kummas zum Oomdessn?«

»Auch. Aber vorher müsste ich kurz telefonieren.«

»Biddschäi, bedienas erna.«

Die Wirtin wackelte mit dem Bierglas zu einem der Tische.

Ich ging hinter die Theke zum Telefon, das auf der Ablage eines Schrankes stand, in dem Gläser gestapelt waren. Es war ein museumsreifes Modell, das keine Tasten, sondern noch eine Wählscheibe hatte. Mir wars egal, solange das Ding funktionierte. Ich fummelte den Zettel mit der Telefonnummer von Frau Urbas aus meiner Hosentasche und wählte die Nummer, die darauf geschrieben stand. Sie war schon nach zweimaligem Klingeln am Apparat, als hätte sie nur auf meinen Anruf gewartet. Ich teilte ihr mit, dass der Fall für mich abgeschlossen sei und ich ihr meine Erkenntnisse gerne in meinem Büro mitteilen würde, und zwar gleich, wenn es ihr nichts ausmache. Es machte ihr nichts aus, und sie sicherte mir zu, dass sie sich sofort auf den Weg machen und in ungefähr einer halben Stunde bei mir eintreffen würde. Wir verabschiedeten uns und legten auf. Ich fingerte eine Münze aus meinem Portemonnaie, legte sie in die kleine Schale neben dem Telefonapparat, ging zu einem freien Tisch und setzte mich.

Ich bestellte ein Bier und einen Krautsalat und betrachtete die alten Fotos und Zeichnungen von Fürther Gebäuden, die an der Wand hingen und unter anderem das König-Ludwig-Kurbad zeigten, mit dem man dem Traum von ›Bad Fürth‹ Anfang des 20. Jahrhunderts tatsächlich einmal ziemlich nahe gekommen war, bis der Erste Weltkrieg ihn platzen ließ wie eine Seifenblase. Dann kam meine Bestellung, und während ich lustlos am Bier nippte und appetitlos im Salat stocherte, musste ich mir die Dialoge vom Nebentisch anhören. Es war der Stammtisch, was man an einem Schild erkannte, das über dem Tisch hing und auf dem stand: ›Doh hoggn däi, wo imma doh hoggn‹. Vier Männer mit hochroten Köpfen saßen da und erzählten einander Witze.

»Hobda den scho ghärd? Sachd däi Bäuerin dsum Bauern: Däi Maagd gräichd fei a Kind. Sachd da Bauer: Des is ihr Sach. Sachd däi Bäuerin: Awa sie hod gsachd, des Kind is vo dir. Sachd da Bauer: Des is mei Sach. Sachd däi Bäuerin: Waasd wos, wennsdma a so a Schand machsd, dann gäii ins Wassa. Sachd da Bauer: Des is dei Sach.«

»Doh waasi aa an goudn: Gäid da Bauer dsum Rechdsanwald und sachd: I willmi scheidn loun! Sachd da Rechdsanwald: Wecha wos na? Sachd da Bauer: Mei Alde dreihdsi jede Noochd bis um dswaa odda drei in sämdliche Wärdshaisa rum. Sachd da Rechdsanwald: Des is nadirli a Grund. Awa wos machds na doh in däi Wärdshaisa? Sachd da Bauer: Miich souchn!«

»Der is aa ned schlechd: Kummd da Bauer fräimorgns vom Wärdshaus hamm. Sachd däi Bäuerin: Wos kummsdn so schbäd hamm? Sachd da Bauer: I hob nimma gwissd, ob du gsachd hosd, i soll dswaa Seidla dringn und um Neina hammkumma, odda ob du gsachd hosd, i soll nein Seidla dringn und um Dswaa hammkumma.«

Dann stand einer der Stammtischbrüder auf, ging zur Jukebox, die in der Ecke stand, warf einige Münzen in das Gerät und drückte auf einige Knöpfe. Was folgte, war ein grausames Massaker für mein Hörorgan. Ich musste nacheinander mit dem Zug nach Nirgendwo fahren, Griechischen Wein trinken, Mamor, Stein und Eisen brechen, eine Fiesta Mexikana feiern, weiße Rosen aus Athen kaufen und in einem Bett im Kornfeld liegen. Als man mir dann auch noch suggerieren wollte, dass ein bisschen Spaß sein müsse und dass es Wunder immer wieder gäbe, war für mich das Maß des Erträglichen überschritten, und ich entschloss mich zur Flucht. Ich ließ mein Bier und meinen Krautsalat im Stich, ging zur Theke, hinter der die Wirtin stand, und legte einen Schein auf die Zapfanlage.

»Stimmt so.«

Die Wirtin sah mich überrascht an, mit einem Auge zu meinem Tisch mit dem halbvollen Bierglas und dem halbvollen Teller schielend.

»Wollns scho gäi, Herr Marlein? Gängas dsou, bleims no aweng doh.«

Ich schüttelte den Kopf und dachte an das, was mir nun bevorstand.

»Ein Mann muss tun, was ein Mann tun muss.«

Sie sah mich mit großen, unschuldigen Kuhaugen an.

»Und wos mou a Moo dou?«

Da ich ihr die Antwort ersparen wollte, zuckte ich viel- und nichtssagend mit den Schultern und machte mich aus dem Staub.

Ich stieg die Treppe hoch und öffnete die Tür zu meinem Büro. Es war nicht abgeschlossen; ich schloss nie ab, für den unwahrscheinlichen Fall, dass sich in meiner Abwesenheit ein Klient zu mir verirren sollte und in meinem Büro auf meine Rückkehr warten wollte. Diesmal saß tatsächlich jemand auf dem Klientenstuhl, aber diesmal hatte ich auch damit gerechnet. Ich begrüßte Frau Urbas, entschuldigte mich für die Verspätung, zog meinen Mantel aus, hängte ihn an den Kleiderhaken neben der Tür, ging hinter den Schreibtisch und ließ mich in meinen Chefsessel fallen. Frau Urbas war genauso gekleidet wie bei ihrem ersten Besuch – ganz in Schwarz – und neu war nur, dass sie eine große, ebenfalls schwarze Handtasche bei sich trug. Sie musterte mich mit unverhohlener Neugier.

»Habe ich Sie am Telefon richtig verstanden, Herr Marlein? Sie wollen tatsächlich behaupten, dass Sie meinen Auftrag schon vollständig ausgeführt haben?«

Ich schenkte ihr das überlegene Lächeln des Meisterdetektivs aus dem Kriminalroman.

»Ja. Sie haben mich vollkommen richtig verstanden.«

Sie sah mich an wie einen Wolf im Schafspelz.

»So schnell hätte ich nun wirklich nicht mit Ergebnissen gerechnet.«

Ich setzte mein Sonntagsgesicht auf.

»Zeit ist Geld. Vor allem Ihres.«

Ich öffnete die Schreibtischschublade und holte das Geldbündel heraus, das mir Frau Urbas bei ihrem ersten Besuch gegeben hatte. Ich zählte ein paar Scheine davon ab und legte sie zurück in die Schublade, den Rest warf ich auf den Schreibtisch.

»Das bekommen Sie zurück. Ich habe das Honorar für einen Tag abgezogen. Inklusive Spesen.«

Sie betrachtete das Geld, rührte es aber nicht an.

»Wenn Sie den Mörder tatsächlich so schnell gefunden haben, dürfen Sie das ganze Geld behalten. Als Erfolgshonorar.«

»Ich will es nicht.«

Sie zuckte mit den Schultern, nahm das übriggebliebene Bündel und steckte es in ihre Manteltasche.

»Also gut. Dann sagen Sie mir, wer meinen Sohn ermordet hat.«

Ich schloss die Augen. Mit einem Mal fühlte ich mich unsäglich müde und ausgebrannt. Dabei war ich doch ein toller Hecht, der am Morgen mit einem komplizierten Fall beauftragt worden war und ihn am Abend bereits gelöst hatte. Ich hätte mich eigentlich fühlen müssen wie Superman nach einer Testosteroninfusion, doch stattdessen fühlte ich mich wie der Blinddarm von Donald Duck. Ich hatte einen Fall gelöst, aber die Lösung gefiel mir so sehr wie eine Wurzelbehandlung beim Zahnarzt. Es war immer dasselbe: Man klärte ein Verbrechen auf, um die Welt ein bisschen ordentlicher und ein bisschen sauberer zu machen, aber am Ende hatte man nur noch mehr Chaos und Schmutz verursacht. Aber im Prinzip war das alles Quatsch mit Soße, denn ich war schließlich kein Kreuzritter im Kampf gegen das Böse, sondern einfach nur ein Typ, der seinen Lebensunterhalt damit verdiente, durch finstere Gassen zu schleichen und die schmutzige Wäsche anderer Leute zu waschen, statt als normaler Angestellter in irgendeinem Amt den Sessel plattzusitzen und Probleme zu bearbeiten, die es ohne die Existenz dieses Amtes gar nicht geben würde. Ich hatte kein Recht zu jammern, ich hatte es schließlich so gewollt. Ich jagte das Selbstmitleid zum Teufel, öffnete die Augen und machte mich daran, meinen Job zu Ende zu bringen.

»Nun, ich bin bei meinen Ermittlungen im Laufe des Tages auf viele potentielle Täter gestoßen. Ihr Sohn war, gelinde gesagt, nicht besonders beliebt. Er hatte sich viele Feinde geschaffen: Eine Hobby-Prostituierte, die ihn erpresst hat und die er deswegen zu erwürgen versucht hat; einen kleinen Drogenhändler, den er beim Geschäftemachen übers Ohr gehauen hat; ein paar örtliche Politiker, auf die er ein Sprengstoffattentat verüben wollte. Sie alle hätten ein Motiv gehabt, ihn zu töten; aber sie hatten keine Gelegenheit dazu. Die Magd Margarethe stand zur Tatzeit am Fenster ihres Zimmers und hat beobachtet, was sich vor der Haustür abspielte; es spielte sich so einiges ab, aber das Eindringen einer fremden Person war nicht dabei. Dadurch scheiden alle gerade Genannten als mögliche Täter aus, und übrig bleiben eigentlich nur noch zwei Personen: die Magd selbst und natürlich Adam Urbas. Margarethe hätte durchaus ein plausibles Tatmotiv gehabt, denn schließlich ist sie von Ihrem sauberen Sohn vor zwei Jahren vergewaltigt worden. Doch auch die Magd wurde entlastet, und zwar von Ihrem Mann. Ich hatte gedacht, dass sie Simon ermordet haben könnte, nachdem er betrunken nach Hause gekommen war und seinen Vater zu Boden geschlagen hatte. Doch Ihr Mann hat ausgesagt, dass er anschließend gleich in Simons Zimmer gegangen ist, um mit ihm zu sprechen, und da hat er noch gelebt. Nach diesem Gespräch ist er dann kurz nach draußen gegangen, um frische Luft zu schnappen, aber er hat sich draußen immer in Türnähe aufgehalten und kann bezeugen, dass in dieser Zeit niemand in das Haus gegangen ist. Die Magd kann den Mord also nicht begangen haben, da sie zu keinem Zeitpunkt die Gelegenheit hatte, unbemerkt ins Haus zu gelangen und die Tat auszuführen.«

Frau Urbas zog eine resignierte Miene, als hätte sie sich in der Wüste verirrt und müsste nach einem langen Tagesmarsch feststellen, dass sie im Kreis gelaufen war.

»Dann war also mein Mann doch der Mörder?«

Ich griff mir eine verbogene Büroklammer, die unmotiviert auf meinem Schreibtisch herumlag, und ritzte damit ein paar Hieroglyphen in das Holz der Tischplatte.

»Darauf schien alles hinauszulaufen. Aber dann kam die große überraschende Wendung. Nachdem ich ihn in seiner Zelle ein bisschen in die Mangel genommen habe, hat Adam Urbas schließlich zugegeben, dass er seinen Sohn eben doch nicht ermordet hat. Er hatte mit seinem Sohn in dessen Zimmer geredet und war dann nach draußen gegangen, ohne ihm ein Haar zu krümmen. Nachdem er sich auf dem Hof kurz die Beine vertreten hatte, ging er noch mal zurück in Simons Zimmer – und fand ihn mit durchgeschnittener Kehle auf. Simon hatte in der Zeit, in der sein Vater draußen war, Selbstmord begangen.«

Frau Urbas' Gesichtszüge hellten sich auf, als hätte sie gerade den Olympiasieg im Zehnkampf errungen. Sie strahlte wie ein ganzes Atomkraftwerk.

»Ich hatte recht! Sehen Sie, ich hatte recht. Es hat sich gelohnt, den Fall untersuchen zu lassen. Ich wusste doch, dass mein Mann zu einer solchen Tat nicht fähig wäre. Ich wusste, dass Adam kein Mörder ist.«

Ich nickte zustimmend.

»Ja, Sie hatten recht. Adam Urbas ist kein Mörder. Er hat die Tat nicht begangen.«

Dann legte ich meine Stirn in Falten, bis sie so zerknittert war wie meine ungebügelte Bettwäsche.

»Und damit wäre alles in allerbester Ordnung – wenn es nicht einen klitzekleinen Haken an der ganzen Sache geben würde.«

Meine Klientin zuckte ganz leicht zusammen, wie bei einem Mückenstich.

»Und der wäre?«

»Sie haben recht damit, dass Ihr Mann nicht der Täter war. Bedauerlicherweise hat Ihr Mann aber nicht recht.«

Pures Unverständnis stand Frau Urbas ins Gesicht geschrieben.

»Womit hat er nicht recht?«

»Mit der Annahme, dass Simon Selbstmord begangen hat.«

Sie sah mich so überrascht an, als hätte Äthiopien gerade die Eishockey-Weltmeisterschaft gewonnen.

»Was soll das heißen?«

Ich formte die Büroklammer zu einem abstrakten Kunstwerk.

»Ganz einfach. Das soll heißen, was es heißt: dass Simon sich nicht selbst umgebracht hat – sich gar nicht selbst umbringen konnte. Ich habe mich nach dem Gespräch mit Ihrem Mann noch einmal mit dem für den Fall zuständigen Kommissar unterhalten, und der hat mir ein paar hochinteressante Dinge erzählt. Es gibt viele verschiedene Möglichkeiten, Selbstmord zu begehen; aber es ist nicht möglich, sich selbst die Kehle durchzuschneiden, zumindest nicht in der Art, wie es bei Simon der Fall war. Der Gerichtsmediziner konnte kategorisch ausschließen, dass Simon selbst an sich Hand angelegt hat. Die Verletzung, die er aufwies und an der er verstarb, musste ihm zwingend von einer anderen Person zugefügt worden sein.«

Sie gaffte mich an wie einen Elefanten, der gerade einen dreifachen Rittberger gesprungen war.

»Aber wer zum Teufel soll denn diese Person gewesen sein?«

Ich kratzte mich mit der Büroklammer hinter dem Ohr und setzte meine schönste Klugscheißer-Maske auf.

»An dieser Stelle müssen wir den guten alten Sherlock Holmes zitieren, den berühmtesten Detektiv aller Zeiten. Sein Grundsatz bei der Fallaufklärung lautete: Wenn man alles Unmögliche ausgeschlossen hat, muss das, was übrig bleibt, die Wahrheit sein, so unwahrscheinlich sie auch klingen mag.«

Ihr Gesicht war ein einziges Fragezeichen.

»Ich verstehe nicht – was soll das heißen?«

Ich knetete so lange an der Büroklammer herum, bis sie in der Mitte auseinanderbrach.

»Sie verstehen mich sehr gut, Frau Urbas. Wir haben alles ausgeschlossen, was nicht möglich ist – dass fremde Personen die Tat begangen haben, dass die Magd die Tat begangen hat, dass Ihr Mann die Tat begangen hat, dass Simon selbst die Tat begangen hat. Bleibt also noch eine Person übrig, und die muss die Tat begangen haben, so unwahrscheinlich das auch klingen mag.«

Ihre Stimme zitterte ein wenig, als sie mir die entscheidende Frage stellte.

»Und wer soll diese … Person … sein?«

Ich warf die kaputten Teile der Büroklammer in den Abfalleimer und blickte meiner Klientin direkt in die Augen.

»Sie selbst, Frau Urbas.«

Sie starrte mich einen Moment lang mit blankem Entsetzen an. Dann lachte sie so schrill, wie ein Schwein quiekte, wenn man es abstach.

»Das ist das Lächerlichste und Absurdeste, was ich jemals gehört habe!«

»Finden Sie? Lächerlich finde ich einen Mord generell nie, und absurd ist diese Behauptung keineswegs. Ganz im Gegenteil, sie ist so zwingend und so logisch, dass es fast schon erschreckend ist. Simon Urbas ist ermordet worden, und zwar innerhalb der kurzen Zeit, in der Adam Urbas sich draußen auf dem Hof aufgehalten hat. Sowohl er als auch die Magd können ausschließen, dass in dieser Zeit irgendjemand das Haus betreten hat. Bleibt nur die Schlussfolgerung, dass Simon von einer Person ermordet worden sein muss, die sich bereits im Haus befand.«

Ich holte Atem und bemühte mich, meine nächsten beiden Sätze mit normaler Stimme hinzubekommen, doch sie muss geklungen haben, als würde ich in einen Blecheimer sprechen.

»Und die einzige Person, die sich zu diesem Zeitpunkt im Haus befand, war seine Mutter. Sie selbst haben Ihren Sohn ermordet, Frau Urbas.«

Frau Urbas saß völlig regungslos da. Kein Muskel an ihrem Körper rührte sich, selbst der Lidschlag schien seine Tätigkeit eingestellt zu haben. Ich hätte sie als fossile Versteinerung an ein naturkundliches Museum verkaufen können. Ihr Blick ging irgendwo hin, wo noch kein Mensch gewesen war. Ihr Mund war so verschlossen wie der Tresorraum der Nationalbank. Also musste ich das, was eigentlich aus ihm hätte kommen sollen, selbst formulieren.

»Ich nehme mal an, dass durch den Krawall, den Simon bei seiner Heimkunft veranstaltet hat, nicht nur Ihr Mann wach geworden ist, sondern auch Sie. Sie haben wahrscheinlich mitbekommen, dass Simon seinen Vater verbal und auch körperlich attackiert hat. Vielleicht sind Sie dabei auch zu dem Schluss gekommen, dass ein Ende mit Schrecken besser sei als ein Schrecken ohne Ende. Sie haben dann registriert, dass Simon in sein Zimmer gegangen ist und dass Ihr Mann ihm dorthin gefolgt ist. Als Sie dann gehört haben, dass Ihr Mann nach draußen auf den Hof gegangen ist, sind Sie in Simons Zimmer geschlichen, haben das Messer genommen und der Sache ein Ende bereitet. Danach sind Sie wieder zurück ins Schlafzimmer gegangen, haben sich ins Bett gelegt und schlafend gestellt. Wahrscheinlich haben Sie gedacht, dass Ihr Mann auch zurück ins Bett kommt und weiterschläft, und dass die Tat erst am nächsten Morgen entdeckt wird und die Polizei nach einem unbekannten Mörder sucht, der nachts in das unverschlossene Haus eingedrungen ist und die Tat begangen hat, während alle Familienmitglieder schliefen. Dass Adam Urbas noch einmal zurück in die Kammer geht und den ermordeten Simon findet und dann auch noch gleich zur Polizei fährt, konnten Sie ja nicht ahnen. Und am allerwenigsten natürlich, dass er sich selbst des Mordes bezichtigen würde.«

Die Ölgötze, die mir gegenübersaß, hatte sich keinen Mikrometer bewegt. Ich überlegte, ob ich aufstehen, zu ihr hingehen und sie in die Backe zwicken sollte, nur um sicherzugehen, dass sie nicht deshalb so reg- und sprachlos dasaß, weil sie einer Sekundenmumifizierung erlegen war. Doch ich ließ es bleiben. Ich betrachtete Frau Urbas eingehend und grübelte darüber nach, ob ich die Mutter, die ihrem eigenen Sohn die Kehle durchgeschnitten hatte, verabscheuen sollte, oder ob ich Mitleid mit ihr haben sollte. Ich kam zu keinem Ergebnis. Ich wusste nur, dass mich der ganze Fall Urbas langsam aber sicher in eine handfeste Depression trieb. Die Stille, die sich im Raum ausbreitete, war nicht gerade als Antidepressivum geeignet. Nur um sie zu vertreiben, sprach ich weiter.

»Ich deute Ihr Schweigen mal als Zustimmung. Damit wäre ja nun alles endgültig aufgeklärt – wenn man von zwei klitzekleinen Fragen absieht: Warum zum Teufel haben Sie Ihren eigenen Sohn ermordet, und warum zum Teufel haben Sie mich beauftragt, den Mörder zu suchen, wenn Sie doch selbst die Mörderin sind?«

Plötzlich kam wieder Bewegung in Frau Urbas. Sie schloss die Augen. Das war zumindest ein Anfang. Und es war ein eindeutiges Lebenszeichen, zumindest wenn sie es nicht für immer tat. Tatsächlich öffnete sie die Augen nach einigen Sekunden wieder und sah mich an, als sei ich ein Magengeschwür. Dann kam sogar noch ihre Sprachfähigkeit zurück, wenn ihre Worte auch zunächst nur stockend und schwerfällig den Weg über die Lippen fanden.

»Ich wollte nur, dass Sie Beweise dafür finden, dass Adam nicht der Mörder sein konnte. Er sollte schließlich nicht für eine Tat büßen, die er gar nicht begangen hat. Ich hatte allerdings gehofft, dass Sie nicht gleich die ganze Wahrheit herausfinden, sondern dass die Frage nach dem wahren Mörder vielleicht für immer unbeantwortet bleiben würde.«

Ich nickte.

»Das beantwortet die Frage, warum Sie mich engagiert haben. Bleibt noch die Gretchenfrage. Warum haben Sie Ihren eigenen Sohn ermordet?«

Ihre Gesichtszüge wurden so hart, dass man darauf einen Wolkenkratzer hätte bauen können.

»Weil er ein Teufel war.«

Ich gähnte gelangweilt.

»Jaja, das habe ich heute schon ein paar Mal gehört. Das ist keine Begründung.«

Sie tat einen Seufzer wie jemand, der vergeblich versuchte, einem Nilpferd die Relativitätstheorie zu erklären.

»Sie missverstehen mich. Simon war nicht nur im übertragenen oder im sprichwörtlichen Sinn ein Teufel. Er war ein echter Teufel. Er war der Sohn des Teufels.«

Ich verschränkte die Arme, um meinen Zeigefinger davon abzuhalten, mir gegen die Stirn zu tippen.

»Nun übertreiben Sie mal nicht. Missratene Kinder und schwarze Schafe kommen in den besten Familien vor. Simon hat ja noch nicht mal jemanden umgebracht, auch wenn er nur knapp daran vorbeigeschlittert ist. Aber er war schließlich kein Hitler oder so was.«

Sie schüttelte unwirsch den Kopf.

»Sie verstehen mich immer noch nicht. Er war wirklich der Sohn des Teufels. Wortwörtlich.«

Ich schnaufte sichtlich genervt.

»Sie haben ganz recht, ich verstehe kein Wort von Ihrem Unfug.«

Sie war nun wieder voll bei Stimme, und ihre Worte knallten mir um die Ohren wie Peitschenhiebe.

»Simon war der leibhaftige Sohn des Teufels. Ich habe ihn, wenn man es genau nimmt, nicht mit meinem Mann gezeugt, sondern mit Satan persönlich.«

Ich lächelte gequält.

»Ach, hören Sie doch auf mit Ihren Schauermärchen. Mir steht heute wahrlich nicht der Sinn nach schwarzem Humor.«

Frau Urbas durchbohrte mich förmlich mit ihrem Blick. Sie schien in meine Seele eindringen und ergründen zu wollen, ob ich belastbar genug war für das, was sie mir erzählen wollte. Offenbar kam sie zu dem Schluss, dass ich es war.

»Es geht hier nicht um schwarzen Humor, sondern um schwarze Magie. Wie ich Ihnen bei meinem ersten Besuch gesagt habe, blieb unsere Ehe lange Zeit kinderlos, genauer gesagt dreizehn Jahre lang, die mir wie dreizehn Jahrhunderte vorkamen. Der psychische Druck wurde mit der Zeit immer größer, und das Gefühl, Schuld daran zu sein, dass wir keinen Erben bekamen und dass das Urbassche Bauerngeschlecht aussterben würde und der Hof aufgegeben werden müsste, trieb mich langsam immer mehr in den Irrsinn. Ich war körperlich und geistig fix und fertig und stand davor, entweder komplett verrückt zu werden oder mir das Leben zu nehmen. In meiner Verzweiflung bin ich dann zu einer alten Frau gegangen, von der mir eine Bekannte im Vertrauen erzählt hatte, dass sie eine Hexe sei, und zwar eine echte Hexe, eine Dienerin von Satan persönlich, die sich ganz dem Teufel verschrieben habe und die

die Kunst der schwarzen Magie beherrsche. Ich habe ihr mein Problem geschildert, meine Unfruchtbarkeit, unsere Kinderlosigkeit. Sie hat dann eine Weile in einem alten vergilbten Buch geblättert, und dann hat sie gesagt, sie hätte vielleicht etwas für mich gefunden. Es gäbe eine Möglichkeit, einen Pakt mit dem Teufel zu schließen, und den könne sie einfädeln. Er wäre aber nur möglich für Frauen, die seit ihrem ersten Geschlechtsverkehr dreizehn Jahre lang unfruchtbar geblieben waren und die vom Glauben abgefallen seien. Beide Voraussetzungen trafen auf mich zu, denn meinen ersten Geschlechtsverkehr hatte ich tatsächlich erst in der Hochzeitsnacht mit Adam, und mit Kirche und Religion und Gott hatte ich nie groß etwas am Hut gehabt. Also setzte sie einen Vertrag für mich auf, den ich mit Blut aus meiner Menstruation unterschreiben sollte. In dem Vertrag stand, dass Satan dafür sorgen würde, dass ich doch noch ein Kind bekomme; als Gegenleistung würde Satan die Seele des Kindes bekommen. Ich habe nicht darüber nachgedacht, was das für eine Konsequenz haben würde; ich habe alles in Kauf genommen dafür, dass ich nur endlich schwanger werden würde. Ich habe also meine nächste Monatsblutung abgewartet, habe den Vertrag unterschrieben und habe ihn der Hexe zurückgebracht. Sie hat mir dann eine Salbe gegeben, eine sehr teuere Salbe, denn ich musste ihr dafür alles Geld geben, das ich gespart hatte. Sie sagte, ich müsse künftig immer etwas von dieser Salbe in meine Scheide geben, bevor ich mit meinem Mann schlafe. Als ich sie fragte, was denn das für eine Salbe sei, sagte sie, es sei eine Fruchtbarkeitssalbe, die neben allerlei Kräutern den Samen von Satan höchstpersönlich enthalte. Ich habe die Salbe dann in der Folgezeit wie vorgeschrieben angewendet, und schon wenige Wochen später wurde ich tatsächlich schwanger. Ich bin also in Wahrheit nicht von meinem Mann befruchtet worden, sondern vom Teufel.«

Ich starrte Frau Urbas fassungslos an. Mir war plötzlich so warm, als sei ich der Typ, der direkt neben dem Höllenfeuer stand, um es mit gefallenen Engeln zu schüren. Meine

Schweißdrüsen liefen Amok, mein Hemd war klatschnass geschwitzt und klebte mir am Leib wie eine Todsünde. Meine Stimmbänder brachten nur ein heiseres Krächzen zustande.

»Verdammt noch mal, was erzählen Sie mir hier eigentlich für eine gottverdammte Hühnerkacke? Sie glauben doch nicht im Ernst, dass ich diesen Dreck schlucke, den Sie mir da auftischen! Ihr Sohn ist das geworden, was er war, weil er von seinem Vater nicht wie ein liebenswerter und eigenständiger Mensch behandelt worden ist, sondern nur wie ein Stück Holz, das Ihr Gatte sich nach seinen Vorstellungen zurechtschnitzen wollte, und vielleicht auch, weil Sie offenbar nicht willig oder nicht fähig waren, Ihren Mann an dieser Behandlung zu hindern – aber mit Sicherheit nicht wegen dieses Mülls, den Sie mir hier andrehen wollen!«

Sie hörte überhaupt nicht, was ich sagte. Entweder weil sie es nicht hören wollte, oder weil sie so weit weg war von dieser Welt wie ein verlorengegangener, in die unendlichen Weiten des Kosmos abgedrifteter Satellit.

»Schon meine Schwangerschaft ist nicht normal verlaufen. Ich hatte ständig Schmerzen, als wolle mein Körper das ungeborene Embryo abstoßen wie ein Transplantat oder wie einen Fremdkörper. Außerdem hatte ich fast jede Nacht Alpträume. Ich träumte, dass ich gefesselt auf dem Altar einer alten Kirche lag, in der eine schwarze Messe gefeiert wurde, und dort von einem nichtmenschlichen, monsterähnlichen Wesen vergewaltigt würde. Oder dass ich nur schwanger war, weil nachts eine Schlange in meine Scheide gekrochen war und sich in meiner Gebärmutter eingenistet hatte. Oder dass ich die Geburt überstanden hatte, und als ich mir mein Kind in der Wiege anschaute, sah ich, dass es Hörner, Hufen, Krallen und einen Schwanz hatte. Irgendwann wurde mir bewusst, was ich für einen Preis dafür bezahlen musste, dass ich doch noch schwanger geworden war: Ich trug eine Ausgeburt der Hölle in mir und würde einen Sohn des Teufels zur Welt bringen.«

Ich war mir sicher, dass ich mich gerade ebenfalls in einem völlig perversen Alptraum befand, und hoffte inständig, dass bald der verdammte Wecker klingeln würde, um ihn zu beenden. Doch das Einzige, was klingelte, waren meine Ohren, und zwar von Frau Urbas' akustischem Bombardement. Ich brüllte, so laut ich konnte, um mich vielleicht dadurch selbst aus dem Schlaf zu reißen.

»Ein Haufen Scheiße ist das! Das ist doch ein Haufen Scheiße, was sie mir da erzählen! Ein Riesenhaufen gottverdammter Scheiße!«

Sie fuhr unbeeindruckt fort, mit fester, klarer Stimme.

»Simon war mein Sohn, aber seine Seele gehörte ganz dem Teufel, und deshalb war sie rabenschwarz, und deshalb war mein Sohn ein abgrundtief böser Mensch. Ich hatte ein seelenloses Monster geboren, das an krankhafter Freudlosigkeit litt und nur Hass und Lasterhaftigkeit und Zerstörungswut in sich trug und für das der Begriff Liebe ein völliges Fremdwort war. Ich habe achtzehn Jahre lang versucht, ihm alle Liebe zukommen zu lassen, die ich hatte, um so seine Seele zurückzugewinnen und einen guten Menschen aus ihm zu machen. Aber spätestens als ich in jener Nacht mitbekam, dass Simon nun sogar schon gegenüber seinem eigenen Vater gewalttätig wurde, wurde mit klar, dass der Kampf nicht zu gewinnen war. Ich hatte mit dem Vertrag die Seele meines Kindes an den Teufel verkauft, und er würde sie nie wieder hergeben. Als Simon noch ein Kleinkind war, hatte ich einmal heimlich einen katholischen Priester ins Haus geholt, der einen Exorzismus an ihm durchzuführen versuchte, aber der Versuch scheiterte kläglich. Es gab nur eine Möglichkeit, Simon aus den Klauen des Höllenfürsten zu befreien – nämlich ihn umzubringen. Und genau das habe ich in jener Nacht getan.«

Sie sah mir direkt in die Augen, und da sah ich es, und mit einem Schlag wusste ich Bescheid. Ich sah das Irre in ihrem Blick, ich sah den Wahnsinn, der hinter ihrer Stirn tobte, ich sah die Verrücktheit, die in sie eingedrungen war wie ein unsichtbares Gift, sich in ihr ausgebreitet hatte und die Herrschaft über ihren Geist übernommen hatte. Plötzlich war alles klar. Ich fingerte ein Papiertaschentuch aus der Hosentasche und wischte mir damit ein paar Liter Schweiß von der Stirn. Ich merkte, dass ich langsam wieder ruhiger wurde. Es war ein Unterschied, ob man einer vorsätzlichen Mörderin gegenübersaß oder einer Person, die an einer Geisteskrankheit litt. Ich versuchte, meine Stimme ruhig und warm klingen zu lassen.

»Okay, okay. Ich glaube, langsam verstehe ich. Der Wahnsinn hat also wieder Besitz von Ihnen ergriffen. Beim ersten Mal sind Sie dreizehn Jahre lang von Ihrem Mann drangsaliert worden, bis Sie in den Wahnsinn abgedriftet sind, und diesmal sind Sie achtzehn Jahre lang von Ihrem Sohn gequält worden, ehe es wieder so weit war. Ich denke, wenn ein psychiatrisches Gutachten erstellt worden ist, wird man Sie für unzurechnungsfähig erklären. Das könnte das Strafmaß mindestens halbieren.«

Sie runzelte die Stirn, bis sie so faltig war, wie es das Gesicht einer Hexe sein musste, die satanisches Sperma verkaufte. Sie schien ernsthaft über meine Worte nachzudenken.

»Wieso sind Sie eigentlich nicht in Begleitung der Polizei gekommen? Haben Sie ihr denn nicht erzählt, dass ich die Mörderin bin?«

»Nein, habe ich nicht. Ich habe es außer Ihnen noch überhaupt niemandem erzählt.«

Sie zeigte mir ihre Zähne, oder besser gesagt das, was von ihnen noch übriggeblieben war. Sie sahen aus wie kleine verrottete Grabsteine. Es war das erste Mal, dass Frau Urbas so breit lachte, dass ich ihr Gebiss sehen konnte.

»Das war aber sehr unvorsichtig und sehr unklug. Denn jetzt werden Sie nie die Gelegenheit bekommen, es jemandem zu erzählen.«

Sie öffnete ihre Handtasche und zog ein großes Küchenmesser hervor.

»Sie haben ganz recht, ich bin dreizehn Jahre lang von meinem Mann schikaniert worden und daraufhin achtzehn Jahre lang von meinem Sohn. Und ich werde nicht hinnehmen, dass man mir auch noch die verbleibenden Jahre stiehlt, indem man mich für den Rest meines Lebens in eine Gefängniszelle steckt.

Sie sind offenbar der Einzige, der die Wahrheit kennt, und wenn Sie die Wahrheit nicht kundtun, wird sie niemand erfahren. Und damit Sie die Wahrheit nicht kundtun können, muss ich Sie bedauerlicherweise töten.«

Ich griff in meine Schreibtischschublade, um meine Pistole zu ziehen. Und griff ins Leere. Mir fiel ein, dass ich sie nicht aus meiner Manteltasche genommen hatte. Meine Knarre befand sich also in meinem Mantel, und der hing am Haken neben der Tür. Es gab keine Handbewegung, die jemals ein größeres Unbehagen in mir verursacht hatte und mir mehr kalten Schweiß auf die Stirn getrieben hatte, als dieser Griff ins Leere. So musste sich ein Bräutigam fühlen, der vor dem Traualtar stand und beim Griff in die Jackentasche feststellte, dass er offenbar die Eheringe vergessen hatte. Der Unterschied war, dass ihm als Strafe für seine Vergesslichkeit lediglich die Nicht-Vermählung drohte, während mir als Strafe für meine Vergesslichkeit die Nicht-Weiterexistenz bevorstand.

Obwohl meine Stimme zitterte, als hätte sie Schüttelfrost, versuchte ich so souverän zu klingen wie ein Grundschulrektor bei seiner Begrüßungsrede an die Erstklässler.

»Wenn Sie jetzt Ihrem Mord noch einen zusätzlichen Mordversuch hinzufügen, wird sich das nicht unbedingt strafmindernd auswirken. Seien Sie also ein braves Mädchen und geben dieses große, böse, gefährliche Messer dem lieben Onkel, dann wird der liebe Onkel auch ganz besonders lieb sein und den strengen Herren von der Polizei auch gar nix erzählen von dieser kleinen Ungezogenheit.«

Ihre Worte hatten die Schärfe des Fallbeils einer Guillotine.

»Die Polizei wird auch so nichts von diesem Mordversuch erfahren, weil ich nicht vorhabe, es beim Versuch zu belassen.«

Sie verzog das Gesicht zu einer hässlichen Fratze.

»Sie können das große, böse, gefährliche Messer gerne haben. Wäre es Ihnen recht, wenn ich es Ihnen in den Hals stecke?«

Ich bemühte mich, wie jemand zu wirken, der ein buntes Hawaiihemd und eine dunkle Sonnenbrille trug, in einem weißen Liegestuhl an einem weißen Sandstrand lag, in der einen Hand einen grün schimmernden Früchtecocktail und in der anderen Hand eine braungebrannte Bikiniblondine hielt, hervorragende Blutwerte, ein paar Millionen auf dem Konto und eine Lebenserwartung von über 90 hatte.

»Weniger. Ich bin leidenschaftlicher Mülltrenner und würde gerne auch in diesem Fall eine umweltschonende und ökologisch verträgliche Abfallbeseitigung anstreben. Demnach gehören Küchenmesser nicht in menschliche Körper, sondern in den Alteisencontainer, und verrückte alte Vetteln wie Sie gehören nicht in Privatdetektivbüros, sondern in die Klapsmühle.«

Sie lachte schrill, stand auf und kam langsam auf mich zu, das Messer mit angewinkeltem Arm bereit zum Stoß haltend. Ich erhob mich ebenfalls. Ich war trotz der durchaus angespannten Gesamtsituation – eine Verrückte kam mir mit einem Schlachtermesser in der Hand entgegen, mit der festen Absicht, mein vorzeitiges Ableben herbeizuführen – relativ locker, denn mir war gerade eingefallen, dass ich ja noch eine äußerst effektive Abwehrwaffe in meiner Hosentasche stecken hatte. Kießlings ›Dog Killer‹ schien mir nicht nur auf Tiere, sondern auch auf mordlüsterne Satanistinnen anwendbar, und als Frau Urbas die Kante meines Schreibtisches erreicht hatte, zog ich die Spraydose aus der Hosentasche, um den gesamten Inhalt mitten in ihr Gesicht zu entleeren. Ich drückte auf den Sprühknopf, ein kurzes Zischen ertönte, und dann war Feierabend. Feierabend für die Dose, denn sie war leer, und Feierabend für mich, denn das Messer von Frau Urbas sauste auf mich zu. Blitzschnell griff ich nach meinem Grundig-Weltempfänger und riss ihn als Schutzschild nach oben. Das Messer bohrte sich krachend in den Lautsprecher. Ich ließ das Radio los und nahm die Beine in die Hand. Spätestens jetzt war Schluss mit lustig. Mir ging der Arsch auf Grundeis. Vielleicht hatte ich gedacht, Frau Urbas würde im letzten Moment das Messer sinken lassen und ›April, April‹ rufen, vielleicht hatte ich auch gedacht, ich könnte eine Frau, noch dazu eine, die ein paar Jährchen älter war als ich, mal so eben im Vorbeigehen locker-flockig mit einem einfachen Handgriff überwältigen. Auf jeden Fall hatte ich nicht gedacht, was ich eigentlich hätte denken sollen, dass nämlich eine Frau, die an die Existenz des Teufels glaubte und ihren eigenen Sohn kaltblütig abgemurkst hatte, völlig unberechenbar war, besonders mit einem Küchenmesser in der Hand, und dass die einzige Möglichkeit, mit heiler Haut aus dieser Nummer raus zu kommen, in der Flucht bestand – und nicht darin, den Helden spielen zu wollen.

Nun, ich hatte meine Lektion gelernt und nutzte den Moment, den Frau Urbas brauchte, um das Messer aus dem Radiogerät zu ziehen, um an ihr vorbei Richtung Bürotür zu rennen. Eine brillante Aktion, die mich auch in Sicherheit gebracht und aller Sorgen enthoben hätte – wenn ich nicht auf die Kante meines Teppichs getreten wäre und wenn dieser nicht weggerutscht wäre und wenn ich nicht deswegen zur Seite gestürzt und mit voller Wucht gegen meinen Schrank geknallt wäre. Es war nur ein kurzer Augenblick, den ich weggetreten war, aber er kam mir so lange vor wie der Dreißigjährige Krieg. Als ich wieder orientiert war, lag ich vor dem Schrank und sah, wie sich Frau Urbas über mich beugte und wie ihr verdammtes Schlachtermesser auf mich niedersauste. Ich fand mich damit ab, dass dies das Schlussbild meines Lebensfilms sein sollte, und schloss die Augen. Ich wartete nur noch auf den Schlussakkord, der in einem schneidenden Geräusch bestehen musste, verursacht von kaltem Stahl, der in Fleisch gestoßen wurde. Und prompt kam das Geräusch, dessen Ton mich allerdings überraschte, klang es doch eher wie ein dumpfer Knall. Ich ging davon aus, dass es die letzte Überraschung während meines Aufenthaltes auf Erden bleiben würde, und wartete auf das, was nun kommen sollte.

Zunächst kam nichts. Dann kam immer noch nichts. Auch nach einer ganzen Weile kam noch nichts. Interessant – hatten etwa tatsächlich die Buddhisten recht gehabt mit ihrem Glauben an das Nirwana? Nachdem weitere Zeit vergangen war, beschloss ich, mir das Nichts mal etwas genauer anzusehen, und öffnete die Augen. Was ich erblickte, sah mir ziemlich irdisch aus und kam mir außerdem irgendwie bekannt vor: eine kahle, schmutzig-graue Wand, von der der Putz bröckelte, geschmückt lediglich von einem alten Kalender, auf dem vergilbte Fotographien einer Stadt abgebildet waren, einer Stadt, die so ähnlich aussah wie – Fürth. Da ich mir nicht vorstellen konnte, dass es irgendeine jenseitige Macht gab, die sich einen Fürth-Kalender ins Arbeitszimmer hängte, ging ich davon aus, dass ich mich wider Erwarten doch noch unter den Lebenden befand.

Ich setzte mich langsam auf und öffnete die Augen. Ich sah skeptisch an meinem Körper entlang. Nirgendwo ragte der Griff eines Küchenmessers heraus, was mich zugegebenermaßen ein Stück weit erleichterte. Dann ging ich daran, die nähere Umgebung auszuspähen. Ich brauchte einen Moment, um das, was ich sah, interpretieren zu können, doch dann war mir alles klar. Neben mir lag Frau Urbas, und neben Frau Urbas lag das tonnenschwere gusseiserne Kleeblatt, das zuvor auf dem Schrank gestanden hatte. Offenbar war es durch meinen Knall gegen den Schrank umgekippt, nach unten gefallen und just in dem Moment, in dem sich Frau Urbas über mich gebeugt hatte, um ihre bewährte Halsschnitttechnik an mir anzuwenden, auf ihren Kopf gekracht. Es hatte ihrem Kopf nicht besonders gut getan, denn er erinnerte mich irgendwie an ein rohes Ei, das man zum Kuchenbacken aufgeschlagen hatte. Was aus dem Loch im Kopf herauslief, hatte allerdings nur eine entfernte Ähnlichkeit mit Dotter und Eiweiß.

Ich rappelte mich hoch, schleppte mich zum Telefon und rief einen Krankenwagen.

Im Klinikum wurde die ganze Nacht versucht, den Schädel von Frau Urbas noch einmal zusammenzuflicken, aber sie starb am nächsten Morgen.

Als man Herrn Urbas kurz darauf vom Tod seiner Frau informieren wollte, fand man ihn erhängt am Fensterkreuz seiner Zelle. In der Bibel, die auf dem Tisch des Zimmers lag, fand man einen Abschiedsbrief, in dem er mitteilte, dass er mit der Schuld, seinen Sohn in den Selbstmord getrieben zu haben, nicht länger leben könne. Adam Urbas starb, ohne erfahren zu haben, dass sein Sohn gar nicht Selbstmord begangen hatte, sondern in Wirklichkeit ermordet worden war – und das von seiner eigenen Frau.

Einige Stunden danach tauchte Kommissar Diesterweg mit einer Hundertschaft Polizisten in meinem Büro auf und nahm mich in die Mangel. Ich kotzte ihm die ganze Geschichte vor die Füße; nachdem nun der gesamte Urbas-Clan ausgerottet war und auch meine Auftraggeberin nicht mehr unter den Lebenden weilte, gab es niemanden mehr, auf den ich hätte Rücksicht nehmen müssen. Diesterweg ließ mir den Tod von Frau Urbas als Notwehr oder Unfall oder was auch immer durchgehen, aber er gab alles, um mir ein schlechtes Gewissen einzureden, um mir weiszumachen, dass Herr und Frau Urbas nicht hätten sterben müssen, wenn ich ihn früher informiert hätte. Ich ließ ihn reden, bis er sich ausgekäst hatte, und sagte ihm dann, er solle mir entweder einen Haftbefehl unter die Nase halten und mich festnehmen oder aber mich in Ruhe lassen und seinen Arsch aus meinem Büro entfernen. Daraufhin brüllt er noch eine Weile herum, führte einen regelrechten Veitstanz auf und murmelte dauernd irgendwas von ›wird noch Folgen haben‹, aber irgendwann schob er dann endlich mitsamt seiner ganzen Brigade ab.

Die Jungs von der Presse stürzten sich natürlich auf diese Geschichte wie Aasgeier auf ein verendetes Kaninchen, und ich füllte den Lokalteil der ›Fürther Nachrichten‹ ein paar Tage lang praktisch als Alleinunterhalter. Mein Name in der Zeitung lockte einige zusätzliche Klienten an, und eine Zeit lang durfte ich mehr verschwundene Haustiere und ausgerissene Teenager suchen und mehr blaumachenden Angestellten und fremdgehenden Ehemännern nachschnüffeln als sonst. Dann vergaßen die Leute den Fall Urbas wieder, und in meinem Büro herrschte bald wieder dieselbe Flaute wie zuvor.

Ich weiß nicht, ob die ganze Urbas-Geschichte irgendeinen Einfluss darauf hatte, aber von der geplanten Fusion Fürths mit Nürnberg habe ich nie wieder etwas gehört. Wahrscheinlich wurden die Pläne wieder zu den Akten gelegt und verschwanden in irgendeiner Rathausschublade. Ich hatte nichts dagegen einzuwenden.

Von meinem Honorar leistete ich mir einen aktuellen Wandkalender mit Schnappschüssen von den legendärsten Partien der Spielvereinigung, einen neuen Weltempfänger und einen rutschfesten Teppich. Mit dem Rest verschaffte ich der Schublade mit den unbezahlten Rechnungen ein bisschen Luft. Eigentlich wollte ich das Geld dafür verbraten, Magd Margarethe zu einem feudalen Abendessen in das ›Schwarze Kreuz‹ einzuladen und mich dabei für mein Verhalten in der Kirche zu entschuldigen. Ich hatte sie einige Wochen nach Abschluss des Falles ein paar Mal angerufen, aber sie zierte sich und meinte, sie brauche erst Bedenkzeit. Als ich glaubte, ausreichend Bedenkzeit gewährt zu haben, und sie besuchen wollte, musste ich feststellen, dass der Urbassche Hof mittlerweile abgerissen worden war und nun auf dem Gelände ein Supermarkt gebaut wurde. Margarethe war – wie alle anderen früheren Angestellten der Familie Urbas – mit unbekanntem Ziel verzogen. Sie hatte sich nicht mehr bei mir gemeldet.

Was mein gusseisernes Kleeblatt betrifft, so konnte ich zwar nicht mehr behaupten, dass es mir kein Glück gebracht hätte, denn es hatte mir schlicht und ergreifend das Leben gerettet, aber andererseits hatte es auch einem anderen Menschen das Leben gekostet, und da ich keinen Gegenstand im Büro haben wollte, der mich bei jedem Ansehen an den unglückseligen Fall Urbas erinnerte, versenkte ich das Ding in einer mondlosen Oktobernacht heimlich in der Rednitz.

Nachwort

Zur Entstehung von ›Der Fall Urbas‹

2007 ist ein bedeutsames und geschichtsträchtiges Jahr für Fürth: Die Stadt feiert ihr 1000-jähriges Jubiläum. Als ein im Landkreis Fürth Wohnender und in der Stadt Fürth Arbeitender ist mir dieses Großereignis natürlich nicht verborgen geblieben, und ich beschloss, selbst einen Beitrag zum vielfältigen Jubiläumsprogramm zu leisten.

Mir war – als passioniertem Krimileser – schon vor längerer Zeit aufgefallen, dass es Fürth in literarischer Hinsicht an etwas Elementarem mangelte, nämlich an einem eigenen Stadtkrimi. Die sogenannten Regiokrimis sind seit einigen Jahren schwer angesagt, und beinahe jede größere Stadt in Deutschland hat mittlerweile ›ihre‹ Kriminalromane, darunter auch Nürnberg, Erlangen, Bamberg und Würzburg. Nur eine Frankenmetropole stand bis dato stadtkrimitechnisch immer noch mit leeren Händen da, und das war Fürth. Das 1000-jährige Stadtjubiläum schien mir ein passender und würdiger Zeitpunkt zu sein, um diesen skandalösen Missstand zu beseitigen, und so machte ich mich daran, den ersten Fürth-Krimi der Literaturgeschichte zu schreiben.

Allerdings sollte es nicht nur irgendein beliebiger Kriminalroman werden, der eben zufällig in Fürth spielt, sondern ein ›echter‹ Stadt-Krimi, der irgendwie nur in Fürth und nirgendwo anders seinen Handlungsort haben konnte. Ich beschloss, die üblichen schriftstellerischen Zutaten zu verwenden, mit denen man für Lokalkolorit sorgt (detaillierte Beschreibung der Schauplätze, Einbau von Mundartdialogen, lokalpolitischen Themen und Wahrzeichen der Stadt, Nennung von Persönlichkeiten und

Ereignissen der Stadtgeschichte, etc.), wollte aber darüber hinaus auch keine x-beliebige Handlung erfinden. Der Inhalt des Romans sollte vielmehr auf einer Begebenheit oder einer Geschichte beruhen, die untrennbar mit Fürth verbunden war.

Ich machte mich also auf die Suche nach einem passenden Stoff und stieß dabei auf das Werk des Schriftstellers Jakob Wassermann (1873-1934). Wassermann wurde in Fürth geboren und hat dort seine Kindheit und Jugend bis zu seinem sechzehnten Lebensjahr verbracht; später stieg er zu einem der populärsten und erfolgreichsten Autoren der Weimarer Republik auf, und Romane wie ›Der Fall Maurizius‹ und ›Caspar Hauser oder Die Trägheit des Herzens‹ werden auch heute noch im gesamten deutschsprachigen Raum verlegt und gelesen. Wassermann ist damit nach wie vor der bekannteste und bedeutendste Literat, den Fürth hervorgebracht hat, und er wird von seiner Geburtstadt auch dementsprechend verehrt: Unter anderem sind eine Straße in Fürth sowie der von der Stadt Fürth verliehene Literaturpreis nach ihm benannt.

Ich fand schnell Gefallen an der Idee, als Grundlage für einen Fürth-Krimi einen Stoff zu verwenden, der von der Fürther Literatur-Ikone schlechthin stammte, und fing damit an, das Wassermannsche Gesamtwerk zu lesen, in der Hoffnung, auf einen geeigneten Krimi-Plot zu stoßen. Ich begann mit seinen Erzählungen, und ich musste nicht lange lesen, denn nach der Lektüre der Geschichte ›Adam Urbas‹ wusste ich, dass ich bereits gefunden hatte, wonach ich gesucht hatte.

›Adam Urbas‹ wurde erstmals 1920 als eine von sechs Novellen in dem Sammelband ›Der Wendekreis (Erster Teil)‹ veröffentlicht. Heutzutage ist ›Adam Urbas‹ im regulären Buchhandel leider nicht mehr erhältlich, die Sammlungen von Erzählungen Jakob Wassermanns, in denen dieses Werk zuletzt erschienen war (›Schläfst du, Mutter?‹, ›Meistererzählungen‹, ›Die Fränkischen Erzählungen‹), sind allesamt seit einiger Zeit vergriffen und nur noch antiquarisch zu bekommen. ›Adam Urbas‹ ist eine knapp 25-seitige klassische Kriminalnovelle, eine düstere und deprimierende Story, in der es vorrangig um die Beschreibung der psychologischen Hintergründe eines Verbrechens geht und nur in zweiter Linie um den Vorgang seiner Aufklärung. ›Adam Urbas‹ spielt naturgemäß in vergangener Zeit und auch nicht in Fürth, sondern auf dem südfränkischen Land. Ich habe mir die Freiheit genommen, die Handlung in die Gegenwart und nach Fürth zu verlegen, den Plot nach eigenem Gutdünken um- und auszubauen, und vor allem die Geschichte nicht wie im Original von einem ›Reichsgerichtspräsidenten‹, sondern aus der Sicht des neu eingeführten Protagonisten, eines in Fürth ansässigen Privatdetektivs namens Philipp Marlein, erzählen zu lassen.

Detektiv Philipp Marlein: natürlich ein weiterer der ungezählten literarischen Nachkommen des großen Philip Marlowe, der die Vaterschaft unschwer schon im Namen erkennen lässt. Ich bin nun einmal ein bekennender Verehrer von Raymond Chandler (1888-1959), dem Erfinder und Großmeister des harten Privatdetektivromans und Schöpfer von Kult-Schnüffler Marlowe. Seit vielen Jahren sammle und lese ich alle verfügbaren Kriminalromane, die in der Tradition Chandlers stehen und in denen ein hartgesottener Privatdetektiv als Ich-Erzähler und Protagonist im Mittelpunkt steht (im Bücherregal stehen mittlerweile über tausend entsprechende Exemplare).

Chandlers Figur ist zu einem Archetyp in der Kriminalliteratur geworden, und bei allen Variationen und auch Perversionen, die die zahllosen Chandler-Epigonen dieser Figur im Laufe der Zeit haben angedeihen lassen, haben die meisten doch zumindest ihre typischen Charakterzüge unangetastet gelassen. Und einer der typischsten Charakterzüge des hartgesottenen Privatdetektivs chandlerscher Prägung ist nun mal, dass er ein eigenbrödlerischer Einzelgänger, ein unverbesserlicher Zyniker und ein hoffnungsloser Pessimist ist, der die Welt nicht durch die rosarote, sondern vielmehr durch die rabenschwarze Brille betrachtet und immer in erster Linie das Schlechte, das Kaputte, das Hässliche, das Degenerierte sieht in einer Welt, die seiner Ansicht nach so verdorben ist wie eine verfaulte Frucht. Seine Wahrnehmung ist fokussiert auf die dunklen Seiten des Lebens, und entsprechend miesepetrig und ruppig fallen seine Ich-Berichte aus, denen es auch an derben und vulgären Kraftausdrücken nicht gerade mangelt und deren Negativfärbung lediglich durch einige witzige Sarkasmen stellenweise etwas aufgelockert wird.

Zu einer solchen Figur passte die düstere Urbas-Story natürlich wie die Faust aufs Auge, zumal auch Jakob Wassermann zeitlebens ein großer Melancholiker war und kaum einmal etwas Heiteres geschrieben hat (im übrigen auch nicht über seine Geburtsstadt: Der zu Beginn des Romans erwähnte Schriftsteller ist natürlich Jakob Wassermann, und seine wenig schmeichelhaften Äußerungen über Fürth sind authentisch). ›Der Fall Urbas‹ sollte, wenn er schon auf einer Vorlage basierte, dann auch in gewisser Weise den Geist der Wassermannschen Vorlage atmen, doch dies konnte wohl nur erreicht werden, wenn der Ich-Erzähler eine gewisse Seelenverwandtschaft mit Wassermann aufwies, und wer könnte diese Anforderung besser erfüllen als ein fränkisches Alter Ego des großen Melancholikers Philip Marlowe?

Bei soviel gepflegter Schwarzmalerei kam am Ende eine Hauptdarstellerin des Romans viel schlechter weg, als sie es eigentlich verdient hätte: die Stadt Fürth. Durch den Pessimismus des (fiktiven) Ich-Erzählers und die Tragik des (ebenfalls fiktiven) Stoffes wird ein eher negatives Bild von Fürth gezeichnet, das natürlich mit der Realität herzlich wenig zu tun hat.

Trotz dieser atmosphärischen Tristess glaube ich aber, dass ›Der Fall Urbas‹ letztendlich nicht nur eine Hommage an Raymond Chandler und Jakob Wassermann, sondern auch eine literarische Liebeserklärung an Fürth geworden ist. Zugegebenermaßen eine etwas herbe Liebeserklärung, aber das Herbe liegt dem fränkischen Naturell ja bekanntermaßen wesentlich mehr als das Überschwengliche und Übertriebene. Und am wichtigsten ist schließlich, dass jetzt zumindest niemand mehr – vor allem auch kein Nürnberger – behaupten kann, es gäbe keinen Fürth-Krimi …

Josef Rauch

Josef Rauch,

geboren 1968 in Eichstätt, Abitur in Eichstätt, Zivildienst in Ingolstadt, Studium in Nürnberg, Ausbildung in Fürth. Er wohnt mit Frau und Sohn im Landkreis Fürth und arbeitet in Fürth.

Sein literarisches Vorbild ist Raymond Chandler, der Schöpfer von Kult-Schnüffler Philip Marlowe und Erfinder und Großmeister des harten Privatdetektivromans. Seit vielen Jahren sammelt und liest er alle verfügbaren Kriminalromane, die in der Tradition Chandlers stehen und in denen ein hartgesottener Privatdetektiv als Ich-Erzähler und Protagonist im Mittelpunkt steht.

Nun hat er mit dem Franken-Ermittler Philipp Marlein seinen eigenen Marlowe-Nachfolger kreiert und ihn in seinem Erstlingswerk ›Der Fall Urbas‹ durch die Straßen seiner fränkischen Wahlheimat Fürth geschickt. Als Grundlage für die Handlung dieses Krimis hat er die Erzählung ›Adam Urbas‹ des bekannten, in Fürth geborenen Schriftstellers Jakob Wassermann (1873-1934) gewählt.

E-Mail: josefrauch@hotmail.com

Franken-Krimi von Peter Ritter

Bullenblues

Eine Studentin hat keine Chance, als sie beim Joggen im Hainpark ihrem Mörder in die Arme läuft. Der Täter ist perfekt vorbereitet und hinterlässt praktisch keine Spuren. Der Fall ist keine Routine für die Hauptkommissare David Schreiber und Sophie Thiele, die in Bamberg ermitteln. Besonders Schreiber versucht sich in den Mörder hinein zuversetzen, verfolgt folgt ruhelos dessen Wege und taucht auf Spurensuche ins nächtliche Bamberg ein.

272 S., 9,90 □, ISBN 978-3-940168-21-4

Frankenromane von Joachim Spies

Die Babenberger Fehde

Zwischen den alten Geschlechtern der Konradiner und der Babenberger spitzt sich das Ringen um die Vorherrschaft zu. An der ›Emmasruh‹, der sagenumrankten Jagdhütte, kommt es zur Entscheidung. Wer hat recht? Wer liebt wen? Und wie weit darf sich ein Franke eigentlich mit den Bayern einlassen?

280 S., geb., 15,00 □, ISBN 978-3-940168-00-9

Das Rosenkranz-Komplott

Der tragische Unfalltod des Ortspfarrers und die Ereignisse vor seiner Beisetzung in einem kleinen fränkischen Weinort überschatten die Autopanne dreier Freunde. Unfreiwillig verbringen sie einige Tage in der ländlichen Gegend und lernen so Eigenarten und Charaktere kennen. Spies schildert mit erzählerischer Leichtigkeit dörfliches Leben, schwelgt in den Genüssen, die fränkische Küche und Weinkeller bieten, und geht auf religiöse Traditionen ein.

368 S., geb., 19,00 □, ISBN 978-3-936622-45-4

Das kostenlose Verlagsprogramm für Franken sendet gerne

vmn
Verlag M. Naumann
Meisenweg 3 61130 Nidderau
Telefon 06187 22122 Telefax 06187 24902
E-Mail: info@vmn-naumann.de Internet: www.vmn-naumann.de